DIE GEISTER VON BLACK ISLE

HIGHLAND-HEILERINNEN 4

KEIRA MONTCLAIR

KAPITEL EINS

Black Isle, Schottland, Herbst 1292

SHAW MATHESON STAND auf dem Ringwall von Eddirdale Castle, während die Sonne rasch zu seiner Rechten versank. Er ließ den Blick über die Landschaft schweifen und entdeckte die Person, nach der er Ausschau gehalten hatte, worauf ihm ein plötzlicher Schauder über das Rückgrat lief. Tara Cameron kehrte von einem kurzen Ausflug mit ihrer Schwester Riley zurück, die gerade zu einem Besuch bei ihr und ihren Cousinen angekommen war. Sie hatten die Delfine beobachten wollen, wie sie nachts im Fjord nach Nahrung suchten.

Mist, er war so stolz, sich von nichts aus der Ruhe bringen zu lassen, doch er scheiterte in zwei Dingen. Die eine konnte er allerdings akzeptieren – die merkwürdigen Gefühle, die ihn ergriffen, wann immer er seinen Blick auf die liebliche Tara richtete. Auf ihre braunen Augen, die vor Freude tanzten, während sie etwas zu ihrer Schwester sagte. Selbst aus der Ferne leuchtete ihre lebhafte Persönlichkeit wie ein Stern für ihn

– ihr lachender Mund und die Art, wie sie ihr Haar zurückwarf, sagten ihm mehr, als Worte je vermochten. Er war von dem Bild, das sie und ihre Schwester Riley bei ihrer Rückkehr vom Fjord boten, so hingerissen, dass er die Augen nur widerwillig von ihnen abwandte, doch der Junge, der auf ihn zuritt und ihm damit einen eisigen Schauder verursachte, war wahrscheinlich einer der wenigen Menschen, die in der Lage waren, ihn von seiner Faszination für das wunderschöne Mädchen auf dem Pferd abzulenken.

Der junge Sammy repräsentierte den zweiten Anlass, bei dem er seine Reaktion nicht kontrollieren konnte, egal wie sehr er versuchte, sie auf Nimmerwiedersehen zum Verschwinden bringen zu können. Anhand des Blicks des Jungen wusste er, dass etwas schiefgegangen war. Er sauste die Treppe hinunter und durch das Tor hinaus, um sich auf eines der in der Nähe grasenden Pferde zu schwingen und hinauszureiten, da er dem Jungen entgegenreiten wollte. Es wäre besser, wenn sie diese Unterhaltung in einer Umgebung führten, wo keiner sie belauschen konnte.

An diesem Punkt in seinem Leben konnte er nicht riskieren, dass sein Lügengespinst aufflog.

Er war beinahe bei dem Jungen angelangt, als sie beide ihre Pferde in ein langsameres Tempo parierten und dann neben dem Weg stehen blieben. »Was ist los, Sammy? Es gibt Neuigkeiten. Das kann ich an deinem Gesicht sehen.«

Sammy hielt ein Stück Pergament hoch und antwortete leise. »Es ist noch eine Erhöhung,

Mylord. Entschuldigt, dass ich das Schreiben gelesen habe.«

»Du musst dich nicht entschuldigen«, meinte Shaw, der das Schreiben nahm und leise fluchte, als er auf die Zahl blickte, die darauf geschrieben war. »Genau aus dem Grund habe ich dir das Lesen beigebracht.« Er schlug sich schon seit Jahren mit dieser Sache herum, obwohl er mit einem Alter von einundzwanzig in der Lage sein sollte, sie zu einem Ende zu bringen.

Warum tat er das nicht? Vielleicht war es Zeit einfach mit den Zahlungen aufzuhören. Er schaute zu dem Falken auf, der hoch über ihren Köpfen kreiste, und dachte über seine Möglichkeiten nach, aber ihm fiel nichts Neues ein. Zahlen oder bloßgestellt werden und einen Mann verraten, den er einmal als seinen besten Freund betrachtet hatte.

»Mylord? Wird es eine Antwort geben? Ich kann warten.« Der Junge von zwölf Wintern war ihm stets zu Diensten.

Shaw raufte ihm seine braunen Locken und antwortete: »Nein, Junge. Geh hinein und genieße deine Mahlzeit. Du hast sie dir heute verdient. Greif herzhaft zu und ich werde dir in einer Weile nachkommen.«

Seine Augen leuchteten auf und er lächelte. »Vielen Dank, Mylord.«

»Du solltest mich Shaw nennen. Ich bin nicht dein Lord.«

»Aye, Mylord. Shaw.«

»Geh jetzt rasch hinein. Ich kann deinen Magen von hier knurren hören. In ein paar Augenblicken werde ich dir folgen.« Der Junge ritt sein Pferd durch die Tore, bevor er mit einem Winken absaß.

Zum Teufel. Was sollte er nun unternehmen?

Er betrat den Stall und fand eine schattige Ecke. Dann öffnete er das Schreiben erneut, um sich noch einmal zu versichern, es richtig gelesen zu haben. Der Mistkerl, wer immer das auch war, erhöhte den Preis für sein Schweigen. Wie konnte er es wagen? Er hatte gerade vor vier Monden eine Erhöhung verlangt. Es war Gier. Einen anderen Grund konnte es nicht geben.

Diese Sache geriet außer Kontrolle. Er kratzte sich am Kinn und ging die Gasse zwischen den Pferdeboxen auf und ab. Er musste eine Möglichkeit finden, dem ein Ende zu machen – jetzt und für immer.

Er musste mit jemandem sprechen, der ihm zu dem besten Plan raten könnte, seinem ständigen Geldabfluss ein Ende zu machen. Bislang hatte er die Sache erfolgreich geheim gehalten und Sammy war der Einzige, der davon wusste. Er vertraute dem Jungen absolut, aber er war jung. Es wäre nicht richtig, ihn um Rat zu bitten, und Sammy besaß auch nicht die Weisheit, auf die Shaw angewiesen war.

Wen um alles in der Welt könnte er fragen?

Niemand wusste, was an jenem Tag geschehen war. Niemand, außer dem Mann, den er für den Erpresser hielt, und Dougal MacKinnie. In ihrer Jugend, insbesondere in ihren Teenagertagen, waren Dougal und er unzertrennlich gewesen. Aber sie hatten eine schlechte Entscheidung getroffen, wie Jungen das oft taten und jetzt bezahlten sie für diesen vorübergehenden Fehler in ihrem Urteilsvermögen. Ihre Tat war allerdings jemandem bekannt geworden und dieser jemand machte sich die Sache jetzt gegen sie zunutze, indem er im Austausch gegen sein Schweigen von beiden Geld verlangte.

Er fragte sich, ob Dougal die gleichen Erhöhungen zu begleichen hatte. Vielleicht war es an der Zeit, erneut mit seinem alten Freund zu sprechen, so sehr ihm das auch missbehagte. Die Ereignisse dieses lang zurückliegenden Tages hatten so tragisch geendet, dass er sein Bestes gegeben hatte, um sogar die Erinnerung daran vollständig zu tilgen. Er war Dougal so gut er konnte ferngeblieben, was ihre Freundschaft zum Welken gebracht hatte, bis sie dann ganz gestorben war, aber vielleicht hätte sein ehemaliger Freund eine Idee, wie sie den Geldfluss stoppen könnten.

»Bruder, hast du einen Augenblick Zeit?«, rief eine Stimme ihn.

Er wirbelte herum und war überrascht, Ethan in der Stalltür stehen zu sehen, der die Hände in die Hüften gestemmt hatte. Den ernsten Ausdruck sah Shaw öfter auf dem Gesicht seines älteren Bruders, und nicht auf Ethans. Wie auf ein Stichwort kratzte Shaw sich seinen Bart, was er immer dann tat, wenn er wegen irgendetwas unsicher war. Er hielt seinen Bart gestutzt, weil es ihm so lieber war. Ethans Gesichtsausdruck veranlasste ihn zu der Frage, wo sich sein älterer Bruder befand, aber Marcas war nirgends zu sehen. Wahrscheinlich war er um diese Abendstunde mit Brigid und seinen Kindern zusammen.

»Was ist los Ethan?« Ethan war der loyalste, analytischste Mensch, den er kannte. Seine Begründungen waren immer fundiert und nie würde er sich gegen seinen Clan oder seine Familie stellen. Dennoch verspürte er keinen Wunsch, seinen Bruder in seine Geheimnisse einzuweihen.

»Ich wünschte, ich wüsste, in welchen Schwierigkeiten du steckst.« Ethan tat ein paar Schritte in den Stall, bis er vor Shaw stehen blieb, sich entspannte und abwartete. Ethan würde nicht gehen, bis er nicht eine Antwort erhielte.

»Nichts. Was bringt dich auf den Gedanken, dass mir etwas Sorgen macht?« Er gab sich alle Mühe, seine Schuldgefühle nicht auf seinem Gesicht widerzuspiegeln, obwohl es unwahrscheinlich war, dass Ethan sie dort bemerken würde. Ethan war anders und er besaß stattdessen eine untrügliche Art, Schuldgefühle zu *fühlen*. Das war ein Spürsinn, den die meisten Menschen nicht besaßen. Die Chance, dass Ethan seine Lüge nicht aufdecken würde, war so gering wie die Möglichkeit, dass sie beide ein Pferd nicht bemerken würden, das durch die Luft flog und auf ihren Köpfen landete.

Wie er sich wünschte, dass er gelernt hätte, seine Gedanken vor seinem Bruder zu verbergen.

Ethans Betragen änderte sich nicht. »Du benimmst dich genauso, wie du dich immer benommen hast, sogar als du noch ein Kind warst. Deine Augen werden schmaler und deine Fingern zucken, als ob du bereit wärst jemanden zu schlagen. Wen? Das ist die Frage, die ich mir immer stelle. Wen willst du schlagen?«

Ethan schenkte allem Aufmerksamkeit. Manchmal dachte Shaw, dass er zu aufmerksam war. In jedem beliebigen Augenblick konnte er einem genau sagen, wie die letzte Person, die er gesehen hatte, gekleidet war, wie lange es her war und in welche Richtung sie gegangen war. Shaw im Gegensatz wäre glücklich, wenn er sich an die Haarfarbe des Mannes erinnern würde.

»Ethan, es geht dich nichts an. Wenn einer von uns einen Vorteil davon haben würde, dass ich es dir erzähle, würde ich es tun.« So. Er hatte es gesagt, und er hoffte, sein Bruder würde über seine Erklärung nicht verärgert sein. Wenn er gedacht hätte, dass Ethan ihm helfen könnte, dann würde er ihm sein Problem anvertrauen. Obwohl sein Bruder überaus intelligent war und ein erstaunliches Erinnerungsvermögen für Einzelheiten besaß, waren Argumentation und Emotionen nicht seine Stärken. Man musste einfach wissen, wie Ethan dachte. Er schaute seinem Bruder in die Augen und flehte ihn an, ihn in Ruhe zu lassen. Sein Kopf schmerzte genug, von all den Gedanken, die darin wirbelten.

»Ich denke, du verbirgst etwas, das du mit mir teilen solltest. Du weißt, dass ich dein Geheimnis wahren kann. Vielleicht kann ich dir helfen, dein Problem zu lösen.«

Ethan hatte diesen Blick, der Shaw sagte, dass er nicht von der Stelle weichen würde. Vielleicht hatte er seinen Bruder unterschätzt und Ethan war genau derjenige, den er sich gerade gewünscht hatte, jemand, der ihm einen guten Rat erteilen konnte. Manchmal räumte er seinem Bruder nicht genügend Anerkennung für seine seltene Intelligenz ein.

Einer Sache war er sich allerdings sicher – Ethan würde sein Vertrauen nie missbrauchen, es sei denn, er würde mit einer direkten Frage konfrontiert.

Shaw holte tief Luft und ließ sie langsam entweichen. »Na schön, aber lass uns irgendwohin gehen, wo wir nicht belauscht werden können.«

»Gut. Da du Samuel bezüglich deiner Geheimnisse vertraust, solltest du deinem eigenen Bruder vertrauen.«

»Wie weißt du …? Egal. Aye, Sammy weiß es.« Er bedeutete Ethan mit einer Geste, ihm zu folgen und sie gingen in Richtung der Küste des Beauly Firth hinaus, die ihnen am nächsten lag. Weiter unten konnten sie das Ufer zu beiden Seiten sehen und der Wald war an dieser Stelle weit vom Wasser zurückgezogen, sodass sie sicher sein konnten, allein zu sein.

Ethan wartete geduldig, bis sie stehen geblieben waren, und dann gewährte er Shaw die Zeit, die er brauchte, um seine Worte zu bedenken. »Jemand erpresst mich.«

»Ich bin sicher, dass du nicht weißt, wer das ist, denn sonst würdest du ihn umbringen und das Problem damit erledigen.« Ethan übertraf sich darin, das Offensichtliche auszusprechen.

Shaw konnte nicht anders, als bei der akkuraten Einschätzung des Problems seitens seines Bruders zu grinsen. »Du hast recht. Wenn ich herausfinde,

wer das ist …« Seine Finger wackelten wie von
selbst und bestätigten die Beobachtung seines
Bruders über seine Bewegungen, die jede seine
Stimmungen verrieten, also hielt er sie still. Wie
oft tat er das?

Ethan rührte niemals einen Muskel, und nicht
einmal ein Lächeln in Anerkennung seiner
Handlungen entschlüpfte ihm. Die unendliche
Geduld seines Bruders war einzig dazu dienlich,
ihn zu verstimmen. Er war in seiner Loyalität
so standhaft und Shaw konnte nicht einmal im
Ansatz mit irgendjemandem oder irgendetwas so
geduldig sein.

»Ethan, auch wenn ich weiß, dass du alles
erfahren möchtest, kann ich dir nicht alles
erzählen. Dies ist aus einem sehr guten Grund
ein Geheimnis. Die Erpressung läuft schon seit
Jahren, aber wer immer der Erpresser auch ist,
scheint er in letzter Zeit mehr Geld zu brauchen
und besteht darauf, dass ich eine größere Summe
bezahle. Ich weiß nicht, was ich in dieser Sache
tun soll.«

»Hör auf zu bezahlen.«

Shaw schnaubte. »Das würde alles lösen, nicht
wahr? Aber so einfach sind die Dinge nicht
immer.«

»Das könnten sie sein, wenn du mit dem
Bezahlen einfach aufhörst. Was auch immer er
gegen dich in der Hand hält, muss große Macht
besitzen, wenn du diese Möglichkeit so schnell
ausschließt. Ich kenne dich, Bruder, und ich kann
nicht glauben, dass das, was immer man gegen dich
in der Hand hat, so schlimm sein kann. Wenn ich

mich auch an manchen Zusammenstoß zwischen dir und Pa wegen einiger Fehlurteile in unserer Jugend erinnere, bist du solchen Torheiten entwachsen. Und ich erinnere mich an kein Verhalten von dir, das schlimm genug wäre, um einem niederträchtigen Schurken einen Grund zu liefern, dich zu erpressen.«

»Vielleicht war das, was passiert ist, unbeabsichtigt.« Shaw schloss die Augen und dachte an den schrecklichen Tag, der so viele Jahre zurücklag. Sein Bruder wäre schockiert, wenn er die Wahrheit erführe. Wie auch alle anderen in seiner Familie. Er konnte nicht erlauben, das Geheimnis aufzudecken, also würde er tun, was er tun musste.

»Vielleicht solltest du die Möglichkeit in Betracht ziehen, dass denjenigen, die dich gut genug kennen, klar ist, dass das Resultat, egal wie schlimm es auch ist, von deiner Seite nicht beabsichtigt war.« Ethan nickte zur Unterstreichung seiner Worte, wie Marcas es ihm beigebracht hatte.

»Ich bin mir dessen nicht sicher Ethan, aber du hast mich angeregt, einige Möglichkeiten zu überdenken«, meinte er und kratzte sich am Kopf, als er mit seinen Schritten einen kleinen Kreis im Sand beschrieb. »Ich könnte deine Hilfe gebrauchen. Wenn mir eine Möglichkeit einfällt, wie ich herausfinden kann, wer mich erpresst, werde ich gern jede Hilfe annehmen, die du mir gewähren kannst. Bis dahin möchte ich dich bitten, mein Geheimnis zu bewahren.«

»Einverstanden. Ich würde es vorziehen dir

zu helfen, das Land von der Missgeburt zu befreien, die dieses Verbrechen begeht, aber bis dahin stehe ich dir zu Diensten.« Er schlug Shaw auf die Schulter. »Aber Bruder, die einzige andere Möglichkeit, dich aus seiner Kontrolle zu befreien, besteht in einer Beichte.«

»Aye.«

Ethan nickte ihm zu und drehte sich wieder zur Burg um. Shaw wusste, dass Ethan kein Wort seines Geheimnisses ausplaudern würde, und er wünschte sich, den Mut zu haben, Ethan die ganze Wahrheit anzuvertrauen. Das war allerdings ausgeschlossen.

Ethan sah entweder alles als richtig oder alles als falsch an.

Was Shaw vor Jahren getan hatte, war falsch.

So falsch, dass Ethan es nie verstehen würde.

Und auch sonst niemand.

KAPITEL ZWEI

TARA KONNTE SICH ein Lächeln nicht verkneifen, als sie an ihre Begegnung mit Shaw am Vorabend zurückdachte. Er war ein wenig distanziert und in Gedanken gewesen, aber trotzdem hatte er sich hinter sie geschlichen, als sie einen Gang entlang gegangen war, und mit seinen Händen ihre Taille umschlossen, um ihr einen schnellen Kuss auf den Hals zu drücken. Vor Erregung hätte sie fast gequiekt.

Riley holte sie zurück in den gegenwärtigen Vormittag und zu ihrem Ausflug auf Black Isle, als sie fragte: »Warum lächelst du heute Morgen? Werden deine Gedanken von einem langhaarigen Matheson mit grauen Augen und einem Bart beherrscht?«

Lachend entgegnete Tara: »Sie haben alle graue Augen.«

»Stimmt. Aber sie haben keine Bärte wie dieser eine. Was ist mit dem einzigen ungebundenen Matheson?«

»Ich ziehe den Gedanken vor, dass Shaw bereits an mich gebunden ist.« Sie klimperte mit den Wimpern zu ihrer Schwester, als ein lauter

Knall über die Lichtung schallte, die sie gerade überquerten. Ihre beiden Pferde wichen bei dem Donnergrollen zur Seite.

Riley starrte in den Himmel. »Dieser Blitz kam wie aus dem Nichts.«

»Und nun glaubst du also, es wird regnen?« Sie wollte sie fragen, ob der Blitz, der aus einem Gebiet nahe der Feenschlucht kam, auf etwas Wichtiges hindeutete.

»Nein, ich denke, es könnte bedeuten, dass etwas anderes im Anmarsch ist ...«

Tara lenkte ihr Pferd näher an das ihrer Schwester heran, denn sie wusste, worauf sie sich bezog. Manchmal, wenn sie ihre Visionen als Seherin hatte oder mit den Toten in Verbindung stand, geschahen seltsame Dinge am Himmel. Sie sprach weiter, um ihrer Schwester Orientierung anzubieten. Darum hatte Riley ihre ganze Familie gebeten, wenn sie in eine Episode geriet. »Shaw war gestern Abend seltsam distanziert.«

»Er sah nicht distanziert aus, als er sich an deinen Hals schmiegte«, entgegnete Riley.

»Aber das war er. Er war mit den Gedanken woanders und nicht bei mir«, erklärte sie, während sie ihre Schwester weiter beobachtete und sich nicht weit von ihr entfernte. Sie wusste genau, wie diese Dinge abliefen, und wollte nicht, dass Riley vom Pferd stürzte. »Sollen wir stehen bleiben?«

Riley antwortete nicht, sondern starrte in einer Pose geradeaus, die Tara nicht gefiel.

Taras Herz pochte ihr bis zum Hals. Es war zu spät, um sie vom Pferd zu heben. Rileys Kopf rollte auf die ihr wohlbekannte Weise zurück, sodass Tara ihr Pferd verlangsamte und nach den Zügeln des Rosses ihrer Schwester griff, um ihre beiden Pferde anzuhalten. Ihre Schwester war in diesem Moment nicht ganz bei sich.

Sie wartete, während der Schub ihrer Schwester seinen Lauf nahm, und hielt beide Pferde still, bis Riley wieder klar denken konnte.

Die Sonne hatte gerade ihren höchsten Punkt überschritten und lugte oft genug durch die Wolken, um sie ein wenig zu wärmen. Sie näherten sich der Feenschlucht auf Black Isle und die Attacke ihrer Schwester ließ sie eines wissen: Die Umgebung war voller mystischer Eigenschaften, was ihre Schwester immer wahrnehmen konnte.

Ihre Schwester riss den Kopf wieder hoch und sie schaute Tara an. »Ich hatte eine Episode, nicht wahr?«

Tara nickte und gab die Zügel an ihre Schwester zurück. »Das überrascht mich angesichts der Geschichten nicht, die ich über diesen Teil von Black Isle gehört habe. Ich weiß nicht, warum ich so lange gebraucht habe, um dich hierher zu bringen. Es ist eine schöne Gegend, und hier gibt es etwas, das entweder in den Wasserfällen oder in der Umgebung präsent ist. Ich wusste es, als ich zum ersten Mal hier war, und jedes Mal, wenn ich zurückkomme, fühlt es sich stärker an. Deine Episode ist der Beweis, dass ich recht hatte.«

»Ich kann die Aura der Feen spüren, ihre Macht, ihre Präsenz, ihre Freude, aber auch ein oder zwei verstimmte Feen. Sie haben uns etwas mitzuteilen.« Riley suchte die Umgebung mit

Blicken ab, und ihre langen, dunklen Locken wehten hinter ihr im Wind. Taras Schwester war ein ungewöhnlicher Mensch, ihr Geist war der Natur und dem Unbekannten verschrieben. In der Vergangenheit war sie sogar dafür bekannt, mit den Toten in Kontakt zu treten, die noch eine Botschaft für die Lebenden hatten.

Diejenigen, die zu früh von dieser Welt gegangen waren.

Tara lächelte ihre Schwester an, so froh, dass sie endlich hier auf Black Isle war. »Dann müssen wir weitermachen. Gewähre ihnen die Gelegenheit zu sagen, was sie sagen müssen. Kannst du fortfahren oder möchtest du eine kleine Pause einlegen?«

»Wie weit ist es noch bis zur Feenschlucht?«

»Gleich hinter dem Hügelkamm.« Tara deutete auf die direkt vor ihnen liegende Anhöhe.

»Nein, das schaffe ich schon.«

Sie setzten ihren Ritt fort, wobei Tara den Weg anführte, bis sie einige Zeit später das Ende des Weges erreichten und zu einem Platz kamen, wo sie ihre Pferde anbinden konnten. Tara und Riley saßen ab und schlangen die Zügel um einen niedrig hängenden Ast. Dann zeigte Tara zu einer offenen Fläche, die in die Feenschlucht münden würde, und ein beruhigendes Rauschen von herabstürzendem Wasser rief nach ihnen.

Rileys Gesicht erhellte sich in der Erwartung, einer oder zwei Feen zu begegnen. Ihre Tante Avelina besaß die gleiche Wahrnehmung, das gleiche Wissen über die Anderswelt, wie ihre Mutter es nannte. Für die Menschen war es befremdlich, wenn sie diese Welt zum ersten Mal kennenlernten, aber Tara war mit der Gabe ihrer Schwester aufgewachsen und ihren Einsichten gegenüber aufgeschlossen. Sie war gespannt, was Riley entdecken würde.

Sie traten durch die Baumreihe und hielten an. Das tat Tara bei ihren Besuchen hier immer, als ob es sich geziemte, und sie um Erlaubnis bitten würde, dieses mystische Areal zu betreten. In Wahrheit war der Anblick des Zwillingswasserfalls so atemberaubend schön, dass man ihn langsam auf sich wirken lassen musste. Der Herbst war bei weitem die beste Jahreszeit, ihn zu bewundern, die leuchtende Färbung der Blätter um die blauen Wasserfälle und den Fluss einfach hinreißend.

Birken- und Eichenbäume schmückten das Land um den Wasserfall und ihre erhabenen Äste streckten sich zum Himmel, aber sie ließen noch genügend Sonnenlicht durch, um den Fluss glitzern zu lassen. Das Flüstern der fallenden Blätter hallte gegen das Geräusch des Wassers, das auf die Felsen darunter plätscherte.

Diese Stätte war verzaubert.

Riley griff nach der Hand ihrer Schwester und drückte sie, ohne sich umzudrehen und sie anzuschauen, aber sie schritt aus und zog ihre Schwester hinter sich her. Sie wurde von einer unsichtbaren Macht angezogen, die nur Riley verstand. Obwohl Tara die Ältere war, übernahm Riley auf mystischen Gebieten stets die Führung.

»Tara«, flüsterte sie. »Es ist so viel hier. So viel Vergangenheit, so viele Legenden.« Ihre Stimme sank, als sie ihre Hand von Taras befreite, nur um ihre eigenen Hände vor sich zu verschränken, als sie sich dem Ufer näherten. Riley schloss die Augen und atmete tief durch, ehe sie in den Wind flüsterte: »Komm, und sag mir, wie ich helfen kann.«

Tara wusste, dass dieser merkwürdige Kommentar nicht an sie gerichtet war, also behielt sie ihre Gedanken für sich, während ihr Blick auf ihrer Schwester ruhte. Mit wem sprach sie?

Ein Blätterrascheln zu ihrer Rechten weckte ihre Aufmerksamkeit, also zog Tara ihre Schwester am Ärmel. »Komm. Wir müssen jetzt gehen. Ich weiß nicht, wer kommen wird. Ich weiß nicht, wessen Land das ist.«

Riley winkte beim Kommentar ihrer Schwester ab und das war etwas, das Tara verabscheute.

»Warte. Jemand kommt zu uns. Jemand, der eine Geschichte zu erzählen hat. Ich kann es spüren Tara.«

»Wie kannst du das wissen?«, fragte Tara, die über die heftige Reaktion ihrer Schwester auf die Schlucht erstaunt war.

»Weil sie es mir gesagt hat«, antwortete ihre Schwester und deutete mit dem Kopf zum Rande der Lichtung. »Habe Geduld. Sie kommt.«

»Wer ist sie?« Aber sie brauchte ihre Schwester nicht länger zu bedrängen, denn ein weißes Pferd trat aus dem Wald auf die Lichtung.

Riley bedeutete ihrer Schwester mit einem Handzeichen, sich nicht zu bewegen. »Lass es zu uns kommen.« Sie hielt ihre Finger an die Lippen, sodass Tara den Mund hielt und das

Tier vor ihr beobachtete, das manchmal wie eine Fata Morgana aussah. Es tänzelte in einem kleinen Zirkel, warf die weiße Mähne stolz hin und her und sah im Näherkommen zu Riley, um sie willkommen zu heißen. Die Hufe des stolzen Tieres schienen den Boden kaum zu berühren, als es über das Gras lief. Das Tier schnaubte zweimal, entweder zur Begrüßung oder vor Aufregung, und das Geräusch erinnerte daran, wie groß und stark es war, und doch so anmutig wie ein Schwan, der übers Wasser glitt.

Schwebte das Pferd? Den Kopf stolz über einem muskulösen Hals erhoben, der sich vor Kraft wölbte, umkreiste es das Areal noch zwei weitere Male.

Das Pferd hielt vor den beiden Schwestern an und es war in seiner stolzen Haltung so groß wie eines der Schlachtrösser ihres Onkels. Es hatte den Blick auf eine Weise auf Riley fixiert, die Tara einen Schauder über den Rücken jagte. Aus der Nähe wirkten seine Augen so lila wie die Farbe einer blühenden Distel, aber durchscheinend.

Es war, als könnte man durch die Augen direkt in seine Seele blicken. Oder schaute das Pferd in Rileys Seele? Dieser Gedanke jagte ihr einen Schauer über den Rücken. Hier stand sie in einer Welt, die sie nicht verstand, und verließ sich voll und ganz auf das Urteilsvermögen ihrer Schwester.

Sie öffnete den Mund, um etwas zu sagen, doch Riley sah sie eindringlich an. »Noch nicht. Lass sie sprechen. Sie muss erst Vertrauen zu uns fassen.«

Sprechen? Was in Gottes Namen sollte das bedeuten? Pferde sprachen nicht. Sie biss sich auf die Zunge und überließ es Riley, die Situation zu handhaben.

Das Pferd neigte den Kopf zu Riley, und in der Mitte der Stirn, genau zwischen den Augen, erschien eine kleine Ausstülpung. Es war ein einzelnes Horn, spiralförmig, silbern und pfeilgerade. Von dieser Vision wie gebannt, hätte Tara nicht sprechen können, selbst wenn sie es gewollt hätte. Das Horn wuchs noch ein wenig weiter, und das Tier hob den Kopf. Durch die Bewegung wurde die Aufmerksamkeit auf eine goldene Kette gelenkt, die um den Körper des Tieres geschlungen war und sich um den Hals, über den Rücken und an den Beinen entlangschlängelte.

»Bist du eine Jungfrau, Tara?«, flüsterte ihre Schwester.

»Natürlich«, antwortete sie rasch, und war über die Frage ein wenig ungehalten. »Was macht ...«

Ihre Schwester hielt die Hand hoch, um sie zu unterbrechen. »Das Horn macht sie zu einem Einhorn, gleichwohl sie zu Lebzeiten ein Pferd war. Einhörner bevorzugen die Nähe von Jungfrauen. Das ist ein Zeichen für ihre Reinheit. Wie lange bist du schon ein Einhorn?«, fragte sie und tätschelte das Tier am Hals.

Ein Einhorn? Natürlich hatte sie von ihnen gehört, doch sie hatte noch nie eines mit eigenen Augen gesehen oder von jemandem gehört, der das getan hatte. Was hatte das alles zu bedeuten?

Das Pferd trat zurück und begann wieder, im

Kreis um die Lichtung zu traben, wobei die Ketten klirrten und die weiße Mähne im Einklang mit der Bewegung wippte. Das Horn, das zunächst etwas Seltsames und Bedrohliches ausstrahlte, wandelte sich nun zu etwas sehr Schönem und verlieh dem Tier ein majestätisches Aussehen, als wäre es die Königin des Waldes.

»Riley?«, flüsterte sie und beobachtete, wie das Tier an seinen ursprünglichen Platz zurückkehrte und dann über die Schulter zu Riley zurückblickte, als wollte es sie auffordern, ihm zu folgen.

Riley ging einen Schritt, doch dann blieb sie stehen. »Die Lügen der Vergangenheit halten sie in diesen Ketten gefangen. Sie muss befreit werden, und wünscht sich unsere Hilfe.«

»Ich verstehe das nicht.«

»Sie ist in der Anderswelt eingesperrt und wartet auf jemanden, der die Wahrheit aufdeckt. Nur solange sie wartet, wird sie ein Einhorn sein. Sie hat die Macht, andere zu heilen, falls nötig, aber nur, weil sie diese Stätte nicht verlassen kann. Sobald die Wahrheit enthüllt ist, kann sie weiterziehen.« Riley ging drei weitere Schritte auf das weiße Pferd zu, während Tara zwei Schritte zurückwich.

»Sei vorsichtig. Sie könnte dich mit dem Horn aufspießen. Was bedeuten die Ketten?«

»Einhörner werden häufig in Ketten dargestellt, und das bedeutet, dass sie oft aus unterschiedlichen Gründen gefangen gehalten werden. Die Ketten dieses Einhorns wurden aber aus Lügen geschmiedet. Das Einhorn ist seit mehreren Jahren gefangen, und es möchte frei sein. Einhörner stehen für Reinheit und Unschuld, und so kämpft jemand auf Black Isle mit den Lügen, die ihn lange Zeit gefangen gehalten haben. Das Pferd und die Person – sie werden von denselben Ketten gehalten. Das Einhorn wünscht sich, dass die Wahrheit ans Licht kommt. Nur dann kann sie weiterziehen. Sie bittet um meine Hilfe.«

»Wie können wir das bewerkstelligen?«

Das Tier kam näher an Riley heran und bewegte seinen Kopf auf sie zu. Tara schrie fast auf. »Riley, sei vorsichtig!«

Dann drehte das Einhorn seinen Kopf so, dass das Horn von Riley weg zeigte, und streichelte mit seiner Schnauze sanft Rileys Hand. Riley sprach zu ihm, als würden sie eine Unterhaltung führen. »Ich verstehe, und ich werde mein Bestes tun, um dich von deinen Fesseln zu erlösen. Es könnte einige Zeit dauern, aber ich gelobe, beharrlich zu sein. Du musst dich sehr einsam fühlen.«

Das Einhorn wieherte, trat zurück und schüttelte den Kopf, um dann an Riley vorbei auf Tara zuzuhalten. Sie sprang zurück.

Riley folgte und griff nach Taras Hand. »Nicht doch, Schwester. Sie hat dir etwas zu sagen.«

Tara hielt den Atem an und ließ zu, dass ihre Schwester das Pferd zu ihr führte.

»Streck deine Hand aus«, drängte Riley.

Tara schaute ihre Schwester unwillig an, aber sie kam der Aufforderung nach. Das weiße Tier schnupperte sanft an ihrer Handfläche, und es fühlte sich ebenso warm und samtig an, wie die

Nase eines lebendigen Ponys, und dann trat es einen Schritt näher und legte seinen Kopf auf Taras Schulter. Tara erstarrte und wagte nicht, sich zu bewegen, doch sie gestattete Riley, ihre Hand zu nehmen und sie dem Pferd auf den Nacken zu legen, während ihre Finger auf dem samtigen Haar dort lagen, und dann streichelte sie das Tier.

Sie fand die Berührung merkwürdig beruhigend, mehr sogar als bei ihrem eigenen Pferd. Tatsächlich war das Einhorn viel wärmer als ihr eigenes Pferd und die Wärme strahlte ihren Arm entlang und in ihren Nacken aus, was sie veranlasste, den eigenen Kopf zu heben. Das lenkte ihren Blick zu der Markierung am Ohr. »Du bist also doch nicht so ganz makellos, nicht wahr?« Sie berührte das braune Mal in Form eines Viertelmondes, um zu sehen, wie das Pferd reagierte, doch stattdessen trat es noch näher zu Tara.

»O du liebe Güte«, flüsterte Riley.

»Was? Was bedeutet das?«

»Still«, flüsterte Riley, als das Einhorn zurückwich und wieder unter den Bäumen verschwand, während die Vision wie ein Mirakel verschwand und ihr weißes Haarkleid im Licht schimmerte, als ob es nie dort gewesen wäre.

Tara schaute dem Tier nach und fragte sich, was all dies zu bedeuten hatte.

Riley drehte sich mit einem breiten Lächeln auf dem Gesicht zu ihr um. »Das bedeutet, dass *du* die Antwort finden kannst, die sie braucht.«

»Ich? Warum ich?«

»Wahrscheinlich, weil du schon länger auf Black

Isle bist als ich. Oder es könnte auch bedeuten, dass …«

»Was?« Tara schaute ihre Schwester an und fürchtete sich vor der Antwort.

»Vielleicht gehörst du nach Black Isle.«

KAPITEL DREI

IMMER NOCH VON all dem besorgt, was sich letzten Abend zugetragen hatte, stand Shaw mit Ethan am Ufer der Bucht. Sein Bruder hatte diesen Spaziergang vorgeschlagen und gemeint, er hätte über Nacht einen Einfall zu Shaws Problem gehabt.

»Was schlägst du vor, Ethan? Hast du eine Idee?«

»Ich möchte die Person aufspüren, die Nachrichten für Samuel hinterlässt.«

Ethan benutzte nur selten Spitznamen und Sammys voller Name hörte sich für Shaws Ohren merkwürdig an.

»Du glaubst, das habe ich nicht versucht?« Er ging im Kreis umher und sah hin und wieder zu den tanzenden Delphinen hinaus, die nicht weit von ihnen waren und deren Geschnatter über das Wasser hallte. Es war beinahe Essenszeit und er hatte Tara bisher nirgendwo gesehen. Wohin war sie gegangen?

»Erzähl mir, was du in der Vergangenheit versucht hast.«

Shaw sammelte seine Gedanken und schnalzte mit der Zunge, als er sich an die Versuche zurückerinnerte, die er im Laufe der Jahre unternommen hatte.

»So viele unterschiedliche Methoden?«, fragte Ethan.

Shaw machte ein finsteres Gesicht, denn er mochte es nicht, dass sein Bruder ihn so gut zu kennen schien. »Ich zähle nicht. Ich denke nur.«

Er starrte seinen Bruder wütend an, hörte aber auf, auf und ab zu gehen, als er sich ihm näherte. »Ich habe zweimal versucht, die Stelle zu beobachten, nachdem Sammy das Geld zurückgelassen hatte, doch der Mann ist nie aufgetaucht. Einmal habe ich mich zwei Tage lang gut versteckt, und er ist trotzdem nicht aufgekreuzt. Es gibt eine Stelle, an der Sammy das Geld hinterlässt und die Nachrichten des Erpressers abholt. Er hat selten mit einer Person zu tun.«

»Vielleicht ist es kein Mann.«

»Was?« Verdammt, aber warum war ihm das nie in den Sinn gekommen. »Eine Frau? Das bezweifle ich.«

»Oder ein anderer Junge oder ein Mädchen, die als Boten dienen. Es wäre nicht schwer, aus der Ferne zuzusehen und ein Kind zu schicken, das etwas abholt oder überbringt. Wo genau werden die Nachrichten hinterlassen?«

»Er wechselt die Stellen.«

»Woher weißt du, wann und wo du sie abholen musst?«

»Jemand hinterlässt in der Nähe des Tores eine Nachricht mit genauen Anweisungen für jeden neuen Ort. Wir haben versucht, den Überbringer zu erwischen, aber es gelingt uns nicht. Es passiert mitten in der Nacht.« Er fuhr sich mit der Hand durch das Haar und meinte dann zu seinem Bruder: »Siehst du nicht die grauen Haare, die auf meinem Kopf sprießen? Die stammen von den vielen vergeblichen Versuchen, den Mistkerl zu überlisten.«

»Hast du eine Ahnung, wohin er sich Nächstes wenden wird? Gibt es ein Muster?«

»Nein, wenn ich das wüsste, wäre ich schon dort.« Manchmal war er von Ethans strenger Logik frustriert.

»Vielleicht müssen wir noch weiter ausgreifen. Warum gehen wir nicht nach Inverness und schauen, was wir dort herausfinden können? Vielleicht hat jemand etwas gehört oder gesehen – nicht jeder bleibt auf Black Isle, und außerhalb von hier sind die Menschen vielleicht redseliger. So etwas spricht sich schnell herum.«

»Aye, das könnte funktionieren. Willst du mich begleiten? Ein zusätzliches Gehör und deine Beobachtungsgabe wären willkommen.«

»Gewiss. Zu zweit sollten wir es schaffen, die Wahrheit ans Licht zu bringen.«

»Und Sammy?«

»Ja, das könnte sogar noch besser sein«, antwortete Ethan. »Du weißt ja, was man darüber sagt, dass zwei besser sind als einer ... und drei würden sogar noch hilfreicher sein.«

»Ich weiß nicht ... was?«

»Zusammen können wir besser arbeiten als einer allein.« Er warf Shaw einen seltsamen Blick zu, doch als Geräusch von Pferdegetrappel zu ihnen drang, wandte er sich ab. Shaw folgte seinem Blick in Richtung des Hauptweges, und er konnte nicht überraschter sein, als er Tara und Riley in Richtung Burg reiten sah. Seit ihre Schwester zu Besuch war, hatte er bemerkt, dass die beiden sich sehr nahestanden und alles gemeinsam unternahmen, aber nach allem, was sich in letzter Zeit auf Black Isle zugetragen hatte, wäre es ihm lieber, wenn sie nicht nur zu zweit losziehen würden.

Als sein Blick auf Tara fiel, schmolz jeder Gedanke in seinem Kopf dahin, als würde er von einhundert Sonnen beschienen, und auch der Vortrag war verpufft, den er sich in seinem Kopf zurechtgelegt hatte. Tara begrüßte ihn mit einem wunderschönen Lächeln, einem Ausdruck, den er in den Monden, seit ihrer Zugehörigkeit zum Matheson Haushalt, zu schätzen gelernt hatte. Mit einem Wort an Riley bogen sie von ihrem Rückweg zur Burg ab und kamen direkt auf Shaw und Ethan zu.

»Seid gegrüßt, ihr beiden. Es ist ein wunderschöner Tag, nicht wahr?«, meinte sie. Die vorderen langen Strähnen ihres braunen Haars hatte sie hinter die Ohren zurückgenommen, sodass sie mit dem Rest ihrer schönen Haarpracht frei über ihren Rücken flossen. Er hatte von ihr geträumt, wie sie nur diese langen Locken trug und die vorderen ihre Brüste bedeckten, durch die nur die Spitzen ihrer Brustwarzen hervorlugten ...

»Shaw!« Ethan stieß ihn mit dem Ellbogen an.

»Was?«, brummte er, änderte dann aber seinen

Tonfall, weil Tara ihn jetzt mit einem solchen Vergnügen anschaute, dass es ihn demütigte.

»Du solltest ihnen doch erklären, warum sie nicht ohne Begleitung auf der Insel unterwegs sein sollten. Erspar dir die Mühe. Ich werde das übernehmen«, erbot Ethan sich. Er drehte sich zu den Frauen um und kam Shaw mit seinem Vortrag zuvor. »Ihr Mädchen solltet nicht allein auf Black Isle unterwegs sein, nach allem, was in letzter Zeit passiert ist.«

»Ich dachte, die Schurken wären alle gefangen«, entgegnete Riley und blickte von ihrer Schwester zu den beiden Männern.

»Wurden sie auch, aber es ist nie verkehrt, vorsichtig zu sein«, gab Ethan zurück.

»Woher kommt ihr?«, fragte Shaw.

»Wir haben die Feenschlucht besucht«, antwortete Tara.

»Habt ihr irgendwelche Feen getroffen?«, erkundigte er sich kichernd.

Riley antwortete: »Das haben wir.«

Was zum Teufel konnte man auf diese Behauptung erwidern? Shaw fühlte sich wie ein kleiner Junge, und das lag nicht nur an Rileys Erklärung über Feen. Er warf einen Blick auf Tara. Wie oft war er in ihrer Nähe schon von dem Gefühl ereilt worden, dass seine Zunge so dick mit Honig verklebt war, um ihm am Gaumen zu haften? Ihm fiel keine Erwiderung ein und so platzte er mit den ersten Worten heraus, die ihm über die Lippen kamen.

»Ethan und ich reiten nach Inverness. Vielleicht habt ihr Lust, mit uns zu reiten.«

»Inverness?«, fragte Tara und ihr Lächeln wurde breiter. »Ich würde sehr gerne mitkommen. Dürfen wir an den Ständen der Händler einkaufen gehen? Wir müssen am Markttag dorthin gehen.«

Shaw nickte zustimmend. »In Inverness ist jeden Tag Markttag«, entgegnete er. »Wenn ihr morgen nichts vorhabt, können wir in aller Frühe aufbrechen. Ich habe eine Überraschung für dich«

»Tatsächlich? Ich liebe Überraschungen. Kommt Jennet mit, Ethan?«

»Wenn ich sie frage, könnte sie, denke ich, vielleicht mit uns kommen. Ich werde heute Abend mit ihr sprechen.«

Tara zog an den Zügeln ihres Pferdes. »Nicht nötig. Ich werde sie jetzt fragen gehen. Danke für die Einladung. Bei unserer nächsten Erkundung werden wir Wachen mitnehmen. Das verspreche ich.«

Und schon waren die beiden fort.

»Du hast starke Gefühle für Tara entwickelt«, meinte Ethan. Jeder andere hätte sich über ihn lustig gemacht, aber Ethan brachte es lediglich als eine Feststellung der Tatsachen hervor.

»Ich denke schon, aber ich kann nicht …«

»Nur weil du erpresst wirst, heißt das nicht, dass du einem Mädchen nicht nachstellen kannst. Und was planst du, in Inverness mit ihnen zu machen, während wir deinen Erpresser jagen?«

Shaw machte ein finsteres Gesicht. »Ich werde mir etwas ausdenken. Das kann sicher nicht so schwer sein.« Shaw fing wieder an, umherzugehen, während sein Bruder aufstand und sich umsah. Das war der gewissenhafte, treue Ethan. Er enttäuschte seine Familie nie. Immer war er da und sie wussten genau, was sie von ihm erwarten konnten. Während Shaw so wechselhaft war wie der Wind und Marcas die meisten seiner Gedanken für sich behielt, wussten die anderen immer, wie Ethan über eine bestimmte Sache dachte. Er trug sein Plaid jeden Tag auf die gleiche Weise und keine Falte war verrutscht, während er das Ende über die Schulter warf, wo es stets in genau der gleichen Länge und Breite lag.

Wie sollte er erklären, dass er einfach nur mit Tara weit fort von hier zusammen sein wollte? Fort von den wachsamen Blicken und dem Gerede. Ethan würde nicht verstehen, wie oft Shaw das Gefühl hatte, dass böse Augen ihn verfolgten und jede seiner Bewegungen und jedes seiner Worte registrierten. Das würde er nie begreifen können. Weil Shaw keine Ahnung hatte, wer ihn erpresste, er war jedem gegenüber misstrauisch.

Er wollte mit Tara allein sein. Nicht um sich unziemlich zu betragen, sondern um frei heraus mit ihr reden zu können.

Um nicht ständig über seine Schulter schauen zu müssen.

»Du hast ihr schon ihren Einkauf versprochen. Und was wird die Überraschung sein? Weißt du das überhaupt? Du solltest dir etwas Besonderes ausdenken. Mädchen mögen es, sich besonders zu fühlen und sich herauszuputzen«, meinte Ethan und kratzte sich am Kinn. Das tat er immer, wenn er sich abmühte, Vorschläge zu machen, was ihm manchmal ein bisschen schwerfiel.

Andere Leute kratzten sich am Kopf, Ethan kratzte sich am Kinn.

Shaw wollte gerade fluchen, weil er glaubte, er hätte einen großen Fehler gemacht, als er Tara eine Überraschung versprach. Dann hielt er inne und dachte an seine Eltern. »Ethan, erinnerst du dich, als Papa mit Mama zur Schneiderin ging?«

»Ja, Mama sprach noch viele Monde lang davon.«

»Dorthin werde ich Tara bringen.«

Ethan warf ihm einen skeptischen Blick zu. »Ich bin mir sicher, dass du dir dem Offensichtlichen bewusst bist. Ein Kleid in Inverness zu kaufen, wird sehr kostspielig sein.«

»Ich habe genug.« Shaw rechnete schnell in seinem Kopf nach. Obwohl die vier Geschwister nach dem Tod ihrer Eltern Geld geerbt hatten, hatte er für den Erpresser mehr von seinem Anteil ausgeben müssen, als ihm lieb war.

»Du solltest dein Geld nicht verschwenden. Papa hatte es für deine Ehe und deine Kinder gedacht.« Wieder schien Ethan genau zu wissen, was er dachte. Manchmal war seine Intuition unheimlich. War er imstande, Gedanken zu lesen und hatte diese Gabe die ganze Zeit über einfach nur geheim gehalten?

Nein, Ethan hatte keine Geheimnisse, schon gar nicht, wenn man ihn direkt danach fragte. Und Shaw war sich sicher, dass er selbst seinen Bruder schon oft gefragt hatte, ob er des Gedankenlesens fähig war, sei es im Scherz oder aus Verwunderung.

»Das könnte eine Investition in meine bevorstehende Hochzeit sein, falls Tara zustimmt, mich zu heiraten.« Ethan entgegnete nichts, anscheinend war er in Gedanken versunken. Shaw wagte eine Vermutung zu äußern, was ihm durch den Kopf ging. »Du könntest ein Kleid für Jennet kaufen.«

Ethans Blick verengte sich und zeigte Shaw, dass er richtig geraten hatte. »Jennet ist nicht von materiellen Dingen angetan. Sie näht ihre Kleidung selbst, weil sie nicht darauf vertraut, dass andere die Nähte fest genug anfertigen.«

Shaw lachte. »Ihr zwei habt einander verdient.«

»Ich verstehe nicht, was diese Aussage bedeutet, obwohl ich zustimme, dass Jennet und ich ein perfektes Paar ergeben.«

»Macht nichts. Ich muss mich auf den morgigen Tag vorbereiten.« Shaw wollte schon gehen, doch sein Bruder hielt ihn zurück.

»Shaw, wir müssen Marcas von der Erpressung berichten.«

Shaw stöhnte auf. »Ethan, ich möchte Marcas nicht mit hineinziehen. Als gerade erst ernannter Laird und frisch verheiratet hat er schon genug Sorgen.«

»Das ist die Regel. Wir müssen es ihm sagen.«

Shaw stieß einen mächtigen Seufzer aus, denn wie er von Ethan wusste, würde dieser nicht mehr von der Idee ablassen, wenn sie auf einer Regel beruhte. »Na schön. Wir sagen es ihm. Allerdings nicht vor heute Abend. Er ist mit dem Durchsehen der Bücher und Konten beschäftigt und führt eine Bestandsaufnahme für den Winter durch. Wir müssen ihn jetzt nicht stören. Versprich mir das, Ethan.«

»Ich verspreche es, aber nur bis später.«

»Oder bis morgen. Ich werde mich erst überzeugen, wie es ihm geht. Und ich werde es ihm auf meine Art erzählen. Es ist meine Geschichte, die ich erzählen werde und nicht du.«

»Einverstanden.«

Er betete, dies würde zur Beschwichtigung seines Bruders genügen, denn er hatte nicht vor, Marcas etwas davon zu erzählen, bevor sie aus Inverness zurückkehrten.

Er brauchte mehr Informationen und einen Plan, wie man das Problem lösen könnte, sonst würde Marcas sich niemals mit der halben Geschichte zufrieden geben. Sein Bruder würde ihn zwingen, alles zu berichten und das konnte er nicht tun.

Die Wahrheit war zu beschämend.

Kapitel Vier

———— ✺ ————

T ARA SAUSTE IN die große Halle und hätte fast vor Freude gequiekt, doch dann bremste sie sich, als sie erkannte, wie viele Leute anwesend waren. Die Männer hatten sich alle gesetzt, um ihr Nachtmahl zu genießen, und darunter waren auch viele mit ihren Frauen.

Sie warf einen Blick über die Schulter zu ihrer Schwester. »Sind wir so spät dran?«

Riley zuckte mit den Schultern. »Die Sonne geht unter, also hatte Ethan vermutlich recht, dass wir nicht allein unterwegs sein sollten. Ich bin am Verhungern. Ich gehe in unsere Kammer, um mich frisch zu machen, und dann treffe ich dich hier zur unserer Mahlzeit.«

Tara nickte, ehe sie durch die Halle zu Brigid ging, die mit dem Rücken zum Raum am Feuer saß. Nonie, die Haushälterin der Mathesons, die schon immer bei ihnen war und jetzt Brigid half, hatte eine Abtrennung gebastelt, damit sie die Kleinen weiterhin in der Nähe der Feuerstelle anziehen konnten, wo es am wärmsten war, ohne dass alle zuschauten. Tara steckte ihren Kopf hinter die Abtrennung

»Könnte ich kurz mit euch sprechen, während ich auf Riley warte?«

Brigid und Jennet sahen beide auf und begrüßten sie. Dann nickte Brigid, während Jennet sie in den kleinen Raum hineinwinkte. »Komm, setz dich zu uns.«

»Sei gegrüßt, Tante Tara«, sagte Kara, und die Dreijährige schenkte ihr ein breites Grinsen. Tiernay, der ein wenig mehr als ein Jahr alt war, musste erst gähnen, bevor er sie angrinste.

»Sei gegrüßt, meine süße Kara.« Sie wechselte noch ein paar Worte mit der Kleinen, dann wandte sie sich an ihre Cousins. »Jennet, Ethan und Shaw reiten nach Inverness, und Shaw hat mich eingeladen. Wirst du auch mitkommen? Ethan hat gesagt, du kannst uns gern begleiten.«

»Bist du sicher, dass er den Weg auf sich nimmt? Er zieht es vor, hier zu bleiben. War es Shaws Idee?«

»Shaw hat mich eingeladen, aber die beiden schienen die Reise schon unter sich ausgemacht zu haben, bevor wir zu ihrem Gespräch hinzugekommen waren«, antwortete sie und warf einen weiteren Blick über die Abtrennung, um zu sehen, ob sie Ethan oder Shaw irgendwo entdeckte. »Ethan sagte, er würde dich einladen, uns zu begleiten. Brigid, willst du mitkommen?«

Kara legte ihre kleine Handfläche auf Brigids Wange und wandte ihr Gesicht von Taras ab. »Nein, meine neue Mama möchte lieber hier bei uns bleiben.«

Kara war vor ein paar Monden geraubt und allein im Wald gefesselt worden, bevor Brigids

Mutter sie gefunden und heimgebracht hatte. Seitdem zog die Kleine es vor, das Gebiet der Mathesons nicht zu verlassen, und sie wollte auch nicht, dass ihre Mutter oder ihr Vater weggingen.

»Ja, ich würde lieber bei dir bleiben, meine Süße«, antwortete Brigid. Sie küsste Kara auf die Wange, und das kleine Mädchen kicherte vor Vergnügen. Brigid wandte sich wieder an Tara: »Das ist das Beste für den Moment, aber geh und hab Spaß. Such uns ein paar schöne neue Bänder. Oder einen neuen Stoff in einem schönen Grünton.«

Tara blickte zu Jennet. »Kommst du mit?«

»Das klingt lustig. Ich wollte schon immer einmal nach Inverness reisen, um mehr von der Stadt und dem Hafen zu sehen, in dem die Schiffe einlaufen. Auch wenn wir von hier aus einige auf dem Wasser sehen können, ist es nicht dasselbe.«

»Nun, Shaw hat mir eine Überraschung versprochen, also kann ich es kaum erwarten, dorthin zu gelangen. Wir brechen morgen auf, aber mehr weiß ich nicht.«

Brigid hob Tiernay hoch. »Habt Spaß. Es ist Zeit für mich, die Kinder ins Bett zu bringen und ihnen eine oder zwei Geschichten zu erzählen. Du, Jennet und Riley müsst etwas essen. Jinnys Eintopf war heute Abend köstlich. Frisches Gemüse. Wenn ich zurückkomme, können wir vielleicht einen Becher Wein zusammen trinken.«

»Ich habe Hunger, und es duftet herrlich.« Sie machte sich auf den Weg zu einem leeren Tisch und Jennet folgte ihr. Einen Moment später gesellte sich Riley zu ihnen. Edda brachte zwei dampfende Schüsseln mit Eintopf und ging dann noch einmal zurück, um die dritte zu holen.

Nachdem Edda wieder gegangen war, fragte Jennet: »Wie war euer Besuch in der Feenschlucht?«

»Es war überaus interessant«, antwortete Tara und schaute über ihre Schulter, um sich zu vergewissern, ob es sicher war, zu sprechen. Ihre Aufrichtigkeit könnte viele Zungen zum Schnattern bringen, doch die Halle leerte sich und niemand befand sich in ihrer direkten Umgebung. »Ein weißes Pferd hat uns aufgesucht, und sich dann direkt vor unseren Augen in ein Einhorn verwandelt.« Sie konnte die Aufregung in ihrer Stimme über diese Sache nicht zügeln. Ihren Cousins und Cousinen von den Grants würde sie niemals von dem magischen Wesen erzählen. Einzig Tante Avelinas Familie würde ihr glauben. »Es fällt mir immer noch schwer, zu glauben, dass das wirklich passiert ist. Ich denke, es war ein Trugbild. Laut Riley ist es ein unruhiger Geist, der in Lügen gefangen und darauf angewiesen ist, dass die Wahrheit verkündet wird.«

Riley nickte. »Das Einhorn sprach von einer Lüge, die vor Jahren erzählt wurde, und wir müssen herausfinden, um was es dabei geht. Wir müssen versuchen, die Wahrheit herauszufinden – es hat uns mit dieser Aufgabe betraut.«

»Glaubst du das alles, Tara?« fragte Jennet. »Manchmal halte ich die Existenz von Feen und andersweltlichen Wesen für möglich und manchmal halte ich sie für höchst kindisch.«

»Wir haben dieses Pferd mit eigenen Augen

gesehen, und das Horn war so echt wie der Rest, also ja, ich glaube es. Ich kann es nicht erklären, aber ich glaube, dass es auf Black Isle eine Wahrheit gibt, die es aufzudecken gilt.« Tara rührte die dicke Suppe um, bis sie auf ein Stück Karotte stieß, das sie zuerst probieren wollte.

»Wo willst du anfangen?«, fragte Jennet und nahm einen weiteren Löffel von ihrer Suppe.

Tara und Riley schauten sich einen Moment lang an und hielten inne, doch dann antwortete Riley: »Das ist Taras Aufgabe. Das hat das Einhorn gesagt.«

»Das Tier hat gesprochen?«, bohrte Jennet weiter.

»Nein, nicht laut. Es ist schwer zu erklären, aber ich weiß es einfach. Das Pferd war mehr an Tara interessiert als an mir, obwohl ich die Verbindung zwischen den beiden Welten bin. Es war ihm wichtig, mich als Medium zu nehmen, um zu Tara zu gelangen.«

»Und wie willst du das bewerkstelligen? Würden Marcas oder seine Brüder etwas wissen? Welcher Teil von Black Isle ist betroffen?«

»Wir wissen nichts Genaues, also werden wir wohl einfach die Mitglieder des Matheson Clans befragen.«

Jennet überlegte einen Moment. »Bitte fangt noch nicht an, Fragen zu stellen. Nach allem, was dieser Clan durchgemacht hat, könntet ihr alte Wunden aufreißen, die nicht aufgerissen werden müssen. Warum lasst ihr die Sache nicht zunächst auf sich beruhen?«

Riley schüttelte vehement den Kopf. »Nein,

wir können dieses Einhorn nicht einfach außer Acht lassen. Sie war in Ketten und sehnte sich nach Erlösung. Wir werden bestimmt behutsam vorgehen, aber es gibt keinen Grund zu warten. Vielleicht hilft die Suche nach der Wahrheit dem Clan endlich, sich wirklich zu erholen. Wir könnten einen Anfang machen, indem wir die Geschichten der ältesten Mitglieder des Clans zusammentragen – sie sind am längsten hier.«

»Ich stimme zu«, mischte sich Tara ein. »Ich halte die Sache auch für wichtig, aber ich bin auch mit Jennet einer Meinung. Wir sollten noch ein wenig warten, bis wir auf Black Isle Fragen stellen. Morgen findet die Reise nach Inverness statt. Vielleicht können wir dort ein paar Fragen stellen. Was auch immer es war, könnte es auch einem anderen Clan oder sogar ganz außerhalb von Black Isle passiert sein. Das Pferd hat nur gespürt, dass jemand mit der Gabe in der Nähe war, seine Bitte um Hilfe zu hören. Somit ist die Reise nach Inverness also eine Gelegenheit, die wir keinesfalls versäumen sollten. Jennet, wenn du uns begleitest, könntest du beim Anhören der alten Geschichten und dem Klatsch über Missgunst und Clanfehden mithelfen.«

Jennet kicherte, was sie nicht sehr oft tat. »Vermutlich hast du mir gerade einen guten Grund gegeben, nach Inverness zu reisen. Ich denke, ich werde darum bitten, dich auf der Reise zu begleiten.« Sie hatte ein kleines Grinsen auf dem Gesicht, dem Tara nicht so richtig traute.

»Warum gefällt dir diese Idee so gut, Cousine?«, fragte Tara.

»Weil ich denke, dass wir vielleicht im Begriff sein könnten, etwas Großes aufzudecken. Und dieses Mal möchte ich alles hören. Und ich möchte diese arme Kreatur von den Ketten befreit sehen.«

»Dann bin ich sicher, dass wir die Wahrheit morgen ans Licht bringen. Ethan erinnert sich an alles, was sich auf Black Isle ereignet hat. Ich gehe davon aus, dass er uns helfen kann, die Wahrheit aufzudecken und dieses wunderschöne Pferd zu befreien.«

»Ich denke, du hast recht, Tara. Ethan erinnert sich an alles, als ob es gestern geschehen wäre. Wenn jemand eine Antwort hat, dann er. Wer immer lügt, wird entlarvt werden.«

Irgendetwas an dieser Aussage bereitete Tara Unbehagen, aber es war nicht mehr als ein vages Gefühl. Es war mit einem Rückstand des Eindrucks vergleichbar, den sie beim Anblick des Pferdes in Ketten ereilt hatte.

Riley musste die Veränderung in ihr gespürt haben. Sie flüsterte: »Was ist es?«

»Ich bin nicht sicher. Es ist nur …« Tara wünschte, der Gedanke wäre ihr nicht in den Sinn gekommen. »Was, wenn der Grund dafür, dass das Pferd zu mir gekommen ist, darin besteht, dass ich der Person näher bin, die darüber Bescheid weiß, was sich zugetragen hat?«

Ethan trat ein, und Jennet ging zu seiner Begrüßung zu ihm hinüber. Tara beobachtete, wie die beiden sich miteinander unterhielten und war dabei nur zur Hälfte aufmerksam.

»Das ist vermutlich möglich«, meinte Riley.

»Warum beschäftigt dich dieser Gedanke?«

Tara zuckte mit den Schultern und zwang ein kleines Lächeln auf ihr Gesicht. »Aus keinem bestimmten Grund.«

Falls ihre Schwester ihre Lüge durchschaute, sagte sie nichts, sondern nahm sich stattdessen ein Stück Brot aus dem Korb auf dem Tisch. Aber der Gedanke hielt sich beharrlich.

Was, wenn Shaw die Person war, die gelogen hatte?

KAPITEL FÜNF

AM NÄCHSTEN TAG trafen Ethan, Jennet, Tara und Shaw von vier Wachen begleitet um die Mittagszeit in Inverness ein, und sie waren dankbar, dass sich der Nebel endlich gelichtet hatte, damit sie weiter durch die Stadt reiten konnten, ohne durchnässt zu werden. Wegen des Wetters hatten sie auf der Reise nicht viel geredet, und sich stattdessen in ihre Umhänge gekuschelt, um sich warm zu halten und die Kälte der herbstlichen Feuchtigkeit abzuhalten.

Zu Taras Überraschung war Riley zurückgeblieben und hatte den anderen gesagt, dass sie sich nicht wohlfühlte. Doch Tara wusste es besser. »Ich denke, du wirst ohne mich in der Nähe mehr herausfinden«, hatte Riley ihrer Schwester gestanden.

Tara konnte ihr nicht widersprechen.

»Ich brauche etwas zu essen«, meinte Ethan. »Lasst uns zuerst in ein Gasthaus gehen. Dann können wir bei den Händlern vorbeischauen.«

»Das klingt gut«, antwortete Tara. Sie konnte kaum abwarten, von ihrer Überraschung zu erfahren, aber sie zwang sich, ihre Aufregung im Zaum zu halten.

Zu ihrer Überraschung meinte Shaw: »Ethan, ich wünsche dir eine gesegnete Mahlzeit mit Jennet. Ich werde Tara zu ihrer Überraschung begleiten.«

Tara sagte nichts, sondern sie grinste nur von einem Ohr zum anderen, als sie sich voneinander verabschiedeten. Sie liebte es, Shaw einfach anzuschauen, insbesondere, wenn sie im Freien waren. Während sein langes, braunes Haar fast die gleiche Farbe wie das seiner Brüder hatte, war seines von dunkelroten Strähnen durchsetzt, sobald die Sonne im richtigen Winkel darauf schien. Er ließ es lang, aber anders als Ethan, bei dem alles stets akkurat war, stand Shaws manchmal in alle Richtungen ab, was wirklich ein Hinweis darauf war, dass ihm andere Dinge wichtiger waren als Akkuratesse. Und sein Bart hatte sogar noch rotere Strähnen darin. Sie musste zugeben, dass sie von seinem Bart sehr fasziniert war.

Als er sich zu ihr umdrehte und sie mit einem breiten Lächeln anschaute, flatterte ihr Herz vor Glück. Sie konnte die Freude in seinen stahlgrauen Augen erkennen und in dem Moment wurde ihr bewusst, dass sie diese Freude in letzter Zeit nicht gesehen hatte.

Etwas beschäftigte Shaw und sie gelobte sich, herauszufinden, was es war.

Ethan gab Anweisungen an die vier Wachen, die sie begleitet hatten, während Shaw sie eine Seitenstraße entlangführte, bis zu einem Gebäude mit einem Schild an der Tür, das anders war als alles, was sie bislang gesehen hatte – »Schneider«.

Sie hatte nicht gewusst, dass es möglich war, ein Geschäft aufzusuchen, das sich auf die Anfertigung von Frauenkleidern spezialisierte. Sie quiekte beinahe vor Freude, als sie eintrat und Shaw ihre Hand nahm, als ob er sie mit dieser kleinen Geste vor allem beschützen könnte.

Es gefiel ihr.

Im Inneren des Geschäfts blieben sie stehen und erlaubten ihren Augen, sich an das dämmrige Licht zu gewöhnen, gleichwohl der Inhaber mit einer großen Kerze herankam. »Kann ich Euch behilflich sein?«

»Aye«, entgegnete Shaw. »Wir sind hier, um ein Kleid für meine Begleiterin zu kaufen. Habt Ihr etwas, das ihr passen könnte? Wir sind nur für kurze Zeit in der Stadt.«

Tara dachte, dass sie vor Aufregung explodieren würde. Der Inhaber führte sie in den hinteren Bereich des Ladens, wobei sie zwei Kammern durchquerten, von denen eine mit Stoffen und Verzierungen angefüllt war, und die andere mit Schuhen und Tüchern. Sie entdeckte sogar einige Accessoires für Männer. Doch der letzte Raum war der beste von allen. Sie schnappte nach Luft, als sie sich umsah.

In der Stube ging es mit den Näherinnen, die an verschiedenen Kleidern arbeiteten, geschäftig zu. Einige der Gewänder waren bereits auf den Schneiderpuppen drapiert, damit sie betrachtet werden konnten. »Hier fertigen wir unsere elegantesten Kleider. Ich bedauere, Euch sagen zu müssen, dass wir keine fertigen Kleider anzubieten haben. Jedes einzelne Gewand wird sorgfältig für die Figur seiner Trägerin angefertigt, also wird das Kleid, das wir für eine andere Kundin fertigen, Euch kaum passen. Aber wenn Ihr geneigt seid, können wir gern Eure Maße nehmen und den Stoff auswählen. Dann könnten wir das Kleid in etwa zwei Wochen fertig haben. Wäre das in Ordnung für Euch?«

Tara sah sich unter den Frauen um, die eifrig an der Arbeit waren, und sah überall Stecknadeln. Die Kleider waren in verschiedenen Stadien der Fertigstellung und alle waren unterschiedlich, wobei einige einen Stil aufwiesen, den sie noch nie gesehen hatte. Eine Ecke der Stube war abgeteilt worden und ein Vorhang hing vor der Öffnung.

Der Mann spielte mit der Schere, die von seinem Gürtel hing. Sie schaute zu Shaw, der fast ebenso enttäuscht aussah wie sie. »Verzeiht, dass wir Eure Zeit in Anspruch genommen haben. Wir können nicht wiederkehren.«

»Dann würde ich Euch die Händler auf dem Marktplatz vorschlagen. Dort könnt Ihr einige anständige Stücke finden. Ich hoffe, Ihr werdet wiederkommen, wenn Ihr mehr Zeit habt. Es wäre mir ein Vergnügen, ein Kleid für Eure Lady zu schneidern.«

»Dürfen wir die Auswahl der Stoffe in Augenschein nehmen, die Ihr hier habt?«, bat Tara. »Ich würde in Betracht ziehen, etwas davon zu kaufen und mit nach Hause zu nehmen.«

»Aye, viele der Stoffe sind bereits reserviert,

aber wenn Ihr etwas seht, das Euch gefällt, dann fragt bitte. Ich werde hinten sein.«

Sobald er gegangen war, rieb sich Shaw über den Bart und der Ausdruck auf seinem Gesicht offenbarte seine Verletzlichkeit. »Bitte verzeih mir«, meinte er. »Ich dachte, er würde bereits ein paar Kleider fertig haben. Das hatte ich gehofft, obwohl Marcas mir gesagt hatte, dass dem nicht so wäre.«

»Es ist schon gut, Shaw. Ich würde mich gern umschauen. Allein hierherzukommen ist schon eine Freude. All diese Farben! Und ich werde mir diese Schnitte für später merken und sie vielleicht nachahmen.« Sie strich über eine Bahn feinster Spitze, doch sie wusste, was für eine Verschwendung sie für ihre tägliche Garderobe wäre.

Shaw stieß einen leisen Fluch aus. »Ich habe dich enttäuscht, Mädchen.«

»Nein, das hast du nicht. Ich bin gekommen, um Zeit mit dir zu verbringen. Darauf kommt es am meisten an. Ich habe alle Kleider, die ich brauche.« Sie war Heilerin, und so waren die meisten ihrer Kleider Arbeitskleider, denn sie konnte sich bei der Ausübung ihrer Beschäftigung nicht um Flecken oder Risse scheren. Sie hatte zwei Kleider bei sich, aber keines, das neu war.

Sie waren im Gehen begriffen, als der Ladenbesitzer ihnen zurief. »Entschuldigt mich, aber ich habe ein Kleid, das vom Ehemann abgelehnt wurde, nachdem es von der Ehefrau bestellt worden war. Es ist von einem satten Lila und mit Eurem Haar würde es wundervoll an

Euch aussehen.« Der Mann trat zurück und rieb sich über das Kinn, als er Tara von oben bis unten musterte, und ihre Maße und Größe abschätzte. »Ich denke, es müsste Euch fast perfekt passen und wenn nicht, könnten wir einige kleine Änderungen vornehmen. Würdet Ihr es gern einmal sehen?«

Tara schaute Shaw an und sie konnte das Lächeln auf ihrem Gesicht fühlen. »Oh, Shaw, haben wir denn die Zeit?«

»Auf jeden Fall. Ich möchte gern, dass du es anprobierst, vorausgesetzt, dir gefällt die Farbe.«

Der Inhaber rief nach einer Frau und sie brachte ein wunderschönes Gewand mit ein paar Rüschen und einem tiefen, in Brokat gefassten Mieder. »Gefällt Euch die Farbe, Mylady?«

»Aye, es ist wunderschön.«

»Wenn Ihr es anprobieren wollt, kommt bitte hier entlang und Beatrice wird Euch assistieren«, meinte der Inhaber. »Gleich hier drüben haben wir eine Nische zum Umkleiden.«

Shaw schaute sie an und zog dabei fragend die Augenbraue hoch.

»Ich werde es anprobieren, wenn es dir nichts ausmacht, solange zu warten.« Sie betete, dass er ihr diesen Luxus gestatten würde.

»Gewiss«, antwortete er mit einem Lächeln.

Der Ladeninhaber zeigte auf einen Stuhl, auf dem Shaw Platz nehmen konnte und dann führte er sie zu der Nische mit dem Vorhang. Während die Frau ihr beim Umkleiden half, konnte sie Shaw hören, der sich mit dem Inhaber unterhielt.

»Ihr könntet einen Stoff wählen, den Ihr

mit nach Hause nehmen könnt, Mylord. Oder
verschiedene Bänder. Oder ein Mieder. Ladys
lieben kleine Geschenke als Überraschung.
Vielleicht könnt Ihr einiges davon für besondere
Anlässe aufbewahren. Dieser grüne Stoff wäre eine
gute Wahl. Und vielleicht einige Seidenbänder
für die Kanten.«

»Ich denke, die Lady wird besser aussuchen,
was ihr zusagt, als ich das könnte. Ich freue mich
darauf, sie in dem Kleid zu sehen, das Ihr gebracht
habt. Ich hatte gehofft, ein Kleid zu finden, das so
wunderschön an ihr aussieht.«

Noch nie hatte Tara etwas erlebt, das ihr
mehr Freude gemacht hatte. Als sie das Kleid
anprobierte, steckte die Assistentin es auf die eine
und andere Weise fest und fügte noch ein paar
Nadeln hinzu, damit es genau richtig saß.

»Ich kann es hier eine Spur enger machen
und den Saum kürzen, aber mit neuen
Schuhen dürfte es genau richtig sein.« Das
Kleid vermittelte ihr das Gefühl, eine richtige
Prinzessin in einem königlichen Schloss zu
sein und sie wusste, dass sie so ein extravagantes
Geschenk nie annehmen konnte. Das Mieder
war mit Goldfäden durchwoben, und leuchtete
praktisch. Es war einfach zu kostbar, insbesondere,
da zwischen Shaw und ihr kein Einverständnis
bestand. Sie hatten noch nicht einmal über eine
Brautwerbung gesprochen. Aber dennoch wollte
sie seine Reaktion auf sie in diesem Kleid sehen.

Sie trat hinaus, um Shaws Meinung zu hören
und es war genau, wie sie sich erhofft hatte –
nach der Art und Weise zu urteilen, wie ihm die

Kinnlade herunterklappte. Er liebte es. »Tara …«
Dann wackelte er ein bisschen mit dem Kopf.
»Aye, du bist wahrhaftig eine Königin. Die Farbe
steht dir herrlich. Gefällt es dir?«

»Ja, aber die Assistentin sagte, es müssen
Änderungen vorgenommen werden.«

»Sir, wir können uns unterhalten, während die
Lady sich ankleidet.«

»Gewiss.«

Die beiden verließen die Nähstube, während
Tara wieder in das viel getragene Kleid wechselte,
in dem sie gekommen war. Sie liebte das lila
Kleid, aber sie hatte keine Ahnung, wie viel es
kostete, oder wie lange es dauern würde, bis
alle Änderungen vorgenommen wären. Als sie
aus dem Umkleidebereich trat, war der Inhaber
zurückgekehrt und er trug ein Lächeln auf dem
Gesicht. Er nahm das Kleid und meinte: »Euer
Mann ist mit dem Kleid zufrieden, aber es
müssten zahlreiche Änderungen vorgenommen
werden. Zu unserem Bedauern können wir diese,
in der Zeit, die Ihr noch in der Stadt seid, nicht
vornehmen.«

Nach einem Blick auf Shaws Gesicht, nahm
Tara an, dass auch die Kosten eine Rolle spielten.
Inverness war nicht so weit, dass das Kleid nicht
von jemandem hätte abgeholt werden können,
der zwischen Black Isle und den Grants oder
Ramsays oder gar ihrem eigenen Zuhause
unterwegs war. »Das habe ich befürchtet. Danke,
dass Ihr mir gestattet habt, es anzuprobieren. Es
war ein Vergnügen, es zu tragen und wenn es
auch nur für ein paar Augenblicke war.«

Shaw ergriff ihre Hand und drückte sie leicht. »Wir werden bei den Händlern etwas für dich finden, das dir gefallen wird.«

Der enttäuschte Blick auf seinem Gesicht zerriss ihr das Herz. »Nein, ich brauche nichts. Ich bin hier, um dir Gesellschaft zu leisten und mich an Inverness zu erfreuen. Vielleicht könnten wir einen Spaziergang zum Hafen unternehmen. Um die Schiffe zu sehen, die von Europa kommen.«

»Das würde mir gefallen. Eines Tages werden wir wieder hierherkommen und ein wunderschönes Kleid für dich in Auftrag geben.«

»Eines Tages, vielleicht.« Sie musste zugeben, dass sie nicht wusste, wo sie so etwas Schönes hätte tragen sollen. Sie hatte jedoch den Ausflug in eine Welt genossen, die sie noch nie zuvor erlebt hatte.

Dies hatte größeren Spaß gemacht, als sie vermutet hatte.

KAPITEL SECHS

SHAW GELEITETE TARA aus dem Geschäft des Schneiders und erkannte, dass er trotz allem über ihren Ausflug erfreut war. Wie er es liebte, Tara lächeln zu sehen und wie die Aufregung sich auf ihrem Gesicht spiegelte, als sie aus der abgetrennten Nische getreten war. Sie war absolut wunderbar gewesen. Er hatte keinerlei Ahnung gehabt, dass Kleidung das Erscheinungsbild einer Frau so verbessern konnte. Sie schien nicht von der Tatsache enttäuscht, dass er ihr das Kleid nicht hatte kaufen können. Und er war sicher, dass sie den wahren Grund verstand, warum sie ohne dasselbe gegangen waren. Das Verständnis auf ihrem Gesicht hatte es ihn wissen lassen. Im Gegenteil, sie hatte sich allein über die Chance gefreut, solch ein schönes Kleid anprobieren zu dürfen. Wie er sich wünschte, er könnte ihr jeden Wunsch erfüllen.

Marcas´ verstorbene Frau Freda hätte nicht auf diese Weise reagiert. Von ihr hätte er nur Tränen und Schmollen geerntet. Nie würde er ihr Schlechtes gewünscht haben, aber er war über ihren Tod durch den Fluch auch sonderlich traurig. Marcas war gesegnet gewesen, als er Brigid kennengelernt hatte und nie hatte er seinen Bruder glücklicher gesehen. Tatsächlich hatte Marcas´ und Brigids Verbindung die Stimmung im gesamten Clan verbessert.

Das Zweite, was er begriffen hatte, war wohl seine starke Motivation, den verdammten Erpresser zu finden. Wenn er dem Mistkerl über die Jahre nicht so viel Geld gegeben hätte, würde er jetzt die Geldmittel haben, um das Kleid zu kaufen und ihm bliebe sogar noch jede Menge übrig. Wie hätte er es geliebt, Tara dieses extravagante Kleid zum Geschenk zu machen, einschließlich einem Paar passender Schuhe. Er hatte kurz überlegt, Ethan um das Geld zu bitten. Sein Bruder hätte es ihm ohne Zögern überlassen. Er war einfach zu großzügig. Doch Shaw würde ihn nicht bitten. Die Situation war nicht sein Verschulden. Und auch nicht sein Werk. Die rasch versteckte Enttäuschung auf Taras Gesicht war sein Verschulden. Nein – es war das Verschulden des Erpressers.

Das musste aufhören.

Es war wundervoll gewesen, all seine Probleme für eine Weile zu vergessen. Aber bald würde er sich ihnen wieder zuwenden müssen und anfangen, in der Stadt Fragen zu stellen. Seine eigenen Fragen.

Aber noch nicht.

Auf ihrem Weg, um sich mit Ethan und Jennet zu treffen, hielten sie tatsächlich an einigen Ständen entlang der Straße an. Tara wählte einige Bänder und meinte, sie hätte sie Brigid versprochen, und

Shaw kaufte Spielzeug für Tiernay und Kara. Und als Tara bei der Auslage einer besonders weichen rehfarbenen Wolle innehielt, kaufte er sie alle ohne weiteren Gedanken für sie.

»Der Winter ist im Anzug«, meinte er. »Und wenn du einen Umhang aus dieser Wolle trägst, fühlst du vielleicht meine Arme um dich, die dich wärmen.«

Sie errötete und dann zog sie den Kopf ein, aber nicht schnell genug, um ihr Lächeln zu verbergen.

Als sie endlich beim Gasthaus ankamen, war Shaw überrascht, Ethan und Jennet noch immer, in einer Nebenstube sitzend, beim Essen vorzufinden. Vor ihnen standen Schalen mit Eintopf − es roch nach Lamm − und ein Teller mit Obst und Käse.

Es war für Ethan nicht überraschend, um einen Tisch abseits des Schankraumes gebeten zu haben. Die Kakophonie aus unterschiedlichen Unterhaltungen machte es schwer für ihn, still zu sitzen.

»Das ist ein komfortables Eckchen, Ethan.« Dann machte er dem Gastwirt ein Zeichen. »Wir nehmen das Gleiche wie unsere Freunde.«

Er hielt Tara einen Stuhl hin, ehe er dann selbst Platz nahm, und einen Moment später standen dann ihre eigenen Mahlzeiten vor ihnen. Die Bedienung hier war gepflegter gekleidet als in vielen anderen Lokalen, und darin vermutete er den Grund, warum Ethan dieses Gasthaus den anderen vorzog.

»Also, was war deine Überraschung?«, fragte Jennet, sobald sie unter sich waren.

»O Jennet, das hättest du sehen sollen! Ich habe beim Schneider ein wunderschönes lila Kleid anprobiert. Die Frau, die es bestellt hatte, hat es nicht mitgenommen, also war es schon fertig. Das Mieder war tailliert, und die Bänder waren aus dunklem Gold und königlichem Purpur.«

»Wo ist es?«, fragte Jennet.

»Es hat mir nicht richtig gepasst und es hätte zu lange gedauert, es zu ändern, also haben wir beschlossen, es dazulassen. Aber es war so ein herrliches Erlebnis. Du hättest all die Stoffe sehen sollen, die er hatte. Stoffe und Bänder, Schuhe, Schals, Spitze, so viele Dinge. Es hat so großen Spaß gemacht. Kein Wunder, dass Mama gerne nach Edinburgh reist, um Stoffe zu kaufen. Früher hat mich das nie interessiert, doch jetzt würde ich sie wohl begleiten. Auf dem Rückweg haben wir allerdings noch einige Dinge an den Ständen der Händler gekauft, darunter eine wunderbar weiche Wolle und die Bänder, die Brigid sich gewünscht hat.«

»Meine Mutter und Tante Gwyneth kommen auch gern. Tante Gwyneth besteht darauf, dass sie das Gewebe der Wolle fühlen muss, um das perfekte Paar Strumpfhosen mit dem richtigen Maß an Elastizität daraus zu fertigen. Ich hätte nie gedacht, dass es so viele Sorten gibt«, meinte Jennet.

»Mir würde so viel Auswahl nicht gefallen, aber unsere Mama kam gern mindestens einmal im Jahr hierher, obwohl Papa häufig über die

Kosten gemurrt hat.« Ethan sah Shaw an. »War es übermäßig teuer?«

»Die Kleider waren ziemlich teuer. Ich hatte nicht genügend Geld bei mir«, antwortete Shaw verlegen. »Aber es war ohnehin kein Kleid zum Mitnehmen zu haben.«

»Ich weiß nicht, wie ich dir dafür danken soll, Shaw, dass du mich dorthin gebracht hast«, flüsterte Tara und errötete ein wenig. »Es war eine neue Erfahrung, und ich habe sie genossen. Ich brauche ohnehin kein so schönes Gewand.«

»Ich brauche nur mehr Geld.«

»Ich glaube, das lässt sich regeln«, entgegnete Ethan und richtete den Blick dabei auf Shaw.

»Darüber möchte ich jetzt nicht sprechen«, entgegnete dieser.

»Warum nicht?«, erkundigte Ethan sich.

»Schon gut«, sagte Jennet. »Wir haben eine Frage an dich.«

Shaw freute sich über den Themenwechsel, biss in ein Stück Brot und erwiderte kauend: »Bitte sehr. Was auch immer. Ich werde zwischen den Bissen antworten.«

Jennet nickte Tara zu.

Tara setzte ihren Löffel ab und sagte: »Riley und ich haben gestern in der Feenschlucht bei Rosemarkie ein seltsames Geschöpf angetroffen.«

»Was für ein Geschöpf?«, fragte Ethan.

»Zuerst schien es ein Pferd zu sein, aber dann wuchs ihm ein Horn, und es war ein Einhorn.« Tara blickte zu Shaw.

Shaw hatte andere von Einhörnern reden hören, aber er hatte noch nie eines gesehen, und er war sich auch nicht sicher, ob er an sie glaubte. Viele taten das.

Ethan meldete sich sofort zu Wort, sein Interesse an diesem Thema war offensichtlich. »Ach ja, das Einhorn. Das Tier, das William in seinem königlichen Wappen verwendet. Es ist ein Mythos, aber es ist bekannt dafür, stark, wild und ungezähmt zu sein. Es ist ein wunderschönes Geschöpf, das nur von einer Jungfrau gebändigt werden kann. Es soll das Symbol der Reinheit und Unschuld sein. Manche glauben nicht an seine Existenz, aber andere schwören, es im Wald gesehen zu haben. Euch ist eines begegnet?«

»Ja, es war sehr schön. Und es war mit einer Kette gefesselt.«

»War die Kette golden?«, fragte Jennet.

»Ja. Woher weißt du das?« Tara warf Jennet einen bewundernden Blick zu.

Shaw war erstaunt über das Ausmaß von Jennets und Ethans Wissen, und häufig schockierten ihn ihre übereinstimmenden Kommentare.

»Es ist Teil des Mythos«, meinte Ethan. »Niemand weiß genau, wofür es steht. Und das Horn soll über heilende Kräfte verfügen, weshalb es also sehr passend ist, dass es einer unserer Heilerinnen erschienen ist. Was meinst du dazu, Tara? Und was hat Riley darüber gedacht?« Er drückte Jennet an sich und beugte sich vor, um ihr einen Kuss auf die Wange zu drücken.

»Früher schon hatte Riley ihre Gabe als Seherin unter Beweis gestellt, und noch bedeutsamer war allerdings, dass sie in seltenen Situationen imstande war, mit den Toten zu kommunizieren. Wir sind der Ansicht, das Einhorn hat eine Nachricht von einem Geist – einem Pferd oder einem Menschen – überbracht, dessen Erinnerung von Lügen befleckt ist.«

Shaws Magen schrumpfte zu einem Knoten zusammen. Zum Glück war Ethan bei seiner Fragestellung sehr hartnäckig, sodass es ihm erspart blieb, eine Antwort geben zu müssen, aber bei dieser ganzen Situation hatte er ein ungutes Gefühl.

»Sie glaubt, das Einhorn wollte uns mitteilen, dass auf Black Isle oder irgendwo in der Nähe eine Lüge erzählt wurde und das Einhorn wegen dieser Lüge in Ketten gefesselt ist. Wenn die Lüge entlarvt ist, wird das Einhorn durch die Wahrheit befreit werden«, führte Tara weiter aus.

Shaw verschluckte sich fast an dem Schluck Met, den er gerade getrunken hatte. Was zum Teufel ging hier vor sich? Er zwang sich, die Ruhe zu bewahren, und besann sich, dass selbst Ethan nichts über die wahren Umstände der Erpressung wusste. Somit konnte allein er einen Zusammenhang mit seiner Situation erkennen. Niemand sonst hätte Grund zu der Annahme, dass es etwas mit ihm zu tun hatte.

Nun, beinahe niemand. Offensichtlich kannte irgendjemand sein Geheimnis, sonst hätte es keine Erpressung gegeben.

»Shaw, geht es dir gut?«, fragte Jennet und die Besorgnis in ihrem Gesicht war offensichtlich.

»Weiß einer von euch von irgendeiner Situation, die sich in den letzten Jahren ereignet hat, in die ein Pferd verwickelt gewesen wäre? Irgendetwas?«, fragte Tara.

Shaw dankte dem Herrn, dass er Ethan nichts Genaues erzählt hatte, denn sonst würde er jetzt alles ausplaudern. Nein, ihm wurde klar, dass er Ethan nicht in jedes Detail einweihen durfte.

Er hatte es heute Morgen geschafft davonzukommen, ohne Marcas ebenfalls etwas erzählen zu müssen. Tiernay war krank, sodass Marcas sich um seinen Sohn gekümmert hatte und nicht in der Lage war, mit irgendjemandem zu sprechen. Shaw hatte Ethan überzeugt, dass Marcas´ Sohn vor dieser Situation Vorrang hatte, die schon seit Jahren andauerte.

»Vermutlich wird eine weitere Woche nichts ausmachen«, hatte Ethan entgegnet und Shaw war über den Aufschub erleichtert gewesen. Er hatte gehofft, von jemandem in Inverness zu hören, der zu leicht zu Geld gekommen war, doch das konnte nur passieren, wenn er sich wirklich mit den Einheimischen unterhielt und dem Tratsch lauschte. Eine Schneiderei und eine private Stube für ihr Mittagsmahl waren nicht die besten Stätten, um Informationen dieser Art einzuziehen.

Verdammt und jetzt gab es ein Einhorn und eine Frau, die mit den Toten kommunizieren konnte. Shaw musste eine Frage stellen. Er hoffte, die Antwort würde sein zitterndes Inneres beruhigen.

»Welche Farbe hatte das Einhorn?«, fragte er und hoffte, das Zittern seiner Stimme wäre gut getarnt.

»Weiß«, antwortete Tara.

»Die meisten Einhörner sind weiß«, fügte Ethan hinzu, »also ist dies überhaupt nichts, das etwas über den Vorfall preisgibt.«

Shaw stieß den Atem aus, den er angehalten hatte.

Tara runzelte die Stirn und meinte dann: »Oh, und noch etwas. Es hatte ein braunes Mal in Form eines Halbmondes unter seinem rechten Ohr.«

Wenn Shaw gestanden hätte, wäre er zu Boden gegangen.

Er kannte dieses Pferd.

KAPITEL SIEBEN

TARA WUSSTE NICHT, was sie mit Shaws Reaktion anfangen sollte. Er war blasser geworden als eine Schneeflocke im Winter, aber sie machte keine Bemerkung dazu. Er hatte auch sofort das Thema gewechselt und sie hatte mitgespielt.

Während der restlichen Zeit der Mahlzeit waren alle still geblieben. Da anschließend noch einige Zeit bis zur Dämmerung blieb, hatten sie entschieden, auf die Suche nach schönen Ausblicken zu gehen. Tara und Shaw schlenderten den Weg entlang, der zum Beauley Firth führte, während Jennet und Ethan über den Markt flanierten. Sie planten, die Nacht hier zu verbringen, wobei Jennet und Tara die Schlafkammer teilten und die Männer auf dem Boden im Korridor schliefen.

Tara hielt dies für lächerlich, aber Jennet beeilte sich, anzumerken, dass ihr Vater das früher getan hatte, und Ethans Ansicht nach war es der richtige Weg, eine unverheiratete Frau in einer Herberge zu schützen. Er hatte den Wachen einen Posten zugewiesen, den sie abwechselnd einnehmen würden und obwohl Shaw eine Nacht geliebt hätte, in der er Tara in seinen Armen gehalten hätte, wusste er, dass ihre Erziehung Ethan niemals erlauben würde, das zuzulassen. Ihre Mutter hatte ihnen die Idee eingebläut, den Ruf der Mädchen zu wahren. Das würde Ethan auch niemals vergessen.

Sie schlenderten eine Weile umher, ohne zu reden, während sie das friedliche Wasser und den Abend genossen. Ihre unbeschwerte Kameradschaft gab ihr das Gefühl, etwas Besonderes zu sein.

»Es ist so wunderschön hier.«

Shaw nahm ihre Hand. »Deine Hand ist ganz kalt. Frierst du, Mädchen?«

»Ein kleines bisschen.« Sie zog am Kragen um ihren Hals. »Es ist nur der Wind, der über den Fjord kommt.« Als sie den kleinen Hügel hinabgingen, fiel ihr Blick auf das Wasser, auf dem die sinkende Sonne golden funkelte. »Das ist Black Isle, nicht wahr?« Sie zeigte über den Fluss hinweg.

»Aye«, meinte er und zeigte den Fluss hinunter. »Dort drüben ist unsere Bucht und Eddirdale Castle liegt ein bisschen oberhalb auf dem Hügel.«

»Es ist eine wunderschöne Aussicht, Shaw. Vielen Dank, dass du mich hierhergebracht hast. Und für unseren Besuch beim Schneider.« Und bevor sie noch ein weiteres Wort sagen konnte, hatten sich seine Lippen zu einem sanften Kuss auf die ihren gesenkt, der ihre Sehnsucht nach mehr weckte.

Sie warf den Kopf zurück und teilte die Lippen für ihn, während sie eine Hand zu seinem Nacken hob und mit den Fingern durch seine langen Locken fuhr. Wie sie sich wünschte, dass diese Beziehung gedeihen würde, selbst wenn sie nicht wusste, ob ihre Eltern die Heirat mit jemandem von einem derart weit entfernten Clan unterstützen würden.

Er zog sich zurück und flüsterte: »Tara, meine Gefühle für dich werden jeden Tag stärker. Ich wünschte, wir könnten mehr Zeit miteinander verbringen.«

»Auch ich bin immer mehr von dir fasziniert. Wirst du mich wieder küssen, solange wir uns keine Gedanken über Neugierige machen müssen, die uns beobachten?«

Er schmunzelte und dann erfüllte er ihren Wunsch, indem er seine Zunge tief in ihren Mund tauchte, während er die Arme um ihren Rücken legte und sie ganz eng an sich zog. Es gefiel ihr, ihm so nahe zu sein. Die Kälte verflüchtigte sich und ihr Körper erhitzte sich an seinen intimsten Stellen, was Tara nach einer Art von Erlösung lechzen ließ. Ihr derzeitiger Aufenthaltsort ließ eine Erforschung, wie sie sich ersehnte, jedoch nicht zu. Sein Bart streifte an manchen Stellen über ihre Haut, aber es tat nicht weh. Tatsächlich mochte sie seinen Bart.

Ihre Zungen duellierten sich, bis sie hören konnte, wie sein Atem sich beschleunigte und sie damit wissen ließ, dass er sich ebenso gern mit ihr vereinigen würde, wie sie mit ihm. Sie müsste ihn öfter ermutigen. Er schmeckte nach dem gebackenen Apfel, den er gerade gegessen hatte, und sie wünschte, sie könnte seine bloße Haut berühren. Wie sie es lieben würde, ihre Hände an seine bloße Brust zu halten und seine Geheimnisse aufzudecken, zum Beispiel, wie viel Brusthaar er hatte und ob er irgendwelche Narben besaß.

»Shaw! Tara!« Die Stimme machte ihrem Intermezzo ein Ende. Jennet erschien mit Ethan hinterdrein. »Entschuldigt die Unterbrechung, aber Ethan hat etwas für dich herausgefunden.«

Tara zog sich zurück, aber Shaw hielt sie mit einem Arm fest an sich gedrückt. Sie schwelgte in seiner Umarmung. Er gab ihr das Gefühl, etwas Besonderes zu sein und sie war froh, dass er sich ihrer Beziehung nicht schämte. »Wegen was, Ethan?«

»Darüber wer dich erpresst, Shaw«, antwortete er und kam zu Jennet, um ihre Hand in seine zu nehmen.

»Jemand erpresst dich? Wirklich?«, fragte Tara und starrte Shaw an, in dessen Gesicht sich Besorgnis spiegelte. Konnte das der Grund sein, warum er vorhin so blass geworden war? »Wie könnte dich jemand erpressen? Du bist ein guter, ehrenwerter Mann.«

»Ethan, von dir wurde erwartet, dass die Sache zwischen uns bleiben sollte.«

»Das habe ich getan, aber du hast Informationen sammeln wollen. Es war schwer, das zu tun, ohne es Jennet zu erklären. Und sobald Marcas es erfährt, wird Brigid es wissen, dann Jennet und Tara und es wird die Runde machen. Ich habe nur wenig Sinn darin gesehen, es zu verbergen.«

»Stimmt«, meinte Shaw und blickte von Jennet zu Tara. »Bitte, dies ist nicht für alle bestimmt. Ich weiß, dass ihr die Informationen nicht verbreiten werdet.«

»Warum wirst du erpresst?«, fragte Jennet frei heraus. »Erpressung deutet auf eine schlechte Seite in dir hin und ich habe keine bemerkt.«

»Es ist etwas, das vor langer Zeit geschehen ist, und das genaue Ereignis ist nicht von Belang. Aber ich möchte der Erpressung ein Ende machen. Das geht schon viel zu lange so. Was hast du herausgefunden, Ethan?«

Ethan senkte die Stimme, als einige andere Menschen, die den Abend genossen, auf dem Weg auf sie zukamen, gleichwohl sie nicht im Geringsten an ihnen interessiert waren. »Wir sind an einer verruchten Taverne vorbeigekommen, die für ihr Glücksspiel bekannt ist und ich habe jemanden von Erpressung reden hören. Also habe ich Jennet und zwei Wachen bei der Kirche gelassen und bin der Sache nachgegangen. Ich habe herausgefunden, dass eine der Personen, die dafür bekannt sind, sich der Erpressung zu bedienen und Bestechungen anzunehmen, ein Sheriff ist. Er verliert all sein Geld beim Würfeln und Kartenspielen aber eine Woche später hat er wieder Geld. Alle in der Taverne wissen, dass es mit seiner Unaufrichtigkeit gewonnen wurde.«

Shaw runzelte die Stirn und Tara wollte ihn unbedingt ausfragen, bis er ihr alles gesagt hätte. Aufgrund seiner Umstände war er eindeutig aufgewühlt und dennoch leugnete er weder die

Erpressung, noch lieferte er eine Erklärung. Sie hatte von den Problemen mit dem Sheriff gehört. Wenn sie angestrengt genug nachdachte, könnte sie vielleicht sogar genau sagen, über welchen Sheriff sie beunruhigende Geschichten gehört hatte.

Sie schnappte nach Luft, als es ihr einfiel. Tara konnte kaum glauben, dass sie das vergessen hatte. »Der Sheriff of Cromarty! Er hat Padraig eingesperrt, weil Donald MacKinnie ihn dafür bezahlt hatte. Gisela hat uns von ihm erzählt«, meinte Tara. »Sicher könnte so ein Mann Erpressung in seine anderen Verbrechen einbeziehen.«

»Aye«, meldete sich Ethan. »Das ist er. Es wird gesagt, er sei gut Freund mit dem Laird des MacKinnie Clans, Fearchar. MacKinnie ist seit langer Zeit an der Macht und er hat viele Verbindungen. Wir haben gesehen, wie viele Krieger er für die Schlacht aufgebracht hat, als Gisela seinen Sohn hatte heiraten sollen.«

Donald, Fearchars jüngster Sohn, war während dieser Schlacht gestorben und manche dachten, dass sein Tod sowohl seinem Wandel zum Bösen als auch der Wucherung in seinem Kopf geschuldet war. Anhand Brigids Beschreibungen seiner Handlungen und seiner Wandlung, hielt Tara dies für sehr wahrscheinlich. Oder vielleicht waren die MacKinnies auch von Natur aus gefährlich. Shaw sagte kein Wort und wenn Tara vermuten sollte, würde sie meinen, dass sein Verstand raste, während er versuchte, eine Verbindung zwischen seiner Situation und Gisela zu knüpfen.

»Vermutlich«, sagte sie langsam, denn sie war nicht sicher, wie Shaw reagieren würde, »müssen wir herausfinden, ob der Sheriff eine Rolle in der Sache gespielt hat, um die es bei der Erpressung geht.« Sie würde ihn nicht drängen, ihr die Wahrheit zu erzählen, aber irgendwann, wenn sie allein wären, würde sie ihn fragen. Was hätte in seiner Vergangenheit vorgefallen sein können, das eine Erpressung möglich machte? »Shaw, was immer es ist, kann es nicht so ernst sein. Du bist ein vertrauenswürdiger, respektabler Mann. Vielleicht ist die Sache gar nicht so schlimm, wie du denkst. Wir könnten dir helfen.«

Shaw küsste ihre Wange. »Dein Vertrauen in mich wird sehr geschätzt, aber ich bin nicht bereit, dir die gesamte Situation zu schildern. Diese Geschichte ist zu lang, um sich jetzt damit aufzuhalten. Abgesehen davon, hatte die Reise erfreulich sein sollen und keine Gelegenheit meinen Charakter unter die Lupe zu nehmen.«

In diesem Punkt musste sie ihm zustimmen. Wenn sie es auch liebte, ihm nahe zu sein, konnte sie auch nicht anders, als sich zu fragen, was für ein Geheimnis es sein musste, das so beunruhigend war. War es möglich, dass sie für seine Fehler blind war? Hatte er eine Vergangenheit, die sie kennen musste, ehe sie ihre Beziehung fortsetzten?

Sie wusste, was ihr Vater, Aedan Cameron, sagen würde. *Aye, mein Mädchen. Du musst dir seiner sicher sein, ehe du dein Ehegelübde ablegst.*

»Hast du noch etwas herausgefunden, Ethan?«, fragte Shaw.

»Nein, obwohl ich einige andere gefragt habe.«

Shaw nickte und sein Gesicht zeigte einen Ausdruck von Niedergeschlagenheit. Tara entschied, Shaws Unbehagen zu lindern. Er würde nicht mehr von dem Erpresser sprechen, also würde sie das Thema wechseln. Letztendlich hatte sie Riley versprochen, zu sehen, was sie von den Brüdern in Erfahrung bringen konnte.

»Während wir schon über merkwürdige Themen sprechen, würde ich euch gern unsere eigenen mysteriösen Fragen stellen.«

Ethan nickte. »Fühl dich frei, alles zu fragen, was du willst. Wir helfen dir, wenn wir können.«

Die Anspannung, die aus Shaws Körper wich, war für sie fast spürbar, als sie das Thema wechselte. Dies war ein guter Moment, über die Feenschlucht zu sprechen. »Ihr wisst, dass meine Schwester glaubt, das Einhorn, das wir getroffen haben, wäre wegen irgendetwas in Ketten gefangen, das sich in der Vergangenheit auf Black Isle zugetragen hat. Gab es irgendeine Situation, bei der eine Reihe schmerzlicher Lügen erzählt worden war? Etwas, das jemandem sehr wehtun könnte? Ich halte es für sehr wahrscheinlich, dass die Lügen noch nicht aufgedeckt worden sind, oder das Einhorn würde sich nicht mehr gefangen fühlen.«

Shaw warf einen raschen Blick zu Ethan, der darauf antwortete: »Donald MacKinnie hat eine Menge Lügen erzählt, aber das war vor nicht allzu langer Zeit und du weißt bereits von diesen Ereignissen. Und du weißt von den anderen Lügen, die alle verbreitet wurden, weil unser Clan verflucht war. Ich werde darüber nachdenken müssen, was sich davor ereignet haben könnte. Nichts hebt sich für mich besonders hervor, aber ich bin sicher, dass viele Lügen erzählt worden sind, und ein ganzer Teil davon nie richtiggestellt wurde. Diese eine Lüge zu finden, die euer Einhorn gefangen hält, könnte sich in diesen Teilen als ziemliche Herausforderung erweisen.«

»Ich würde annehmen, dass es sich um ein gewichtiges Ereignis dreht, meinst du nicht auch, Jennet? Vielleicht über jemanden, der gestorben ist oder der Vieh gestohlen hat oder irgendetwas in der Art, das einen Kampf oder eine Fehde zwischen den Clans ausgelöst haben könnte.«

Shaw schüttelte den Kopf. »Es gab nicht viele Kämpfe, mit Ausnahme der Auseinandersetzung mit den MacKinnies – und dabei gab es keine versteckten Lügen. Black Isle ist eine kleine Gemeinschaft und die Clans haben viele Verbindungen untereinander. Einen unter ihnen zu verletzen bedeutet, viele zu verletzen. Vielleicht bezieht sich das Pferd auf etwas, das sich auf dem Festland ereignet hat und nicht auf Black Isle. Ich würde dort suchen. Vielleicht ist sie deshalb zu dir gekommen, Tara, weil du nicht von Black Isle bist. Wir können in der Herberge nach den Fehden und Disputen fragen, die sich um Inverness zugetragen haben. Hier werden die Leute es besser wissen als wir.«

»Vergiss nicht die Situation mit unseren Cousins vor einigen Jahren«, fügte Jennet hinzu, »als die Kinder geraubt und verkauft worden waren. Connor, Gregor und Gavin waren alle in Inverness gewesen und hatten jemanden erwischt, der versucht hatte, Kinder in Kisten zu verschiffen. Er wollte sie über das Meer nach Europa verkaufen, um Geld zu verdienen.«

»Die Missetäter sind erwischt worden, nicht wahr? Ich erinnere mich daran, wie mein Vater von der Sache gesprochen hat, aber das war vor sehr langer Zeit.« Ethan kratzte sich am Kinn. »Die Situation wurde meines Wissens vollkommen geklärt.«

»Ich werde noch etwas mehr darüber nachdenken«, meinte Shaw und rieb Tara dabei rasch über den Rücken. »Aber du solltest deinem Pferd davon erzählen. Das könnte sehr gut die Antwort auf das Mysterium sein. Ich denke, wir sollten jetzt zur Herberge zurückkehren. Die Sonne ist beinahe untergegangen und mit der Dunkelheit kommt die Kälte.«

Ein Schauder lief Tara über das Rückgrat, aber so merkwürdig das auch war, wurde er nicht vom Wetter verursacht.

Der Eindruck kam von Shaw und sie war sich sicher, dass er in Hinsicht auf die Ketten des Einhorns log. Viel zu schnell hatte er vorgeschlagen, die Suche außerhalb von Black Isle fortzusetzen und dann hat er versucht, alles abzutun, indem er die Schuld den Verbrechen zuschrieb, die schon seit langem aufgeklärt waren.

Sie war sich sehr sicher, dass das Pferd nicht wegen der Kinder in Ketten lag, die vor so vielen Jahren verkauft worden waren. Es musste einen anderen Grund geben und Riley und sie würden ihn aufdecken. Shaw kannte das Pferd, dessen war sie sicher. Jedes Mal, wenn es zur Sprache kam, verlor er seine sorglose Art. Vielleicht musste sie ihn zwingen, die Feenschlucht mit ihr zu besuchen, damit er es mit eigenen Augen sehen konnte.

Black Isle war voller Geheimnisse. Nun gab es zwei weitere, die sie zu lösen hatten. Was war wichtiger? Das Pferd? Oder Shaws Erpresser?

Shaws Meinung war eindeutig – er war froh, alles über das Pferd zu vergessen. Aber Tara wusste, dass sie das nie tun würde.

KAPITEL ACHT

SHAW TRIEB SEIN Pferd in einen Galopp.
Er wollte dies hinter sich bringen. Und da er
nicht wollte, dass irgendjemand von seinem Ziel
erfuhr, verließ er Eddirdale Castle, ehe die Sonne
aufgegangen war, und hoffte, er würde Dougal
erwischen, ehe dieser sich an die Erledigung
seiner morgendlichen Aufgaben machte, woraus
auch immer diese bestehen mochten. Abgesehen
von dem Klatsch über den Sheriff hatte die
Reise nach Inverness wenig ergeben. Aber das
Kreuzverhör von Ethan und bald auch von
Marcas würde nicht so schlimm sein wie das von
Tara.

Schuld erfasste ihn jedes Mal, wenn sie ihn
anschaute, als ob sie seinen Charakter aufgrund
der Erpressung in Frage stellte. Sollte er ehrlich
zu ihr sein?

Noch nicht. Niemand würde es verstehen.
Er musste das Problem auf andere Weise lösen,
eine, die es ihnen allen möglich machte, das Wort
Erpressung zu vergessen.

Dougal MacKinnie war in jungen Tagen sein
engster Freund gewesen. Obwohl Dougal der Erbe

des Lairds und Shaw der jüngste Sohn war, hatte dieser Unterschied ihnen nie viel ausgemacht. Sie waren zu allen Festen zusammen gegangen und hatten einander bei Übungskämpfen und auch bei privaten Wettbewerben herausgefordert und sich gegenseitig unterstützt.

Sie beide waren auf Turnieren und Spielen mit dem Schwert erfolgreich gewesen. Obwohl Shaw ein bisschen besser als Dougal war, hatte er damit nicht geprahlt. Ihre Freundschaft war wichtiger als alles andere gewesen.

Als sie in das richtige Alter dafür gekommen waren, hatte ihre Lieblingsaktivität darin bestanden, den Mädchen und leichtfertigen Dirnen nachzustellen, gleichwohl Shaws Vater darauf achtete, dass er respektabel blieb. Sein Vater sorgte dafür, dass er nicht zu weit ging, indem er ihm ständig über die Tatsache Vorträge hielt, innerhalb einer Woche verheiratet zu sein, falls er einem Mädchen die Unschuld raubte.

Das hatte Shaw bei der Stange gehalten. Dougal hatte solche Gewissensbisse nicht und musste auch nicht die gleichen Konsequenzen fürchten.

Als sie heranwuchsen, hatten sie beide unterschiedliche Beziehungen zu Mädchen entwickelt. Während Dougal auch weiterhin jedem Rock nachgelaufen war, hatte Shaw sich seine Gesellschaft gezielter ausgewählt. Er hatte sogar gelegentlich daran gedacht, zu heiraten, aber er hatte kein Mädchen gefunden, das ihn besonders interessiert hätte.

Bis zu diesem schicksalhaften Sommer.

Dougal und er hatten Eschina MacHeth

und ihre entfernte Verwandte vom Festland, Lucretia Baird, kennengelernt, die Black Isle für den Sommer besuchte. Das geschah bei einem Frühlingsfest und sie hatten die beiden danach noch öfter gesehen. Sie hatten die Mädchen mit zu einem Jagdausflug genommen und waren zu Pferd über die Wiese und in den Wald gestürmt, aber dann war das Schlimmste passiert. Danach war nie wieder alles beim Alten gewesen, obwohl er alles versucht hatte, dieses Ereignis vollkommen aus seiner Erinnerung zu verbannen. Selbst jetzt haderte er damit, seinem Gedächtnis zu gestatten, daran zu denken, und abermals vergrub er die Erinnerung in die tiefsten Winkel seines Gehirns.

Jemand musste sie in diesen Wäldern beobachtet haben, und dieser jemand hatte genau gesehen, was passiert war.

Shaw konnte nicht riskieren, dass die Wahrheit ans Licht kam.

Er kam dem Gebiet der MacKinnies näher und bremste sein Pferd, während er sich die größte Mühe gab, die Kontrolle zu bewahren, um zu verhindern, dass etwaige Erinnerungen in seine Gedanken eindrangen und den Zweck seines heutigen Besuchs ruinierten. Er hatte zwei Themen mit Dougal zu besprechen und keines davon konnte warten.

Am Tor war nur ein Wachmann postiert, den er nicht kannte, aber der Wachmann kannte ihn. »Warum seid Ihr hier, Matheson? Habt Ihr unserem Clan nicht schon genug Schaden zugefügt?«

Der Kampf, um seine Schwester Gisela aus

Donald MacKinnies Vorhaben zu befreien, sie zu heiraten, war nicht die Schuld der Mathesons gewesen. Die Heilerinnen unter ihnen hatten den Verdacht geäußert, dass Donalds aufbrausendes Benehmen und sein Tod aufgrund einer Krankheit erfolgt war, obwohl Padraig Grant diesen Tod ein bisschen beschleunigt hatte. Dennoch war es Donalds eigenes Handeln gewesen – hauptsächlich Giselas Entführung –, das dem MacKinnie Clan wirklichen Schaden zugefügt hatte.

»Das ist die Vergangenheit. Ich muss mit Dougal sprechen. Wenn du mich nicht einlassen willst, dann schick ihn heraus.«

Der Wachmann nickte und verschwand. Shaw blieb auf seinem Pferd sitzen und nahm ein wenig Abstand vom Tor, für den Fall, dass jemand anderer herauskäme.

Er musste nicht lange warten, ehe das Tor sich öffnete. Dougal ritt hindurch und hielt direkt auf Shaw zu. Mit seinem kräftigen Kiefer und dem hellbraunen Haar war er gut aussehend und die drei parallelen Narben, die über seinen Kiefer verliefen, veranlassten die meisten, ihn als »interessant« zu beschreiben. Diese Narben waren jedoch eine weitere Erinnerung an das, woran Shaw nicht denken wollte, und deshalb einer der vielen Gründe, warum er nicht versucht hatte, ihre Freundschaft zu erhalten. Dougal zeigte in die Richtung, aus der Shaw gekommen war. »Abseits der Küste. Es ist Zeit zum Fischen.«

Shaw gestattete Dougal, die Stelle zu wählen, an der sie reden konnten, ohne Angst haben zu müssen, belauscht zu werden. Er führte ihn den Hügel hinauf in den Wald, und es war eine malerische Gegend, die er nie zuvor besucht hatte. Sobald sie stehen blieben, drehte er sich zu Dougal um und überrascht erblickte er die roten Sandklippen, die sich vor der Küste erhoben. Von ihrem Aussichtspunkt konnten sie die Boote im Beauly Firth erkennen und die umherschwirrenden Dohlen. Die Feenschlucht war nicht fern, doch sie war mehr im Inland zwischen den dicken Bäumen des Waldes gelegen. So weit, wie sie in den Wald eingedrungen waren, konnte niemand ein Wort dessen hören, was sie sagten.

»Was willst du, Matheson?«, fragte Dougal.

»Ich muss wissen, ob du erpresst wirst, Geld zu bezahlen.«

Dougal stieß ein tiefes Seufzen aus und ein niedergeschlagener Blick huschte über sein Gesicht, was Shaw alles darüber sagte, was dieser wissen wollte. »Aye, der Mistkerl ist erbarmungslos und gierig.«

»Vielleicht ist es Zeit, uns gegen ihn zu verbünden und eine Möglichkeit zu finden, dieser Sache ein Ende zu machen.« Er wusste nicht, was sie tun konnten, aber alles wäre einen Versuch wert.

»Hast du einen Vorschlag zu machen?«

»Nein, aber wie du weißt, war der Sheriff von Cromarty dabei – er war an jenem Tag dort. Mir ist zu Ohren gekommen, dass er gern mehr Geld nimmt, als es die Pflicht gegenüber dem König gebührt. Er behält den Überschuss für sich selbst.

Und es wird gemunkelt, dass er auch in andere Erpressungen verwickelt ist. Anscheinend war er in den Disput zwischen Padraig und deinem Bruder verwickelt. Er hat Geld angenommen, um Padraig einzusperren.«

»Aye, Donald hat ihn bezahlt, um Grant einzusperren, bis er deine Schwester heiraten konnte. Das hat offensichtlich nicht geklappt.« Dougal fuhr sich mit den Händen durch sein lockiges Haar und sah so frustriert aus, wie Shaw sich fühlte.

»Glaubst du, er könnte derjenige sein, der uns erpresst?«

»Nein, er ist zu unbesonnen. Wenn er es wäre, dann würde er sich nicht verstecken. Er wäre direkt auf uns zugekommen und hätte Bezahlung verlangt.«

Shaw erwog seine Worte und wusste, dass er diese Möglichkeit aus demselben Grund viele Male verworfen hatte. Er seufzte. »Wenn ich raten sollte, würde ich denken, dass es jemand sein muss, den wir beide nicht kennen.«

»Aye. Und wie werden wir je herausfinden, wer das ist, wenn wir ihn nicht kennen?«

Shaw hatte keine Antwort für ihn. »Wir müssen die Nachrichten vergleichen, die er an den verabredeten Stellen hinterlässt und die Zeiten. Gehst du selbst dorthin oder schickst du jemanden?«

»Ich schicke jemanden, dem ich voll vertrauen kann.«

»Hat diese Person je einen Hinweis darauf gesehen, wer es sein könnte?«, fragte Shaw.

»Nein, und ich auch nicht, wenn ich ihn begleitet habe.«

Shaw fluchte. »Ich habe versucht, ihm zu folgen und ich stehe immer mit leeren Händen da. Anfangs hatte es den Anschein gehabt, als würde die Person, die das Geld abholt, tagelang nicht erscheinen. Aber ich habe früher in diesem Jahr in die Schachtel geschaut, die wir benutzen sollten, und sie hat eine Rinne, die unter das Gebäude führt, also weiß ich nicht, wo das Geld hin ist. Irgendwo unter dem städtischen Stall in Beauly. Es muss einen Keller geben, aber ich habe den Eingang nie finden können.«

»Nein, wir sind noch nie zu einem Stall beordert worden. Für uns ist es ein alter Baumstamm im Wald. Gelegentlich auch eine Stelle an der Küste.«

»Wir sind näher an Beauly als ihr, deshalb gehen wir wohl dorthin.«

»Ich bin mir sicher, dass der Mistkerl andere schickt, die für ihn die Arbeit erledigen. Wenn wir jemals jemanden erwischen werden, würde es sich wahrscheinlich um einen Jungen oder ein Mädchen handeln. Er ist zu gerissen, um das Risiko einzugehen, selbst erwischt zu werden.«

Genau dasselbe hatte Shaw mit Sammy erörtert und ihm gesagt, er solle auch auf die unscheinbarste Person achten, die dort ein- und ausging. Solche Halunken heuerten andere an, um die Arbeit von ihnen erledigen zu lassen. »Du meinst, er ist zu feige, seine eigene Dreckarbeit zu machen. Er hat keinen Mumm.«

»Wie mir scheint, glaubst du zu wissen, wer der Schuldige ist. Verrate mir deinen Verdacht.«

»Nein, ich habe keine Ahnung. Wüsste ich es, würde ich den schwachbrüstigen Halunken zur Rede stellen.«

»Du sprichst von ihm, als wäre er ein Narr. Ich denke, wir sind die Narren. Wir sind diejenigen, die immer noch bezahlen.«

Das konnte Shaw nicht bestreiten. »Meine Geduld ist fast aufgebraucht. Es ist an der Zeit, dass ich mich auf die Entlarvung des Erpressers konzentriere. Ich werde Ethan darauf ansetzen. Er verfügt über einen sehr logischen Verstand und ist sehr gut im Lösen von Rätseln.«

Dougal warf ihm einen langen Blick zu. »Wenn du glaubst, dass du eine Ahnung hast, um wen es sich handelt, lass es mich bitte wissen. Ich begleite dich, wenn du den Halunken zur Rede stellst. Es ist auch mein Geld.«

Shaw nickte, obwohl er wirklich ratlos war, was er als Nächstes tun sollte. Mehrmals hatten Sammy und er den halben Tag in den Stallungen von Beauly zugebracht und alles versucht, um in den Schacht zu gelangen, da sie herausfinden wollten, wo das Geld geblieben war. Er hatte versucht, mit der Hand hineinzugelangen, doch es war ihm lediglich gelungen, die Finger hinein zu quetschen. Sammys Hand hatte hineingepasst, aber außer den hölzernen Seitenwänden der Rinne und einem leichten Luftzug, der von unten heraufwehte, hatte er nichts ertasten können. Dieser Luftzug war der Grund, warum er glaubte, dass es eine Art Keller geben musste. Auf seine Frage hin, hatte der Stallbesitzer nur mit den Achseln gezuckt und keine Auskunft erteilt. Shaw hatte keine Lust gehabt, ihm eine Erklärung für sein Interesse an dem merkwürdigen Schlitz an der Seite des Gebäudes zu liefern. »Hast du eine andere Idee, als die Zahlungen einzustellen?«

»Shaw, wir können nicht aufhören und das Risiko eingehen, dass jemand herausfindet, was passiert ist. Mein Vater darf nichts erfahren. Er würde mich verleugnen und ich würde das Anrecht auf meine Position als Laird verlieren. Denk nicht einmal daran, jemandem die Wahrheit zu verraten.«

Shaw nickte und wusste genau, wie Dougal sich fühlte. »Ich habe niemandem außer Ethan etwas gesagt.« Er ließ das Thema für den Moment ruhen und wandte sich der anderen Frage zu, die ihn beschäftigte. »Kennst du jemanden, der ein solches Pferd hat, wie das, das wir an jenem Tag verloren haben?«

Dougal runzelte die Stirn und dachte einen langen Moment lang nach. Dann schüttelte er den Kopf. »Nein, mir fällt niemand ein. Ich weiß von anderen weißen Pferden, aber keines mit denselben Abzeichen. Warum?«

Shaw legte die Stirn in Falten. »Jemand hat erwähnt, ein solches Pferd in der Feenschlucht gesehen zu haben. Vielleicht spielt uns jemand einen Streich. Eine Art Hohn.«

»Lass dich nicht noch von etwas anderem verschrecken. Aye, wir werden um eine größere Summe erpresst, aber sonst hat sich nichts geändert. Einzig und allein die Gier ist der Grund für die Veränderung.

»Ich hoffe, du revanchierst dich, wenn du den

Halunken jemals findest, und holst mich, damit ich dem Schuft die Fäuste ins Gesicht schlagen kann«, entgegnete Shaw, dessen Blut angesichts der Gier des Halunken, und seiner eigenen Machtlosigkeit ihm Einhalt zu gebieten, sowie dem Gedanken, dass Taras Vision des Einhorns ein grausamer Streich sein könnte, erneut in Wallung geriet. »Er wird für all das bezahlen, was er uns angetan hat.«

Der Erpresser hatte ihn eine Menge Geld gekostet, aber schlimmer noch, er könnte ihn das Mädchen kosten, in das er sich verliebte. Der Ausdruck in ihren Augen hatte es ihm verraten, und das konnte er nicht zulassen.

———— ⧹⧸ ————

Tara nahm mit Riley und Jennet am Kamin Platz, nachdem sie ihr Nachtmahl eingenommen hatten. Die drei Heilerinnen waren zu mehreren Clanmitgliedern mit verschiedenen Beschwerden im Dorf gerufen worden, sodass ihr Tag sehr geschäftig gewesen war. Sie hatte gehofft, Shaw in der großen Halle zu sehen, da sie in den zwei Tagen seit ihrer Rückkehr aus Inverness nicht mehr mit ihm zusammengekommen war. Wäre es nach ihr gegangen, hätte sie sich mit ihm im Gebüsch oder in dunklen Ecken versteckt, um sich noch mehr Küsse zu stehlen. Er hatte sich jedoch nur selten auf der Burg aufgehalten und ihrer Vermutung nach musste er sich auf Patrouille befinden, oder vielleicht suchte er auch nach einer Möglichkeit der Erpressung ein Ende zu machen.

Die Erpressung. Das Wort, das sie zaudern ließ. Es ließ sie Shaws gesamten Charakter in Frage stellen. Warum? Warum wollte er nicht die ganze Wahrheit über die Angelegenheit sagen? Wenn er nichts zu verbergen hatte, das von einer gewissen Ernsthaftigkeit war, warum würde er dann zahlen?

Vielleicht würde er ihr die Umstände bei ihrem nächsten Treffen mehr im Einzelnen erklären. Sie hatten ihre Zeit in Inverness immerhin nicht in Zweisamkeit, sondern in Gesellschaft von Ethan und Jennet, den Wachen, den Händlern und Stadtbewohnern verbracht. Doch seit sie davon erfahren hatte, beschäftigte das Thema sie mehr, als sie zugeben wollte.

Sie mussten reden.

Die Eingangstür öffnete sich, und sie drehte sich herum, da sie sich vergewissern wollte, wer der Ankömmling war, in der Hoffnung, Shaws attraktives Gesicht zu erblicken. Für einen Moment verschlug es ihr vor Überraschung die Sprache. Dort standen ihre Mutter und ihr Vater.

»Mama?«

»Papa!«, gellte Riley.

Tara hoffte, dass ihren Eltern der unterschiedliche Grad der Aufregung bei ihrer Begrüßung verborgen geblieben war. Rileys Begrüßung war pure Freude gewesen, wohingegen die ihre eine besorgte Frage war. Warum waren sie ohne Vorwarnung oder Einladung hergekommen?

Tief in ihrem Herzen wusste sie, dass etwas im Argen liegen musste, wenn sie hier waren. Sie durchquerte den Raum mit Riley, um sie zu begrüßen.

»Geht es Brin gut?«, fragte Tara. Genau in dem Moment kam ihr Bruder herein und sie seufzte erleichtert auf. Obwohl sie glücklich war, ihre Eltern zu sehen, wollte sie nichts davon hören, dass irgendjemand verletzt oder krank war. »Mama, ich freue mich so, dich zu sehen, aber ist etwas passiert?«

Brigid und Jennet eilten zu ihnen und schäumten vor Freude über. Jennet war nach ihrer Tante Jennie benannt, und schon immer hatten die beiden eine besondere Verbindung zueinander genossen. Sie begrüßte die beiden mit einer Umarmung. »Tante Jennie, es ist so schön, dich hier zu sehen.«

Brigid widmete sich ihren Pflichten als Gastgeberin. »Kommt bitte herein! Wir haben gerade das Nachtmahl beendet, doch es ist noch jede Menge übrig.« Die gesamte Gruppe kehrte zur Feuerstelle zurück. Ihre Mutter schaute Brigids Kinder an und hob Tiernay vom Boden auf, wo er gespielt hatte. »Und wer ist dieser kleine Junge? Das muss Tiernay sein.«

Marcas, Ethan und Shaw kehrten gerade zurück, als Brigid mit der Vorstellung der Kinder geendet hatte und sie setzten sich zu ihnen. Brigid stellte die Neuankömmlinge noch einmal vor und ging dann in die Küche, um ein leichtes Mahl für die Gäste zu richten, die sie anschließend aufforderte, sich an den großen Tisch zu setzen, an dem alle Platz fanden. Fröhliches Stimmengewirr erfüllte die Halle, als alle einander begrüßten, und dabei wurde viel geplaudert und gelacht.

Tara folgte Brigid in die Küche, wo sie Brigid im Gespräch mit Nonie und Edda vorfand, denen sie den Auftrag erteilte, sechs Schüsseln mit Eintopf und Tabletts voll Brot, Obst und Käse herzurichten. Marcas und seine Brüder hatten das Abendessen versäumt, obwohl Tara nicht wusste, warum. Brigid hatte lediglich mit den Schultern gezuckt, da sie es offenbar gewohnt war, dass Marcas sich wegen dringender Angelegenheiten verspätete. Als ihre Cousine mit ihren Anweisungen geendet hatte und die beiden anderen Frauen davongeeilt waren, nahm Tara Brigid am Arm.

»Was machen sie bloß hier? Brigid, da muss etwas nicht in Ordnung sein.«

Brigid warf ihr einen verdatterten Blick zu, doch dann zuckte sie mit den Schultern. »Vielleicht haben sie Sehnsucht nach ihren Töchter.«

»Nein, du verstehst es nicht. Deine Mutter und dein Vater reisen durch das ganze Land, und niemand ist verwundert. Mein Vater verlässt sein Zuhause nur äußerst ungern. Er käme nur, wenn Riley oder ich dem Tode ins Auge blicken würden. Es will mir gar nicht gefallen, dass sie ohne Vorwarnung hier sind. Und Brin hat sie begleitet!« Vor Beunruhigung hatte sie die Augen weit aufgerissen, obwohl sie versuchte, ihren Gesichtsausdruck zu kontrollieren.

»Beruhige dich, Tara. Alles wird gut«, entgegnete Brigid. »Lass deine Eltern erst einmal essen und zur Ruhe kommen, ehe du sie mit deinen Ängsten konfrontierst. Wenn sie dir etwas zu sagen haben, werden sie das sicher bald tun.«

Die Tür zur Küche öffnete sich, und ihre Mutter stand da. Trotz ihres Lächelns wirkte sie besorgt.

»Mama, was ist los?« Das konnte sie nicht ignorieren.

Ihre Mutter schüttelte den Kopf, doch ihre Lippen zitterten auf die ihr eigene Art, die bevorstehende Tränen ankündigte. »Nichts. Ich habe nur … wir haben gehört … bist du wohlauf?«

»Freilich, es geht mir gut.« Sie eilte zu ihrer Mutter hinüber und umarmte sie schnell. »Was habt ihr gehört?«

»Alles Mögliche über Black Isle. Als Padraig und Gisela zu Besuch kamen, berichtete einer der Wachmänner aus ihrem Gefolge, dass sie zufällig gehört hätten, wie einige Männer davon sprachen, sie seien hinter ›dem Cameron-Mädchen‹ her. Sie konnten die Männer nicht erkennen und nicht zu fassen bekommen. Padraig versicherte uns, ihr würdet gut beschützt werden, aber wir haben gerade noch eine Geschichte gehört, dass jemand es auf ein Mädchen der Camerons abgesehen hat. Du und Riley seid beide hier und dein Vater und ich waren krank vor Sorge. In letzter Zeit ist hier so viel passiert.« Ihr Blick wanderte von Tara zu Brigid und dann zu ihrer Tochter zurück.

Tara hatte keine Ahnung, wer ihr etwas antun oder gar ein solches Gerücht verbreiten wollte. »Die Männer müssen sich geirrt haben. Niemand hat mich belästigt, und ich wüsste nicht, warum sie das tun sollten.« Sie blickte zu Brigid hinüber, in der Hoffnung, die andere würde noch etwas hinzuzufügen.

»Tante Jennie, hier ist alles in Ordnung. Wir hatten sicherlich einige ungewöhnliche Situationen, als Jennet der Hexerei beschuldigt worden war und auch wegen Giselas Verlobung, doch jetzt ist alles gut. Die Bedrohung ist vorüber. Wir haben von keiner Gefahr oder Problemen gehört.«

»Gibt es einen Clan, der noch immer gegen den Matheson Clan aufgebracht ist?« erkundigte sich Taras Mutter. »Will MacKinnie sich an euch für das Schicksal seines Sohnes rächen? Irgendetwas muss hier im Argen liegen.«

»Nein, nichts, Tante. Sorge dich bitte nicht. Wir haben jetzt eine solide Kompanie von Wachleuten. Und du weißt, dass wir auf Onkel Alex zählen können, wenn wir ihn brauchen. Seine Männer sind imstande, in einem Tag hier zu sein, wenn sie schnell reiten. Und du kennst meinen Vater. Immer noch kommt er ab und zu auf einen Besuch vorbei. In letzter Zeit war er allerdings nicht hier, weshalb wir ihn bald erwarten.«

Seit Jennets Prozess wegen Hexerei hatte Onkel Logan sich nicht mehr blicken lassen, also musste Tara Brigid in diesem Punkt recht geben. Sie nickte. »Es wird höchste Zeit, dass er auftaucht.« Tara reichte ihrer Mutter ein Leinentuch. »Mama, wisch dir die Tränen ab und setz dich ans Feuer. Du frierst. Hast du dir eine Erkältung zugezogen? Die Kinder sind allerliebst. Vielleicht kannst du ihnen eine Geschichte erzählen. Sie sind begeistert, wenn sie Geschichten zu hören bekommen.«

»Das klingt schön, Tara«, antwortete ihre Mutter und tätschelte ihr die Wange. »Ich werde sie suchen gehen. Begleitest du mich?«

»Gewiss«, entgegnete sie. Ihre Mutter brauchte nur zu fragen, und Tara würde ihr bereitwillig alles gewähren, aber Zeit mit den Kindern zu verbringen, war keine Bürde.

Zusammen verließen sie die Küche und stießen fast mit Shaw zusammen, der aus der großen Halle trat. »Ach Tara, ich wollte nachsehen, ob alles in Ordnung ist.«

»Aye, Shaw, es ist alles gut. Gerade wollten wir in die Halle zurückkehren.« Sie legte ihre Hand auf seine Ellenbeuge, um ihrer Mutter den Eindruck zu vermitteln, dass Shaw ihr mehr bedeutete als Ethan oder Marcas. Ihre Mutter lenkte den Blick auf die Hand ihrer Tochter, die auf Shaws Arm ruhte, doch Tara zog sie zurück, als er seinen Arm um Taras Schultern legte. Ein kleines Lächeln umspielte kurz den Mund ihrer Mutter, und sie hob die Augenbrauen.

Shaw räusperte sich. »Ich hätte es vorgezogen, zuerst Euren Mann zu fragen, aber da Ihr hier seid, werde ich Euch fragen. Darf ich um Eure Erlaubnis bitten, Eurer Tochter den Hof zu machen? Ich habe sie sehr liebgewonnen.« Seine Wangen nahmen eine dunklere Farbe an, als er rot wurde.

Taras Herz drohte zu bersten, als sie erkannte, wie Shaw sich vor ihrer Mutter von einem großen, stattlichen Krieger in einen nervösen Jungen verwandelte, aber sie behielt ihre Gedanken für sich und unterdrückte den Drang, zu kichern.

»Ah, nun, ihr Vater hat hier das letzte Wort, aber ich bin einverstanden. Die Matheson Brüder sind für ihre Ehrenhaftigkeit, ihr Geschick und ihre Stärke bekannt.«

»Er ist ein guter Mann, Mama«, meinte Tara.

Brigid, die breit grinste, nickte neben ihr. »Stimmt. Sie sind alle gute Männer, Tante Jennie.«

»Da bin ich mir sicher, meine liebe Brigid. Vielleicht trinke ich etwas zu meinem Nachtmahl. Hast du ein wenig Wein?« Das braune Haar ihrer Mutter war geflochten, doch im Laufe der Reise hatten sich viele Strähnen gelöst. Ihre Haut war schimmernd, eine Eigenschaft, die Tara gern nacheifern würde, aber nicht zu beherrschen schien. Sie war ihrem Vater ähnlicher als ihrer Mutter. Dass ihre Mutter um Wein bat, war eine Tatsache, die ihr sagte, dass die Reise für die liebe Frau überaus ermüdend gewesen war. Wahrscheinlich war das allerdings eher ihrer Sorge als der Anstrengung geschuldet.

Wer könnte etwas gegen sie haben?

»Aye, da wir in großer Nähe zu Inverness liegen, haben wir eine gute Auswahl. Ich werde dir einen Krug mit einem Wein aus Frankreich bringen.« Brigid verschwand im Weinkeller.

Tara richtete das Wort an ihre Mutter. »Mama, ich hoffe, du machst dir jetzt, wo du mit eigenen Augen siehst, wie gut es mir gut geht, keine Sorgen mehr.«

Ihre Mutter strich ihr über die Wangen und antwortete: »Es ist wunderbar, dein lächelndes

Gesicht wiederzusehen, Tochter. Shaw, ich erwarte, dass du mein Mädchen beschützt.«

»Mit meinem Leben«, antwortete Shaw, und warf sich dabei ein wenig in die Brust.

Ihre Mutter kehrte in die Halle zurück, und Tara folgte ihr mit Shaw zum Kamin hinüber, wo die Kinder spielten. Es dauerte nicht lange, bis ihr Vater zu ihnen herüberkam.

Shaw begrüßte ihn mit einer kleinen Verbeugung, um seinem Respekt Ausdruck zu verleihen. »Ich bitte um die Erlaubnis, Eurer Tochter den Hof zu machen, Sir. Sie ist das schönste Mädchen, dessen ich je ansichtig geworden bin.«

Mit einem Lächeln auf dem Gesicht blickte ihre Mutter zu ihrem Vater auf. Kara zupfte an ihr, damit sie sich wieder zurückdrehte, um ihr bei einer sehr wichtigen Aufgabe zu helfen. »Mylady, würdet Ihr mir helfen, meine Puppe anzuziehen?«

»Aber gewiss. Das würde ich gerne tun, aber ich bin nicht deine Lady. Ich bin jetzt deine Großtante, weil dein Papa Brigid geheiratet hat, und du musst mich Tante Jennie nennen.«

Kara schaute zu Brigid, die ihr zustimmend zunickte.

Aedan Cameron sah Tara an und musterte das Gesicht seiner Tochter. »Bevor ich diesem jungen Mann antworte, habe ich Fragen an dich, Tochter. Bist du wohlauf? Ich bin sicher, deine Mutter hat dir gesagt, warum wir hier sind. Diese verfluchten Geschichten tauchen immer wieder auf, und wir können sie nicht einfach als Gerüchte abtun.«

»Ja, Mama hat mit mir geredet. Es ist nichts passiert. Ich genieße meine Zeit hier ... und Shaws Gesellschaft.«

»Tatsächlich? Wie lange besteht dieses Interesse schon?« Sie nahm den spielerisch neckenden Tonfall in seiner Stimme und das Funkeln in seinen blauen Augen wahr. Er blickte zu Shaw hinüber, doch dann wieder zu ihr.

»Nicht lange, Papa. Wir sind uns nur nähergekommen, und das ist alles.« Sie dachte an ihren Aufenthalt in Inverness und daran, wie glücklich sie war, dass ihre Eltern nicht während ihrer Abwesenheit unangemeldet angekommen waren. Oder dass sie nicht in der Herberge eingekehrt waren, in der sie übernachtet und Geschichten darüber gehört hatten, wie nahe sie sich gekommen waren.

»Shaw, du bist ein echter Highlander? Du wirst meine Tochter mit deinem Leben beschützen?«

»Natürlich, Mylord.«

Aedan nickte und entgegnete: »Für den Moment hast du meinen Segen. Ich freue mich darauf, dich besser kennenzulernen. Wir sind um die Sicherheit unserer Tochter besorgt, also erwarte ich, dass du auf sie aufpassen wirst.«

Ihr erster Gedanke war, ihre Reise als Beweis dafür nutzen zu können, dass sie tatsächlich in Sicherheit war, aber der zweite Gedanke ließ sie die Weisheit dieser Erklärung überdenken. Ihre Eltern würden sich mit eigenen Augen davon überzeugen, dass alles in Ordnung war.

Shaw dankte ihm und ging hinüber, um kurz mit Marcas zu sprechen. Ihr Vater wartete, bis er außer Hörweiter war und meinte dann: »Dank Marcas´ Gastfreundschaft werden wir uns hier eine kleine Weile aufhalten und wir würden uns freuen, ihn vor unserer Abreise besser kennenzulernen.«

»Wie lange beabsichtigt ihr, zu bleiben?« Sie hatte keine Ahnung, was sie planten, und sie hoffte, die beiden wären über ihre Frage nicht verärgert.

Seine Augen bohrten sich in ihre. »Bis wir unsere beiden Töchter überzeugt haben, dass es Zeit ist, heimzukehren.«

Taras Knie gaben beinahe nach.

KAPITEL NEUN

AM NÄCHSTEN MORGEN ritten Shaw und Tara über die Wiese und ließen ihre Pferde in der flüchtigen Mittagssonne so viel galoppieren, wie sie wollten. Er konnte gerade noch ihr Lachen hören, das der Wind zusammen mit ihrem Haar zurückwehte, als sie versuchte, mit ihm Schritt zu halten. Seine Kenntnis von den Gerüchten, die ihre Eltern nach Black Isle geführt hatten, war nicht größer als ihre. Heute Morgen hatte sie ihn danach gefragt. Aber er hatte sie schon seit einer Ewigkeit nicht mehr geküsst, also hatte er sie zu einem Ausritt überredet – das war kein schwieriges Unterfangen, wie er erfreut feststellte. Sie hatte ihn überredet, zur Feenschlucht zu reiten. Um sicherzugehen, dass er alles richtig machte, wenn ihre Eltern da waren, brachte er ein paar Wachen mit, und sie ritten in lockerer Formation hinter und neben Tara und ihm.

Nachdem sie ihre Pferde in ein langsameres Tempo gezügelt hatten, sagte Tara mit leiser Stimme: »Hast du nicht einen Auftrag für die Wachen, Shaw?«

Shaw grinste und hoffte, dass er ihre Worte richtig interpretierte. »Höre ich da jemanden, der sich nach mehr Küssen sehnt, Mädchen?«

»So ist es, Mylord. Willst du mir meinen Wunsch erfüllen? Sie klimperte mit den Wimpern, um ihm ihr Interesse deutlich zu machen.

Er versuchte gar nicht erst, sein Grinsen zu verbergen, sondern lenkte sein Pferd so nahe an ihres heran, dass er sich zu ihr beugen und ihre Wange küssen konnte, woraufhin sie in Kichern ausbrach.

Verdammt, aber er mochte diese Frau, mehr als jede andere. Wären da nicht all die quälenden Erinnerungen an die Begegnung mit Dougal und die Erpressung, die drohend auf ihm lastete – und seine finanziellen Mittel verzehrte –, würde er sie vielleicht um ihre Hand bitten. Tara war genau die Art von Mädchen, die er sich an seiner Seite wünschte. Seit sie sich kennengelernt hatten, fühlte er sich zu ihr hingezogen. Wann immer sie zusammen auf einem Fest waren, verbrachten sie den Tag mit Lachen und Freude. Noch lieber küsste er sie allerdings, und es gab einfach niemanden, der schöner war als Tara Cameron. Aber am meisten liebte er es, sich mit ihr zu unterhalten. Tara wusste so viel mehr als er. Sie war auch eine gute Zuhörerin und hielt stets einen guten Rat für ihn bereit. Aus einem merkwürdigen Grund vermittelte sie ihm das Gefühl, unbesiegbar zu sein, obwohl er keine Ahnung hatte, warum.

Warum wagte er dann nicht, ihr die Wahrheit anzuvertrauen? Weil die Wahrheit zu qualvoll war. Wenn ihm je das Glück beschieden sein sollte, seinen Erpresser loszuwerden, würde er auf ewig dankbar sein. Aber er konnte nicht umhin, sich zu fragen, was ihre Eltern von ihm hielten und was sie denken würden, wenn sie von der Erpressung wüssten. War er gut genug, um die Tochter eines Lairds zu heiraten?

War er törichter gewesen als die meisten jungen Leute? Diese Fragen überfielen ihn tagtäglich, und doch hatte er keine Antwort darauf. So sehr er auch versuchte, sich einzureden, er sei vertrauenswürdig und ehrenhaft, so sehr schrie alles in ihm danach, auf der Hut zu sein, weil er sie nicht verdiente. Wenn die Wahrheit ans Licht käme, würde sie ihn niemals heiraten, und selbst wenn sie einwilligte, gäben ihre Eltern niemals ihre Zustimmung dazu.

Für den Augenblick tat er sein Bestes, so zu tun, als hätte es jenen Tag nie gegeben. Die Vernunft sagte ihm, dass er Tara guten Gewissens heiraten könnte, wenn er und Dougal den Erpresser finden und ihren Qualen ein Ende setzen könnten. Um ein ungetrübtes Leben voller Glück zu führen.

Ein Leben ohne die ständige Angst, die ständig auf ihm lastete, dass die Wahrheit ans Licht kommen könnte. Das Bedürfnis, immer über die Schulter schauen zu müssen, könnte ein Ende haben.

Sie überquerten den Kamm vor der Feenschlucht und entdeckten eine Stelle, an der sie ihrer Pferde anbinden konnten. Shaw machte einer der Wachen ein Zeichen. »Patrouilliert in der Gegend. Wir brauchen nur einige Augenblicke.«

Er half Tara herunter, indem er sie um die Taille fasste und sie dabei kurz drückte.

Sie war nicht so rank und schlank wie viele andere Mädchen, und er war froh darüber. Ihre Kurven waren herrlich, und er sehnte sich danach, ihre Weichheit zu erforschen. Sein Vater hatte den drei Jungs stets ans Herz gelegt, sie sollten sich ein Mädchen mit breiten Hüften aussuchen, um viele Kinder zu bekommen.

Er ergriff Taras Hand und führte sie näher an den Wasserfall. »Wusstest du, dass es hinter diesem Wasserfall noch einen weiteren Wasserfall gibt? Die meisten Leute bleiben hier stehen und gehen nicht weiter. Beide sind gleich schön.«

»Tatsächlich? Wirst du ihn mir zeigen? Riley und ich sind nicht weiter gegangen – das Pferd ist hier zu uns gekommen.«

Er drehte sie zu sich und nahm ihr Gesicht zwischen seine Hände. Dann senkte er seinen Mund zu ihrem und küsste sie ausgiebig. Diesen Augenblick hatte er sich schon seit Tagen ausgemalt. Ihre Lippen waren zarter und noch einladender, als er sie in Erinnerung hatte. Noch mehr freute es ihn, als sie näher kam und ihren Körper an seinen schmiegte. Er legte den Kopf schief und mit einem Seufzer öffnete sie ihre Lippen für ihn. Darauf drang er mit seiner Zunge in sie, um sich mit der ihren zu vereinen, worauf er im Stillen über ihre Süße jubilierte. Sie ahmte jede seiner Bewegungen nach, erwiderte sein Lecken und Knabbern und verlangte nach mehr, obwohl sie nicht sprach.

Verdammt, aber sie würden fabelhaft harmonieren. Das wusste er einfach.

Dann beendete er den Kuss, und ließ ihn aber zu einer letzten Kostprobe ein letztes Mal kurz aufflackern, ehe er beim Anblick ihrer geschwollenen und rosigen Lippen lächeln musste. Der Kuss war ihm durch und durch gegangen und ihre verzückten Augen verrieten ihm, dass sie dasselbe fühlte.

»Komm«, forderte er sie auf. »Ich zeige dir den anderen Wasserfall. Es ist ein kleiner Spaziergang, aber er wird dir bestimmt gefallen, denke ich.«

Er führte sie einen ausgetretenen Pfad links vom ersten Wasserfall entlang, einen Hügel hinauf und auf der anderen Seite herunter, bis das Geräusch des zweiten Wasserfalls lauter wurde als das des ersten.

Shaw erstarrte. In der Mitte des Beckens am Fuße des Wasserfalls stand knietief ein weißes Pferd, das den Blick von ihnen abgewandt hatte. Es sah seinem alten Pferd Zinna so ähnlich, dass er sich beherrschen musste, nicht ihren Namen zu rufen.

»Schau, dort ist Rileys Pferd«, meinte Tara leise und ein wenig außer Atem. »Ich hoffe, es kommt zu uns rüber.«

Shaws Kopf drohte zu explodieren, doch er hielt sich im Zaum. Es war zweifellos ein weißes Pferd, aber er war nicht nah genug dran, um die Markierungen am Ohr zu erkennen. Dann drehte das Tier sich um und das Horn, das zwischen seinen Augen hervorragte, wurde ganz lang und sah aus, als würde es die Äste der

Bäume berühren. Das Pferd sah genau wie sein altes Reittier aus, aber das konnte es natürlich nicht sein, da es wahrhaftig ein Einhorn war. Er betete, dass es nicht dieselben Abzeichen hätte. Das konnte einfach nicht sein, oder doch? Die Haare auf seinen Armen stellten sich auf, als er das Tier vor ihnen genauestens begutachtete und verzweifelt nach Unterschieden suchte.

Nie würde er jenen Tag vergessen. Das Pferd hatte ihm gehört, doch er hatte es Lucretia für den Ritt überlassen. Die Stute war eine seiner Lieblinge gewesen, und sie an jenem Tag sterben zu sehen, war einer der schlimmsten Momente seines Lebens gewesen. Aber ein Pferd mit zwei gebrochenen Beinen war nicht zu retten, und das wusste er. Es war eine Gnade gegenüber dem Tier gewesen, sein Leiden zu beenden.

Zum Glück hatte Dougal diese Aufgabe für ihn übernommen.

Das Pferd trank aus dem Teich, ehe es den Kopf hob und ihn direkt anstarrte.

»Schau, Shaw. Das ist ein echtes Einhorn. Heute trägt es keine goldenen Ketten.«

Tara wollte näher herantreten, doch er ergriff ihre Hand. »Bitte nicht, Tara.« Allein die Tatsache, dass das Pferd seiner verlorenen Stute so ähnlich sah, vermittelte ihm ein unheimliches Gefühl. Warum war es hier? »Du musst vorsichtig sein. Keiner von uns beiden kennt dieses Tier.« Schließlich war dieses Areal eine Feenschlucht. Feen waren kapriziöse Geschöpfe, die eher Streiche spielten als freundlich zu sein, und jeder auf Black Isle hatte von seltsamen Vorkommnissen gehört, die sich hier ereignet hatten. Aber noch nie von einem toten Pferd, das wieder zum Leben erwacht war.

Oder sich wie das Pferd der Legende in ein Einhorn verwandelt.

»Mach dir keine Sorgen. Ich werde nicht ins Wasser gehen. Nur näher an das Ufer, damit sie zu mir kommen kann.«

»Das wird sie vielleicht nicht. Du kannst nicht sicher wissen, ob es dasselbe Pferd ist wie vorher, oder?«

»Aye, ich bin mir dessen ziemlich sicher. Für mich sieht es gleich aus. Es ist Rileys Pferd, das wir beim letzten Mal getroffen haben. Es hat zu Riley gesprochen. Ich frage mich, ob wir es hören können. Ich werde wissen, ob es dasselbe ist, wenn ich nahe genug herankomme, um seine Markierung zu erkennen.«

Tara hielt dem Pferd die Hand hin, aber Shaw hatte den Blick auf das Tier gerichtet und war nicht imstande, sich zu rühren.

Sein Pferd.

Sein totes Pferd.

Sein totes Pferd in ein Einhorn verwandelt.

Das Tier hielt auf sie zu, umkreiste dann Tara und schritt direkt zu ihm, indem es aus dem Teich an das Ufer trat. Das Pferd wieherte fröhlich, blieb eine Handbreit entfernt stehen und streckte ihm in vertrauter Zuneigung die Nase entgegen. Er konnte sich nicht zurückhalten, dem Pferd die Finger vor das Maul zu legen und es an ihm riechen zu lassen.

Und es war, als würde er in die Zeit

zurückversetzt, als das Tier noch lebte. »Was ist das da zwischen deinen Augen?«, fragte er leise.

Das Pferd trat vor, beugte sich herunter und legte den Hals auf seine Schulter. Wie sehr er sich wünschte, sie hätte das nicht getan. So hatte er einen perfekten Blick auf das Ohr des Tieres. Und die Markierung an jener Stelle hatte er noch nie bei einem anderen Tier gesehen. Das Einhorn hatte sie ihm gezeigt.

Er wich zurück, strich mit der Hand über ihren Hals und flüsterte: »Ich weiß.«

Dann lehnte er den Kopf an den des Tieres, um seine Tränen zu verstecken, und er wandte sein Gesicht von Tara ab, damit sie sie nicht sehen konnte.

Dies war sein Pferd. Sein totes Pferd.

Was zum Teufel war hier los?

Tara bewegte sich an Shaws Seite. »Du kennst das Tier, nicht wahr?«

Er legte den Kopf in den Nacken, bis er zum Himmel aufschaute, um die Tränen zurückzukämpfen, die ihm aus den Augen zu rinnen drohten. Zum Glück hatte er die Fassung nicht ganz verloren, als er das Pferd aus der Nähe betrachtet und das vertraute Wiehern vernommen hatte, mit dem es ihn normalerweise begrüßt hätte.

»Nein, aber sie ist eine besondere Schönheit. Sie erinnert mich an ein altes Pferd, das ich einmal besessen hatte, doch ihre Markierungen sind unterschiedlich. Das stimmt mich immer noch sentimental. Sie ist eine wahre Pracht, nicht wahr?«

Verdammt, er hatte gerade die Frau angelogen, die er zu heiraten hoffte, wenn er die Sache je wieder ins Lot bringen könnte.

Würde das möglich sein? Oder hatte dieser eine schicksalhafte Tag sein Leben für immer ruiniert?

———— ❧ ————

Tara stand neben ihm und wunderte sich, ob er ihr in Bezug auf das Pferd gerade die Wahrheit gesagt hatte. »Wie hieß dein Pferd?«

»Zinna. Bonnie Zinna.«

Das Pferd wieherte, als würde es den Namen wiedererkennen.

»Was ist mit ihr passiert?«

»Ein Unfall. Jemand anderes hat sie geritten, und sie ist gestürzt und musste von ihrem Leiden erlöst werden.«

»O Shaw«, rief sie leise aus und legte ihm ihre Hand auf den Arm. »Es tut mir so leid.«

Um das Thema zu wechseln, fragte er: »Was haben deine Eltern vor? Sind sie immer noch besorgt, du könntest in Gefahr sein?«

Sie druckste ein wenig herum, doch dann rückte sie mit der Sprache heraus: »Papa meint, er würde uns beide mit nach Hause nehmen. Sie werden ein paar Tage bleiben und dann kehren wir alle zurück.«

Shaw trat zurück und nahm ihre beiden Hände in seine. Das Pferd wandte sich ab und verschwand lautlos im Wald. »Willst du das?«

»Nein. Ich habe ihnen noch nichts gesagt, aber ich werde sie nicht begleiten. Ich dachte, ich spare mir diese Auseinandersetzung für einen anderen Tag auf. Es gefällt mir hier. Ich werde als Heilerin gebraucht, und meine beiden Cousinen sind meine besten Freundinnen geworden. Und dann ist da noch ...«

Er hob ihr Kinn an und drückte ihr einen zarten Kuss auf die Lippen. »Was ist da?«

»Wir? Du hast um meine Hand angehalten, und ich genieße die Zeit mit dir. Ich bin noch nicht bereit, dem ein Ende zu machen. Wer weiß, wann ich dich wiedersehe, wenn wir gehen.«

»Möchtest du, dass ich dir den Hof mache? Meiner Vermutung nach habe ich nie nach deinen Gefühlen gefragt.«

Sie blickte zu ihm auf und schaute ihm tief in die Augen. Alles an diesem Mann gefiel ihr, und sie sehnte sich nach mehr. Doch wie weit getraute sie sich, das zuzugeben? »Ich würde dich gerne besser kennenlernen. Seit meiner Ankunft hat es so viel Durcheinander gegeben – der Fluch, der Hexenprozess und Donalds Verfall in den Wahnsinn. Ich möchte einfach nur ein wenig Zeit mit dir in Ruhe verbringen.«

Wieder küsste er sie und es war ein zärtlicher Kuss, der sanft und warm und köstlich war. Was mochte sie lieber, den leidenschaftlichen Kuss oder diesen weichen, zärtlichen?

Sie gefielen ihr beide. Und ihr ging auf, wie viel sie bei Shaw noch lernen konnte.

Als er den Kuss beendete, hörten sie die Stimme von einem seiner Wachmänner, der sie rief: »Shaw! Ethan sucht dich. Wo um alles in der Welt steckst du?«

»Wir sind gleich da«, gab er rufend zurück. Er

nahm sie an der Hand und führte sie den kleinen Pfad entlang. »Wirst du morgen mit mir zum Fest der MacHeths gehen? Ich hoffe, deine Eltern werden dich nicht gleich wieder mitnehmen. Morgen früh nehmen Ethan und ich an den Wettbewerben teil, aber danach würde ich dich gerne über den Festplatz führen. Wir könnten etwas zusammen essen, dir ein Erinnerungsstück kaufen, falls du doch fortgehen musst.«

»Das würde mir sehr gefallen.«

Er schenkte ihr das allerbreiteste Lächeln, dessen sie je ansichtig geworden war, und wackelte mit den Augenbrauen, ehe sie die Lichtung um den unteren Wasserfall betraten. »Ich freue mich schon darauf.«

Taras Herz schlug einen Purzelbaum, wie sie es noch nie zuvor erlebt hatte. »Ich werde sicher einige Zeit mit meinen Eltern verbringen müssen.«

»Komm mit ihnen zu den Wettbewerben, und wenn ich fertig bin, stehlen wir uns davon.«

»Das würde mir gefallen.«

Nein, sie würde es lieben und sie fieberte dem Ereignis ungeduldig entgegen.

Shaw musste zugeben, dass Tara ihm mehr gefiel, als sie je ahnen konnte. Er hob sie auf ihr Pferd, dann rief er Torcall zu: »Sag Ethan, dass wir unterwegs sind. Lasst die anderen Wachen bei uns.«

Torcall nickte und machte sich auf den Weg,

wobei er die drei anderen Wachmänner anwies, bei Shaw und Tara zu bleiben.

Der Heimritt verging schneller, als Shaw lieb war, und bald waren sie aus dem dichten Wald heraus. Ein großer Felsen zu ihrer Linken – größer als ein Mann und breiter als drei Personen nebeneinander – bildete die Markierung für die halbe Wegstrecke. Just in dem Moment, in dem sie an ihm vorbeikamen, vernahm Shaw einen Schrei. Hinter dem Felsen brachen vier Reiter hervor. Zwei Männer hielten direkt auf Tara zu, während die anderen die Wachen angriffen.

»Schnappt euch das Mädchen!«

Noch ehe er Tara erreichen konnte, reagierte ihr Pferd auf den Angriff, indem es einen Satz nach vorn auf die Angreifer zu machte, sodass einer von ihnen die Gelegenheit hatte, sie vom Pferd zu heben und auf seins zu ziehen. Er ritt direkt auf die Bäume zu.

»Tara!« Shaw heftete den Blick auf sein Ziel und trieb sein Pferd an, es zu verfolgen. Zum Glück ritt er einen seiner schnellsten Hengste, der obendrein Wettrennen liebte und selten verlor. Sie folgten dem Mann mit Tara durch die Bäume, krachten durch das Gestrüpp und duckten sich, um keinen Ast ins Auge zu bekommen. »Ich bin direkt hinter dir. Wehre dich gegen ihn, Tara.«

Sie galoppierten bergan, in das steilere Gebiet der Insel. Doch Shaw durfte Tara auf keinen Fall verlieren. Sie war seine Hoffnung. Seine Zukunft. Mit einem Satz übersprangen sie einen umgestürzten Baumstamm, schlitterten einen steilen Abhang hinunter und dann wurde der Wald flacher und öffnete sich. Sein Hengst legte an Tempo zu, und sie holten den anderen Mann ein, um Kopf an Kopf mit ihm über eine Lichtung zu rasen. Shaw zog seinen Dolch und stach zu, wobei er dem Schuft die Klinge in die Seite rammte. Der Mann zuckte zusammen und fluchte, doch er stürzte nicht.

Als er bemerkte, dass sie zurück in dichtes Waldgebiet ritten, wusste er, dass dies seine beste Chance war. Er rief Tara zu: »Nimm die Zügel, wenn du kannst!«

Dann stürzte er sich auf den Unhold und stieß ihn vom Pferd. Zusammen rollten sie über den Boden, doch Shaw gewann die Oberhand und hielt den anderen Mann fest, den er ins Gesicht schlug, bis er aufhörte, sich zur Wehr zu setzen. Er packte ihn an der Kehle und schrie: »Warum?«

Der Mann gurgelte nur, dann drehte er den Kopf zur Seite und spuckte Blut und mindestens einen Zahn aus.

Er musste wissen, warum. »Wer hat dich angeheuert? Hinter wem warst du her? Warum die Frau?« Er hatte genug von Aedan Cameron gehört, um zu wissen, dass dies kein Zufall oder ein Räuber war. Dieser Mann wurde bezahlt, und Shaw brauchte Antworten.

Hufschläge ließen ihn aufblicken. Tara hatte das Pferd gewendet und kam zu ihm zurück. Sie sprang auf den Boden und ging Shaws Hengst nach, der noch immer in der Nähe herumtänzelte.

»Rede!«, schrie er dem gescheiterten Entführer zu.

Als dieser den Mund nicht aufmachte, drückte

Shaw ihm die Luftröhre zu und schnürte ihm den Atem ab. Noch nie war er so wütend gewesen. Noch nie. Tara in den Händen dieses Mannes zu sehen, überstieg das Maß dessen, was er aushalten konnte.

Jetzt verstand er Brigids Lieblingskommentar über ihren Vater. Sie hatte die Leute immer damit aufgezogen, dass ihr Vater sie töten würde, wenn sie sie ohne ihre Erlaubnis berührten.

»Wer hat dich geschickt?«

»Er hat mir Geld gegeben ...« Der Mann schnappte nach Luft, also hörte Shaw auf. Er brauchte die Information mehr als die Genugtuung, ihn zu töten.

»Nur zu, und ich lasse dich vielleicht am Leben. Wer und warum?«

»Er will das Cameron Mädchen. Ich habe für zwei Goldmünzen nur seine Befehle ausgeführt.«

»Wer?«

»Der Sheriff. Ich weiß nicht, welcher es ist. Irgendein Sheriff will das Mädchen, das ihm alles Geld beschaffen kann. Mehr weiß ich nicht.« Der Mann spuckte einen weiteren Blutstrahl zur Seite, und die Angst in seinem Blick verschaffte Shaw ein kleines Gefühl der Befriedigung.

Ethan trat hinter ihn. »Lass ihn aufstehen, und ich kümmere mich um ihn, Shaw. Du hast schon genug getan.«

Shaw warf einen Blick über die Schulter auf seinen Bruder. Wenn er nicht wäre, würde er den Mann wahrscheinlich zu Tode prügeln. Die Abschürfungen und blauen Flecken, die sich bereits schmerzhaft an seinen Fäusten zeigten, konnte er leicht ignorieren. »Er gehört ganz dir, Ethan. Bring ihn zu *unserem* Sheriff.«

Shaw ließ von dem Mann ab, um sich dann aufzurichten und nach Tara zu sehen. Er stürmte zu ihr hinüber, doch sie kam ihm auf halbem Weg entgegen und rannte in seine Arme. Er hatte Tränen erwartet, die er aber nicht bekam. »Vielen Dank, Shaw.«

Dann zog er sie an sich und streichelte ihr Gesicht. »Hat er dir wehgetan? Wenn ja, dann schulde ich ihm noch ein paar blaue Flecken.« Noch nie war er wegen irgendetwas so aufgebracht gewesen. Die letzten Überbleibsel seiner Wut und seine Erleichterung ließen ihn erzittern. »Er hat dich berührt und das hat mir nicht gefallen.«

»Nein, es geht mir gut. Er war viel zu beschäftigt, dir zu entkommen.« Sie lächelte ihn an. »Du klingst wie mein Onkel Logan.« Dann beugte sie sich zu ihm und flüsterte. »Und das gefällt mir.«

Dann tat sie das Letzte, womit er gerechnet hatte. Sie hob seine Fäuste und küsste jeden einzelnen seiner Fingerknöchel, der abgeschürft oder verletzt war.

»Ach Mädchen. Er hat mich verrückt gemacht. Das heißt, ich bin verrückt nach dir.«

KAPITEL ZEHN

SHAW STAND AM Rande des Feldes, auf dem
am Vormittag die Wettkämpfe stattfinden
würden, und lockerte seine Muskeln für seinen
Einsatz auf. Es gab Schwertkampf, Bogenschießen
und auch die schweren Disziplinen –
Baumstammwerfen, Hammerwurf und
dergleichen. Er hatte sich für den Schwertkampf
angemeldet. Im Verlauf der letzten Monde hatte
er viel von den Grants und den Ramsays gelernt.
Insbesondere die Lektionen von Connor Grant
hatte er schätzen gelernt, und obwohl er nicht so
muskulös wie sein Lehrmeister war, hatte er sich
viele seiner Tricks angeeignet.

Er rieb sich die wunden Fingerknöchel und war
froh, dass er an keinem Wettbewerb teilnehmen
würde, der ihm noch größere Schmerzen
bereiten würde. Ethan hatte ihm versichert,
vorher noch nie jemanden erlebt zu haben, der
so wildgeworden war. Er musste eingestehen,
sich auch noch nie so gefühlt zu haben.

Das Schwierigste allerdings war, Taras Eltern
gegenüber den Grund für die Entführung
zuzugeben, obwohl Shaw nicht verstand, warum

der Entführer geglaubt hatte, dass Tara Zugriff auf ein ungewöhnlich großes Vermögen hätte. Ihr Vater hatte den Arm um seine Tochter gelegt, ihr einen Kuss auf das Haupt gedrückt und Shaw gedankt, sie zurückgebracht zu haben.

Für den Moment musste er diese Gedankengänge beiseitelassen und sich auf die Ereignisse konzentrieren. Es waren genügend Leute anwesend, weshalb er heute nicht mit Ärger rechnete. Tara würde mit ihren Eltern und Riley herkommen und wenn er raten sollte, würden Brigid und Jennet mit von der Partie sein.

Und wahrscheinlich wäre sie von einer ganzen Truppe der Cameron Wachmänner umgeben. Heute würde keiner Hand an sie legen.

Stolz erfüllt trugen seine Brüder und er ihre Schottenröcke und waren dankbar, dieses Mal bei dem Fest dabei sein zu können. Das letzte MacHeth-Fest hatte während des Fluchs stattgefunden, als seine Clan-Angehörigen scharenweise gestorben waren.

Der Matheson Clan war zurück. Und an diesem Tag würden sie ihr Können unter Beweis stellen. Ethan trat im Bogenschießen an, und weitere Mitglieder des Matheson Clans würden sich am anderen Ende des Festplatzes im Werfen von Hämmern und Baumstämmen oder im Dudelsackspielen, Singen und Tanzen messen. Marcas hatte beschlossen, nicht teilzunehmen und den Tag mit seinen Kindern und seiner neuen Frau zu verbringen.

Der Aufseher über die Spiele verkündete den Beginn des Schwertkampfes und gab die

Paarungen der Teilnehmer bekannt. Shaw würde in seiner ersten Runde gegen einen Wachmann der MacKinnies antreten, den er allerdings nicht gut kannte. Er nickte zufrieden. Es war ihm lieber, wenn seine Gegner Fremde für ihn waren.

Jedes Paar sollte so lange kämpfen, bis einem der beiden die Waffe entglitt oder das erste Blut floss, dann würde der Kampfrichter eines jeden Kampfes Einhalt gebieten und den Sieger erklären. Nach Beendigung der ersten Runde traten die Sieger gegeneinander an. Alles in allem sollte es vier Runden geben.

Er musste es bis zur letzten Runde schaffen.

Er sah sich suchend in der Gegend um und stellte erfreut fest, dass Tara gerade Arm in Arm mit ihrer Schwester angekommen war. Ihre Eltern schlenderten hinter den beiden jungen Frauen her. Die Wachen umringten sie in einem Halbkreis. Es waren nicht einmal zwanzig an der Zahl, aber sie reichten für ihren Schutz aus. Sie lächelte und winkte, weshalb er auf sie zuhielt und sich leicht verneigte.

»Seid alle gegrüßt.«

»Wir sind gekommen, um dir alles Gute für deine Wettbewerbe zu wünschen, Shaw«, meinte Aedan Cameron. »Wie Tara mir berichtete, hast du von den Grants und Ramsays eine gute Ausbildung erhalten.«

»Aye, ich habe viel von Gavin Ramsay gelernt, aber noch mehr von Connor Grant, als er hier war.«

»Du wirst keinen besseren Schwertkämpfer als Connor Grant finden. Eventuell seinen Bruder oder Vater, aber Connor ist kampfstark. Ich wünsche dir Glück.«

»Ich danke Euch, Mylord. Ich hoffe, anschließend mit Eurer Tochter spazieren gehen zu dürfen, wenn Ihr es gestattet.«

»Wenn Tara einverstanden ist, dann habt ihr beide meine Erlaubnis.« Aedan blickte ihm in die Augen, und Shaw erwiderte diese Geste mit einem feierlichen Nicken, denn er verstand das Vertrauen, das Aedan in ihn setzte. Dann hörte er, wie sein Name für den Wettkampf aufgerufen wurde, und verabschiedete sich von den Camerons.

Er begab sich auf den ihm zugewiesenen Platz und zog zur Vorbereitung auf den Kampf seine Tunika aus. Marcas trat hinter ihn und klopfte ihm auf die Schulter. »Die ersten drei Runden wirst du mühelos gewinnen, Shaw. Du hast eisern geübt und das sieht man. Du bist stärker und größer als dein Gegner in dieser Runde, was dir einen großen Vorteil verschafft.«

»Meine größte Schwierigkeit wird darin bestehen, mich auf den Wettkampf zu konzentrieren und nicht auf die Geschehnisse von gestern.«

Marcas trat vor ihn, um ihn anzuschauen. »Aedan Cameron wird sie nicht für immer fortbringen. Er wird sie vielleicht für eine Weile mit sich nehmen, aber du wirst herausfinden, wo sich das Gebiet der Camerons befindet und wie du die Reise am besten antreten kannst. Das gestrige Vorkommnis erklärt beinahe all die Dinge, die er in den letzten Wochen gehört hat. Der Sheriff ist darauf aus, leichtes Geld zu verdienen. Möglicherweise war ihm zu Ohren gekommen, dass Tara Zugang zu den Reichtümern von Lochluin Abbey hat. Ich hätte darauf gefasst sein müssen, dass jemand etwas versuchen würde, wenn sich dies herumspricht, und ich hätte aufmerksamer sein müssen. Aber bei all dem, was sich außerdem noch ereignet hat, habe ich es übersehen.«

»Aye. Wie Tara mir erzählt hat, liegt die Abbey in der Nähe von Cameron Castle. Doch im Augenblick muss ich das erst einmal verdrängen. Es wird mir guttun, mich darauf zu konzentrieren, mein Schwert gegen das meines Gegners zu schwingen. Falls ich verliere, befürchte ich, dass Cameron mich seiner Tochter nicht für würdig halten wird.« Es ist eine kleine Lüge, aber eine harmlose. Seine Vergangenheit würde eher die Missbilligung der Camerons herbeiführen als seine Leistung bei einem Turnier auf einem Fest.

»Gestern hast du seine Tochter gerettet, und sie ist die Erste, die dir dafür dankbar ist. Jeder Vater wünscht sich einen Mann für seine Tochter, der sein Leben für sie geben würde, und das hast du bereits bewiesen. Denke nicht mehr daran und konzentriere dich auf den Wettkampf. Wir haben Zeit, uns über das andere Problem Sorgen zu machen.«

»Vielen Dank, Marcas. Du hast recht.« Er blickte über seine Schulter zu dem MacKinnie, gegen den er antreten würde, und erwischte den Mann, wie er ihn mit einem angewiderten Ausdruck auf dem Gesicht anschaute.

»Gestatte dem Mistkerl nicht, dich mit merkwürdigen Blicken zu verunsichern. Er hat keine Chance gegen dich. Ich wünschte, Connor wäre hier, um dir zuzusehen.« Marcas schlug ihm auf die Schulter und trat zurück, wobei er dicht zu Brigid trat und Tiernay hochnahm. »Wir werden Onkel Shaw beim Gewinnen zuschauen, mein Junge.«

»Hurra für Onka Shaw!«, rief Kara laut aus und brachte ihn damit zum Lächeln. Wie er seine Nichte und seinen Neffen anbetete. Er zwinkerte den beiden schnell zu.

Tara und ihre Familie standen nicht weit entfernt. Er wollte sie beeindrucken, aber er durfte sich nicht ablenken lassen. Connor hatte ihm wieder und wieder eingebläut: »Schließe alle Gedanken außer die an deinen Gegner aus. Das gilt insbesondere für Mädchen.«

Noch nie zuvor hatte er damit ein Problem gehabt, aber nachdem er Taras süße Lippen gekostet hatte, musste er sich jetzt anstrengen, um Connors Warnung zu berücksichtigen.

Er wurde in die Mitte gerufen, und so trat er vor, wobei er mit seinem Schwert eine Acht beschrieb, um seinen Griff anzupassen … und vielleicht ein bisschen anzugeben. Er konnte nicht anders als zu bemerken, wie das Schwert seines Gegners im Vergleich mit seinem zu schrumpfen schien. Wieder musste er Connor danken. Dieses Mal galt sein Dank ihrem gemeinsamen Besuch beim Waffenschmied in Beauly, wo Connor ihm bei der Beschaffung des stabilsten Schwerts geholfen hatte. Es hatte Shaw einige Tage gekostet, die Kraft zu entwickeln, es zu heben, doch jetzt war er dankbar.

Hätte er nicht mit diesem Schwert geübt, wäre er nie in der Lage gewesen, den Mistkerl niederzuringen, der versucht hatte, Tara zu entführen. Die Waffe hatte die Länge eines Ponys und wies eine gute doppelseitige Klinge auf. Seine Trainingspuppen hatte es wie Butter durchtrennt. Als er es jetzt schwang, erfreute er sich an seinem Gewicht.

Als der Kampfrichter seine Hand hob, traten er und der Mann der MacKinnies vor.

Shaw wartete in Kampfpose, bis der Richter die Hand sinken ließ. Dann ging er direkt auf seinen Opponenten los und das Klirren von Stahl erfüllte die Luft, worauf das Publikum vor Begeisterung grölte.

»Du wirst sterben, Dreckskerl«, meinte der Krieger zu ihm.

Shaw zügelte seine Überraschung. Er hatte zuvor schon an einigen Wettbewerben teilgenommen, aber er konnte sich nicht erinnern, je zu seinem Gegner gesprochen zu haben. Er ignorierte ihn und bediente sich einer Finte, die Connor ihm beigebracht hatte. Er schlug dem Mann fest in die Seite, was ihn aus dem Gleichgewicht brachte, sodass er in die Knie ging. Die Menge grölte zustimmend und drängte Shaw, Blut fließen zu lassen, doch Shaw trat zurück und gestattete seinem Gegner, aufzustehen. Er wollte einen gerechten Kampf, damit für keinen ein Zweifel daran bestand, wer der bessere Schwertkämpfer war.

Der Mann griff an und schwang das Schwert nach ihm, wobei er flüsterte: »Du bist in Schwierigkeiten, Matheson. Ihr alle.«

Shaw reagierte nicht und Gavins Lehren hallten in seinem Verstand nach. Er hatte ihn vor schwächeren Gegnern gewarnt, die jede Taktik einsetzen würden, um ihn aus dem Konzept zu bringen, denn für den Sieg würden sie alles tun. *Konzentriere dich.*

Das tat er. Er brüllte und schwang sein Schwert in einem kraftvollen Seitenschwinger, wobei er das Schwert des Wachmanns mit der flachen Seite seiner Klinge erwischte und es durch die Wucht wie eine Windmühle über den Kampfplatz schickte. Die am dichtesten stehenden Zuschauer wichen der wirbelnden Waffe alarmiert aus. Dann brachen sie in lauten Jubel aus.

»Gewinner!« Der Richter hob die kleine Flagge und hielt sie Shaw über den Kopf.

Sein Gegner nickte ihm zu und wirkte auf die Zuschauer wie ein guter Verlierer, aber Shaw vernahm unter den Jubelrufen das Flüstern des Mannes: »Du wirst bezahlen.«

Marcas und Ethan kamen beide heran, um ihm zu gratulieren und ihm auf den Rücken zu klopfen. Selbstverständlich hatte Ethan die Finte des MacKinnie Mannes bemerkt.

»Was hat er zu dir gesagt Shaw? Ich habe gesehen, wie er zu dir gesprochen hat. Er hat versucht, dich aus dem Konzept zu bringen, nicht wahr?«

Shaw sah zu Tara hinüber und auf ihrem Gesicht zeigte sich ein breites Lächeln, als sie applaudierte. Er erwiderte ihr Lächeln und verneigte sich kurz, doch dann drehte er sich zu seinen Brüdern um und wiederholte die Worte des Kriegers. »Was um alles in der Welt hat das zu bedeuten, Marcas?«

Marcas schüttelte den Kopf. »Ich weiß es nicht, aber ich habe gelernt, Gerüchte wie dasjenige, das Aedan Cameron uns zugetragen hat, nicht zu ignorieren. Es könnte alles miteinander zusammenhängen. Da waren drei weitere Männer bei dem einen, der dich gestern angegriffen hat, aber sie sind fort. Vielleicht ist er einer von ihnen. Wir müssen herausfinden, ob er nur versucht hat, dich aus dem Konzept zu bringen oder ob er eine spezifischere Drohung ausgesprochen hat. Er ist ein MacKinnie und sie sind wegen Donald und Gisela immer noch wütend auf uns. Dieses Ereignis ist ein perfekter Ort für uns, um zu versuchen, mehr herauszufinden«, meinte Marcas seufzend. »Ich hatte gehofft, wir hätten das Ende der Schwierigkeiten für unsere Familie gesehen.«

»Ich werde beim Bogenschießwettbewerb herausfinden, was ich kann«, meinte Ethan. »Wir alle sollten unsere Ohren für Gerüchte offenhalten.«

Ein mulmiges Gefühl kroch Shaws Nacken hinauf und es hatte mit Riley, Tara und einem weißen Pferd zu tun. Jemand rief seinen Namen, und so drehte er sich um und wandte den Blick vom Hauptteil der Gruppe einschließlich Tara ab, um hinter sich zu schauen.

Eschina MacHeth stand dort und bedeutete ihm, herüberzukommen. Er hatte sie seit Jahren nicht mehr gesehen, und zwar seit dem Unfall mit dem Pferd nicht mehr. Er schlenderte zu ihr hinüber und hoffte, dass Tara ihn nicht beobachtete.

»Sei gegrüßt, Eschina. Wie geht es dir?«

»Mir geht es gut. Das war eine schöne Demonstration deines Könnens. Ich erinnere mich nicht, dass du so einen muskulösen Körperbau hattest.«

Eschina war damals eine Zeit lang Dougals Liebste gewesen, aber ihre Brautwerbung hatte am Tag des Unfalls geendet. »Ich habe dich lange nicht gesehen, Eschina. Was willst du?« Er hatte keine Lust, ihre Bekanntschaft wieder zum Leben zu erwecken. Noch nie hatte er sie besonders gemocht und sie zu sehen, wirbelte nur die alten Erinnerungen auf, denen er so gern ausweichen wollte.

»Wir müssen reden. Triff mich später bei Einbruch der Dämmerung. Auf der Lichtung hinter den Stallungen.« Sie stemmte eine Hand in die Hüfte und winkelte sie auf provokative Weise ab. Eschina war wunderschön, kein Zweifel, mit langem, blondem Haar und einem großen Busen, den sie gern hervorhob. Die Männer schwärmten für sie, aber Shaw hatte sich nie für sie interessiert. Er hatte nicht lange gebraucht, um ihre wahre Natur zu durchschauen: selbstsüchtig und eingebildet.

»Ich habe keinen Grund, mich mit dir zu

unterhalten, Eschina. Wenn du mir etwas zu sagen hast, dann sag es jetzt.«

»Du kommst besser … sonst.«

Er konnte nicht anders als schnauben. Die Welt war verrückt geworden. Eschina drohte ihm und sein totes Pferd war auf einen Besuch zu ihm zurückgekehrt.

Was könnte womöglich noch passieren?

***

Taras Eltern drehten eine Runde zwischen den Verkaufsständen der Händler, sobald Shaw seinen Wettbewerb gewonnen hatte und einen Gegner nach dem anderen mit offenkundiger Leichtigkeit ausgeschaltet hatte. Sie war sehr erleichtert, als sie davongingen, denn auf diese Weise würde sie sich nicht länger Sorgen darüber machen müssen, dass ihre Eltern sie erwischten, wie sie über Shaws Körperbau ins Schwärmen geriet. Einmal hatte sie sich von ihren Eltern abwenden müssen, weil der Ausdruck ihrer Augen sie verraten hätte.

Und einmal hatte sie bemerkt, wie ihr die Zunge aus dem Mund gehangen hatte.

Der Mann war mit seinem langen Haar, das er mit einem Lederband zurückgebunden hatte, einfach eine Pracht. Auf seiner Haut schimmerte ein feiner Schweißfilm von der Anstrengung, was nicht mit dem tropfenden Schweiß der Männer zu vergleichen war, mit denen er sich maß – wenn sie überhaupt lange genug gegen ihn standhielten, um müde zu werden.

Nein, Shaw schwang sein Schwert, als wäre es eine Verlängerung seiner selbst, und bewegte es mit einer Mühelosigkeit in unterschiedlichen Bahnen, die seine Gegner im Ungewissen ließ. Und mit Freude betrachtete Tara das Relief seiner Muskulatur, die sich auf seinem Rücken, seinen Armen und sogar in seinen Waden abzeichnete.

Irgendwann ertappte sie sich, wie sie sich gedanklich fragte, ob seine Pomuskeln sich auch so wölben würden wie sein Rücken. Sie kicherte, was ihr einen befremdeten Blick von ihrer Mutter einbrachte. Daraufhin hatte sie sich selbst zurechtgewiesen, da sie befürchtete, Shaw könnte sie ebenfalls gehört haben, und sie gab ihre Tagträume auf, um dem grimmigen Highlander vor ihr zuzuschauen.

Ihr Highlander. Derjenige, der zu ihrer Rettung die Verfolgung eines Mannes aufgenommen hatte, der sie für ein paar Geldstücke hatte entführen wollen. Wenn sie nicht achtgab, würde sie sich in ihn verlieben.

Bis über beide Ohren.

In dem Moment, in dem der Richter Shaw zum Sieger und den Wettbewerb für beendet erklärte, stürmte Tara auf den Kampfplatz, um ihm zu gratulieren, doch er strebte in die entgegengesetzte Richtung davon, da er von jemandem gerufen wurde. Auf halber Strecke blieb sie stehen und beobachtete ihn.

Schon wieder diese junge Frau. Diese gertenschlanke, kurvenreiche Maid, mit der er sich vorhin schon unterhalten hatte. Sie war eine Schönheit mit dem langen, glatten Haar, das sie ungeflochten trug. Wer war sie?

Riley stellte sich neben sie. »Sie bedeutet ihm

nichts«, meinte sie zu ihrer Schwester, als hätte Tara ihren letzten Gedanken ausgesprochen.

»Woher willst du das wissen?«

»Seine Körpersprache drückt aus, dass er nicht mit ihr reden will. Er fühlt sich genötigt.«

»Ich frage mich, wer sie ist. Jedenfalls ist sie schön«, flüsterte Tara und hoffte dabei, dass niemand außer ihrer lieben Schwester sie hören könnte. Ihre Worte waren von Eifersucht getränkt, und das wusste sie.

»Sie hat böse Augen.«

»Böse Augen? Wie kannst du das auf diese Entfernung erkennen?«

Riley zuckte mit den Schultern. »Ich weiß nur, dass sie innerlich böse ist. Sie interessiert sich nur für sich selbst. Ich würde gern wissen, wer sie ist.«

»Glaubst du, er wird ehrlich sein?«

»Aye, Shaw wird vielleicht nicht alles verraten, doch ich glaube, er wird aufrichtig sein.«

Shaw wandte sich von der anderen ab und streifte seine Tunika über, ehe er sich mit seiner Medaille für den Sieg im Schwertkampf um den Hals auf den Weg zu ihnen machte.

»Verflixt«, murmelte Tara, ohne nachzudenken.

Riley kicherte. »Ohne sein Hemd hat er sehr gut ausgesehen. Ist dir das aufgefallen?«

Gut war nicht gerade das Wort, das Tara benutzt hätte. »Freilich«, antwortete sie seufzend und blickte mit solcher Wehmut zu dem Mann hinüber, dass sie sich in diesem Moment wünschte, in seinen Armen zu liegen. »Mir gefällt sogar sein Bart.« Obendrein war es ihr egal, ob er verschwitzt war. Unvermittelt tauchte in ihrer

Fantasie der wundervolle Anblick seiner vor Kraft strotzenden Muskeln auf. Dieser Eindruck hatte etwas in ihrem Inneren bewirkt, was sie noch nie zuvor erlebt hatte.

Irgendwie hatte sie sich *dort unten* überhitzt. Und als sie das Kribbeln spürte, hatte sie rasch zu ihrer Mutter hinübergeschaut und gehofft, sie würde keine Veränderung an ihr bemerken, doch diese hatte ein kleines Lächeln auf dem Gesicht gehabt und sich schnell abgewandt.

»Mama war auch einmal jung«, bemerkte Riley.

»Hör auf, meine Gedanken zu lesen. Das ist unhöflich und du weißt es. Ich habe dir keine Erlaubnis erteilt, meine Gedanken zu lesen.«

»Das habe ich auch nicht, doch nun weiß ich, dass ich recht hatte. Ich habe dein Gesicht beobachtet und das winzige bisschen Speichel, das an deinen Mundwinkeln zum Vorschein kam, hat mir alles verraten, was ich wissen wollte.« Das Grinsen ihrer Schwester sagte *ihr* alles, was sie wissen musste.

Gerade ehe Shaw die Menschentraube um den Mann umrundete, den er gerade besiegt hatte, um auf sie beide zuzuhalten, versetzte sie ihrer Schwester einen spielerischen Klaps.

»Herzlichen Glückwunsch«, rief sie und wartete, bis er nahe genug war, um vor ihn zu treten, sich auf die Zehenspitzen zu stellen und ihm einen heimlichen Kuss auf die Lippen zu drücken.

Er wackelte mit den Augenbrauen und schaute sie grinsend an. »Vielen Dank. Ich hatte mir eine Belohnung von dir erhofft, aber gefürchtet, deine

Eltern würden dich schüchtern machen.«

»Das hätten sie vielleicht, wenn mein Vater hier stünde, aber sie sind auf der Suche nach etwas Essbarem. Die Wachen sind nicht weit entfernt, da bin ich mir sicher.«

Marcas, Brigid, Ethan und Jennet gesellten sich mit den beiden Kleinen zu ihnen und beglückwünschten Shaw zu seinem Erfolg.

»Du warst in Hochform, Bruder. Deine harte Arbeit hat sich ausgezahlt«, meinte Marcas. »Und Ethan hat zudem noch den Bogenschießwettbewerb gewonnen.«

Ethan war direkt wie immer und erkundigte sich: »Was hat Eschina gewollt?«

Shaw errötete und warf Tara einen Blick zu, ehe er antwortete: »Sie war eher nervtötend als alles andere. Sie hat einige Bemerkungen über die Entwicklung meines Körperbaus abgegeben, aber sonst hatte sie nichts Sinnvolles zu vermelden.«

»Gut. Ihr Herz ist schwarz«, kommentierte Marcas.

»Das weiß ich besser als jeder andere«, konterte Shaw. Er nahm Taras Hand in seine und erklärte an sie gewandt: »Ich habe seit Jahren nicht mehr mit ihr gesprochen, weshalb ich keine Ahnung habe, warum sie heute zu mir gekommen ist. Sie war einmal die Geliebte von Dougal MacKinnie. Ich habe sie nie gemocht.«

»Dann unterhalte dich nicht mehr mit ihr«, riet Ethan.

Tara musste sich ein Lächeln verkneifen. Stets hatte Ethan die schlichteste Sicht über alles, und keine Angst, sie anderen mitzuteilen. Sie liebte seine Ansichten, doch insgeheim war sie froh, dass er nicht ihr Bruder war. Mit Rileys Seherfähigkeiten klarzukommen war schon schwierig genug. Riley wusste zumindest, dass sie ihre Gedanken für sich behalten musste. Ethan kannte wenige Grenzen, aber sie wusste, wie Jennet sich mühte, ihm beizubringen, gelegentlich still zu sein.

»Du hast vollkommen recht, Ethan, und das werde ich auch. Wenn es euch nichts ausmacht, würde ich Tara gern über den restlichen Festplatz führen. Hat jemand Lust, sich uns anzuschließen?«

Ethan wollte etwas erwidern, doch Jennet nahm seine Hand und meinte: »Wir begleiten Marcas und Brigid. Sie wollen mit den Kindern zu den Enten am Teich gehen. Riley, willst du nicht mit uns kommen?«

»Aye, das würde ich gern«, gab Riley prompt mit einem Lächeln zu Antwort. »Wir werden euch später treffen, Schwester.«

Die anderen gingen davon und nachdem sie fort waren, fragte Shaw: »Werden deine Eltern nicht verärgert sein, wenn dich niemand von deiner Familie begleitet?«

»Nein, wir sind hier im Freien. Was könnten wir schon tun?« Mit unschuldigem Blick schaute sie zu ihm auf und er grinste sie an, wobei seine Augenbrauen ihr verrieten, dass er etwas weitaus weniger Unschuldiges im Sinn hatte. »Ich bin sicher, dass mein Vater uns von seinen Wachen beobachten lässt.«

»Sollen wir uns davonstehlen?«

»Nein, noch nicht. Ich denke, wir sollten für

eine Weile sichtbar bleiben. Ich würde mich beim Davonschleichen nicht gern erwischen lassen, oder mein Vater wird mich nach Hause schleifen, ehe du auch nur blinzeln könntest.« Sie erreichten den Rand des Wettkampfplatzes und Shaw schlug mit ihr die Richtung zu den Verkaufsständen und kleineren Festspielen ein.

Er hob ihre Hand, die er noch immer in der seinen hielt und flüsterte: »Werden sie mir das erlauben?«

»Ich werde es erlauben. In Wahrheit ziehe ich es sogar vor.« Sie lachte und dann lehnte sie sich zu ihm.

»Gib Acht. Ich bin ganz verschwitzt.«

»Das kümmert mich nicht.«

Er blickte auf sie herab und fragte: »Habe ich dich kichern gehört, als ich gekämpft habe? Ich habe mich gezwungen, es zu ignorieren, aber ich muss fragen.«

Mit Unschuldsmiene verdrehte sie die Augen, doch sie gestand. »Aye, aber ich weigere mich, dir zu erzählen, was ich gedacht habe.«

Verwundert schaute er sie an, ohne jedoch etwas zu sagen.

»In Ordnung. Ich habe dein Muskelspiel beobachtet, als du dein Schwert geschwungen hast, und das ist alles, was ich dazu sage.« Sie konnte nicht verhindern, dass ihr die Röte ins Gesicht stieg.

Lachend schlang er den Arm um sie, und zog sie nahe an sich, um sie auf die Lippen zu küssen und seine Zunge zwischen ihre geteilten Lippen zu schieben, mit der Absicht, sich mit der ihren zu vereinen. Sie konnte ihr Seufzen nicht unterdrücken.

Als er den Kuss beendete, lächelte er sie an und meinte: »Ich bin froh, dass ich gefragt habe. Ich fühle mich geschmeichelt und mir gefällt, dass du meine Muskeln betrachtest.« Wieder schaute er sie mit wackelnden Augenbrauen an und keiner von ihnen beiden schenkte ihrer Umgebung Beachtung. »Es tut mir leid, dass ich meine Tunika wieder anziehen musste.«

Als sie vor sich blickten, wären sie beinahe mit ihrem Vater zusammengestoßen, der mit verschränkten Armen vor ihnen stand.

»Mylord, verzeiht mir. Ich habe Euch dort nicht gesehen.« Rasch kroch ihm die Röte über die Wangen.

Tara versuchte, die Situation zu entspannen. »Sei gegrüßt, Papa. Du hast doch mitten auf dem Fest nicht noch ein Auge auf uns, nicht wahr?«

Ihr Vater lächelte, und dann schlug er Shaw mit den Worten auf die Schulter: »Ich habe gehört, dass du gestern beinahe einen Mann umgebracht hast, der es wagte, meine Tochter anzurühren. Das werde ich mir merken. Macht nur weiter. Die Wahrheit ist, dass es mir Freude macht, deinem Glück zu lauschen, Tara. Seit langer Zeit habe ich dich nicht mehr so viel lachen hören.« Er drehte sich weg, um davonzugehen, doch dann hielt er inne. »Abgesehen davon bin ich sicher, dass meine Wachen zur Genüge unterhalten werden. Deine Mutter hat mir befohlen, euch in Ruhe zu lassen. Also werde ich das tun. Für den Augenblick.«

Er ging mit großen Schritten davon, um ihre

Mutter einzuholen, die kopfschüttelnd dort stand.

»Dein Vater gefällt mir«, meinte Shaw. »Ist das falsch?«

»Nein, ich mag ihn auch sehr.« Zu ihrer Überraschung ertönte eine tiefe Stimme hinter ihnen. Ein ihr unbekannter Mann trat zu Shaw und schlug ihm auf den Rücken. »Eine gute Leistung im Wettbewerb, Matheson. Meinen Glückwunsch. Dem Mann, den wir geschickt hatten, mangelt es an jedem Können.«

»Meinen Dank. Tara, dies ist mein alter Freund, Dougal MacKinnie.«

Tara lächelte und nickte.

»Es ist eine Freude, so eine liebreizende Maid kennenzulernen«, meinte Dougal mit einem Lächeln. »Shaw, wenn du um Mitternacht immer noch wach bist, triff mich doch unten an der Bucht. Es gibt etwas, das ich gern mit dir besprechen möchte.«

»In Ordnung.«

»Ausgezeichnet. Bis dann. Es war mir ein Vergnügen, Tara Cameron.«

Nachdem er gegangen war, fragte Tara: »Hast du vorher mit ihm über mich gesprochen? Er weiß, dass ich eine Cameron bin, obwohl du ihm den Namen meines Clans nicht genannt hast.«

Shaw schaute hinter ihm her. »Nein, vielleicht hat er ihn von jemand anderem gehört. Wir haben kein Geheimnis daraus gemacht, dass du bei uns bist.« Als er jedoch den Blick wieder ihr zuwandte, wirkte er für einen flüchtigen Augenblick beunruhigt. Dann lächelte er. »Ich werde ihm nicht erlauben, mich von dem

abzulenken, was ich mir am meisten wünsche –
Zeit mit dir zu verbringen. Ich bin sicher, dass du
hungrig sein musst. Was würdest du gern essen?
Fleischpastete? Gebäck? Täubchen?«

»Hmmm … ich denke, etwas Obstkuchen.
Vielleicht Apfel oder Birne?«

»Dein Wunsch wird erfüllt, wenn es in meiner
Macht steht.« Sie bahnten sich ihren Weg durch
die Verkaufsstände, die jetzt immer bevölkerter
wurden, als immer mehr Wettkämpfe zu Ende
gingen. In einiger Zeit würde die Dämmerung
hereinbrechen und die Familien, die von weiter
her kamen, würden sich auf den Heimweg
machen. Er fand einen Pastetenverkäufer und
mischte sich mit lautstarker Stimme unter die
andere Kundschaft, die sich erkundigte, was
verfügbar war, und Präferenzen kundtaten. Shaw
war größer als die meisten anderen dort und
erregte die Aufmerksamkeit der Frau, die den
Stand innehatte.

»Die erste Wahl geht an denjenigen mit der
Medaille«, rief sie aus und zeigte auf Shaw.

Er strahlte: »Vielen Dank. Einen Birnenkuchen
für meine Dame und eine Fleischpastete für
mich, was immer Ihr übrig habt, bitte.«

Die Verkäuferin händigte ihm das Bestellte im
Austausch gegen sein Geld aus.

»Es sieht köstlich aus«, meinte Tara, die ihren
Kuchen entgegennahm. Sie gingen ein Stück
von der Menge weg zum Ufer des Teichs, bis
sie an einer schönen Stelle unter einem Baum
haltmachten, um ihr Essen in Frieden zu
genießen. Das Gras war trocken und weich und

sie setzen sich zusammen hin, wobei sie sich gerade nahe genug kamen, dass Tara seine Wärme spüren konnte.

»Danke, dass du gekommen bist, um dir meine Kämpfe anzuschauen. Ich bin froh, dass du hier bist – nicht nur zum Fest, sondern als Teil meines Zuhauses.«

»Ich bin auch froh. Es gefällt mir hier.«

»Und wann werden deine Eltern abreisen? Dein Vater ist kein Mann, dem man sich widersetzen sollte.«

»Nein, ich werde nicht gehen.«

»Ich sollte dich überzeugen, hierzubleiben, doch nach den Ereignissen von gestern muss ich mich fragen, ob das die richtige Entscheidung ist. Gibt es andere, die Komplotte gegen dich schmieden? Wir haben keine Ahnung, welcher Sheriff diese Männer auf dich angesetzt hat, oder ob er es wieder versuchen wird. Vielleicht wird es damit enden, wenn du nach Hause gehst, aber es könnte diese Sache auch in den Vordergrund bringen.«

»Daran hatte ich nicht gedacht. Du glaubst, er würde mir bis in das Gebiet der Camerons folgen?«

»Das halte ich für sehr gut möglich. Sie werden sich dir nicht nähern, insbesondere, wenn ich dich nach Hause begleite.«

Schockiert schaute sie zu ihm auf. »Das würdest du für mich tun?«

»Aye, gewiss, wenn du mich haben willst«, entgegnete er. »Liebend gern würde ich dein Zuhause sehen, deine Burg.«

Sie verspeiste einen weiteren Bissen von ihrem Kuchen und der Birnensaft quoll aus der Seite, bis er seinen Weg an ihrem Kinn hinunter fand. Sie tat ihr Bestes, um ihn aufzufangen, aber dann berührte er sie mit dem Finger und tupfte den Saft ab, um dann seine Fingerspitze abzulecken.

»Ich möchte ihn wegküssen, aber ich wage es nicht. Ich fürchte, ich kann dann nicht aufhören.«

Sie aßen schweigend und Tara sehnte sich nach einer weiteren Berührung durch seinen Finger, oder seine Lippen. Sie fragte sich, wie viele andere Mädchen er vielleicht auf gleiche Weise berührt hatte. »Warst du je mit einer anderen zusammen, ehe meine Cousinen und ich nach Black Isle gekommen sind? Hast du kein Interesse gehabt, irgendeine zu heiraten?«

»In meinen jüngeren Tagen gab es ein Mädchen, das ich gemocht hatte, aber es hatte nicht sein sollen. Und keine habe ich so gern gehabt wie dich, Tara Cameron.« Er schluckte das letzte bisschen seiner Pastete und fing ihren Blick auf. »Ich denke, wir könnten gut miteinander harmonieren. Deine Eltern haben mir die Erlaubnis erteilt, um dich zu werben. Glaubst du, du würdest meinen Heiratsantrag nach einer angemessenen Zeit der Brautwerbung vielleicht annehmen können? Würdest du eine Verlobung in Betracht ziehen? Zu sehen, wie glücklich meine Brüder in den vergangenen Monden geworden sind, hat mich erkennen lassen, dass ich dasselbe will. Doch ich weiß nicht, ob ich der Tochter eines Edelmannes würdig bin. Hat dein Vater je darüber nachgedacht, dass du einen anderen heiraten könntest?«

»Du bist würdig und es gibt keinen anderen. Meine Eltern betrachten das nicht so. Der Clan meiner Mutter vertritt die Meinung, dass Ehegatten ausgewählt werden sollten und ist gegen erzwungene Ehen. Wenn ich also interessiert wäre, würde sie zustimmen.«

»Und bist du an einer Verlobung interessiert? Das ist ein großer Schritt.«

»Aye, Shaw Matheson. Ich bin interessiert.«

»Ich bin sehr froh, das zu hören.« Er half ihr auf die Füße und hob den Blick zur Sonne. »Der Heimritt nimmt eine Weile in Anspruch. Vermutlich sollten wir allmählich aufbrechen.«

Sie hielten auf den Bereich zu, wo die Pferde der Mathesons auf sie warteten. Ehe sie die übrigen Mitglieder ihrer Gruppe erreichten, die bereits das Sattelzeug überprüften und die Gurte festzogen, trat diese verfluchte junge Frau von vorhin vor Shaw.

Tara dachte nicht daran, sich von dieser vorwitzigen Maid einschüchtern zu lassen. »Wer ist das, Shaw?«

»Eine alte Bekannte – die vor Jahren Dougals Liebste gewesen war. Was willst du, Eschina? Antworte schnell. Wir brechen auf.«

»Ich habe dir vorhin gesagt, was ich will. Triff mich um Mitternacht. Andernfalls …«

»Andernfalls was?«

Eschina richtete den Blick auf Tara und antwortete: »Ich bin sicher, dass sie nicht alles über deine Vergangenheit weiß, nicht wahr?«

Shaw nahm Tara an der Hand und führte sie fort, während er Eschinas Abschiedsbemerkung unbeachtet ließ.

»Du wirst es bedauern, wenn du mich ignorierst!«

Wie Tara sich wünschte, dass Riley hier wäre, damit sie Shaws Gedanken lesen könnte. Selbst Tara konnte sehen, dass er außer sich war, doch sie sehnte sich danach, genau zu erfahren, was ihn so wütend gemacht hatte.

KAPITEL ELF

NACHDEM DER GROSSTEIL des Clans an diesem Abend zu Bett gegangen war, saß Shaw in Erwartung seiner Brüder vor dem Kamin in Marcas´ Kabinettstube. Ethan hatte Marcas mitgeteilt, dass es einige Geschichten gab, über die berichtet werden müsste, und die drei hatten verabredet, sich in der Kabinettstube zu treffen, sobald sich die Halle geleert hätte.

Er konnte nicht anders als ungeduldig mit dem Fuß aufzuklopfen. Falls seine Brüder nicht innerhalb kurzer Zeit auftauchten, würde er selbst zu Bett gehen. Es war nicht so, als *wollte* er diese Geschichte erzählen. Nicht einmal – und schon gar nicht – seinen Brüdern.

Im Bett liegend könnte er von süßen Lippen und Tara Camerons sanft geschwungenem Hals träumen.

Aus der Richtung der Turmstube waren Stiefelschritte zu hören und Shaw fuhr auf seinem Stuhl hoch. Einen Herzschlag später betrat Ethan die Kabinettstube. »Ist Marcas noch nicht hier?«

»Nein, aber ich höre ihn, glaube ich.«

Marcas´ Schritte erklangen auf der Steintreppe,

und mit einem feierlichen Nicken trat er in die Stube. An diesem Abend verkörperte er das Oberhaupt des Clans und Shaw war einerseits stolz auf seinen Bruder, aber andererseits war ihm wegen des bevorstehenden Gesprächs auch bange. Sie würden zumindest nicht belauscht werden, denn alle Schlafgemächer befanden sich auf der anderen Seite der Burg.

Marcas wählte den Platz hinter seinem Schreibtisch und lehnte sich in seinem Stuhl zurück. Als alle saßen, eröffnete er die Unterhaltung: »Ethan hat mir nicht viel erzählt, aber genug, um mich wissen zu lassen, dass es sich um eine ernste Angelegenheit handelt, Shaw. Was auch immer es ist, musst du die Geschichte erzählen. Egal wer dich um Geld erpresst, wird wahrscheinlich nicht davon ablassen, bis einer von euch tot ist.«

»Da kann ich dir nicht widersprechen, Marcas. Die Situation gerät aus den Fugen, und ich weiß nicht mehr, was ich unternehmen soll.« Er hoffte so sehr, seine Brüder würden ihm helfen, einen Ausweg aus dieser Situation zu finden.

»Berichte von Anfang an. Ethan und ich werden dir gestatten, die ganze Geschichte zu erzählen, ohne dich zu unterbrechen. Das verspreche ich.« Marcas lenkte den Blick zu Ethan, um seine Reaktion zu erfassen.

»Einverstanden.« Mit verschränkten Armen wartete Ethan ab.

»Es hat mit Lucretia Bairds Tod vor drei Jahren zu tun. Ich war dabei. Dougal hatte eine Beziehung mit Eschina, und ich mochte Lucretia wirklich, also luden wir die beiden Mädchen zu einem Jagdspiel ein, dem Dougal und ich häufig frönten. Wir wetteiferten darum, wer mehr Tiere erlegen konnte. Die Aufgabe des Verlierers war es, alles Wildbret zurück zu unserem Land zu schleppen. Lucretia hatte kein eigenes Pferd, also nahm ich Zinna mit, damit sie sie reiten konnte.«

Ethan hob eine Hand von der Armlehne seines Stuhls und starrte Shaw an.

Marcas sagte: »Na schön, ich werde derjenige sein, der dich unterbricht. Ich hätte nicht versprechen sollen, keine Fragen zu stellen. Anscheinend sieht Ethan das genauso. Nur zu, stell deine Frage, Ethan. Vielleicht haben wir ja die gleiche Frage.«

Ethan nickte, und ein Ausdruck der Erleichterung huschte über sein Gesicht. »Eschina durfte nie mit einem Burschen zusammen sein, es sei denn, sie hatte eine Eskorte von Wachmännern bei sich. Darauf hatte MacHeth bestanden.«

»Das ist wahr. Dougal entlohnte die Wachen mit gutem Geld, damit sie uns eine Weile allein ließen, obwohl sich Eschina ständig von ihnen davonstahl, und die Männer auch ohne Bestechung wegschauten.«

»Verstanden.«

Marcas riss die Augen auf. »Das war auch meine Frage. Die Wachen waren einverstanden? Sie können von Glück reden, dass sie nicht vor dem Turm an ihren Hoden aufgehängt worden sind.«

»Ich hatte damit nichts zu tun und auch nichts gegen die Wachen einzuwenden. Wir hatten sie schon einmal in der Nähe, aber aus irgendeinem

Grund wollte Dougal sie dieses Mal nicht dabei haben. Wie auch immer, Eschina war nicht lange bei uns. Wir hatten erst die halbe Jagd hinter uns, als sie verschwand. Sie war sauer auf Dougal, weil er ihr ein Picknick versprochen hatte, das allerdings nicht stattfand. Als sie hungrig wurde, verließ sie uns und er machte keine Anstalten, aufzuhören. Lucretia entschied sich zu bleiben.«

Marcas schnaubte daraufhin. »Dougal ist solch ein Mistkerl. Andererseits ist Eschina auch gewohnt, ihren Willen zu bekommen. Sprich weiter.«

»Wir waren eine Zeitlang auf der Jagd, und Dougal hatte zwei Rehe erlegt, während ich nur eines geschossen hatte. Wir erspähten ein paar Böcke, also setzten wir ihnen nach. Dougal gelang es, einen zu erlegen, und das setzte mich natürlich unter Druck. Lucretia eingeschlossen, machten wir uns rasch auf den Weg und Dougal ritt voran und schlug dabei einen Weg ein, auf dem wir mit unseren Pferden über einen umgestürzten Baum hinwegsetzen mussten. Ich ließ mein Pferd über den Baum segeln und dann durch den Bach waten – du kennst die Stelle, an der der Kinleigh Burn breit und seicht fließt –, doch Lucretia fürchtete sich. Lange Zeit rührte sie sich nicht vom Fleck. Sie saß nur da und schüttelte den Kopf, während die Wolfshunde sie anbellten, als wollten sie sie zur Eile antreiben. Ich rief ihr zu, uns zu folgen, und dass Zinna den Sprung schafft, also versuchte sie es.«

Beide Brüder stießen einen Seufzer aus und ahnten, was als Nächstes kommen würde.

»Was ist passiert?«, erkundigte Marcas sich mit leiser Stimme, als graute es ihm, diese Frage zu stellen.

»Das könnt ihr euch sicher denken. Zinnas Hinterbein musste sich in etwas verfangen haben, und als die beiden stürzten, landeten sie in einem Gebüsch. Ich hörte ihre Schreie, und wie aus dem Nichts tauchte Dougal auf, als hätte er einen Rückzieher gemacht. Er war vor mir an Lucretias Seite. Er schrie mir zu, ich solle den Sheriff holen, der Sheriff von Cromarty sei nicht weit entfernt. Ich weiß immer noch nicht, warum ich aufgebrochen bin, aber ich bin losgeritten. Als ich kurze Zeit später zurückkam, hielt Dougal Lucretias Kopf in seinem Schoß und Zinna war tot. Ich eilte an Lucretias Seite und ergriff ihre Hand. Ich versicherte ihr, wie leid es mir täte, und sie versuchte immer wieder zu sprechen, doch sie brachte nur noch ›Dougal, Dougal‹ heraus. Dann war sie tot.«

»Wie ist Zinna gestorben?«

»Sie hatte zwei gebrochene Beine, also musste sie erlöst werden. Dougal hatte das getan, während ich den Sheriff holte, und ich war dankbar. Ich weiß nicht, ob ich es hätte tun können. Und ich fühle mich, als hätte ich Lucretia selbst getötet, indem ich sie zu dem Sprung gezwungen habe. Sie war liebreizend und sie hatte nicht verdient, so jung zu sterben.«

Shaw ließ den Kopf hängen. Der Schmerz durch den Verlust seiner Liebsten und teilweise an ihrem Tod schuld zu sein, hatte ihn seitdem tagtäglich gequält, ganz gleich, wie sehr er versucht hatte, die Sache zu vergessen. Sie hatten einander nicht lange gekannt, da Lucretia gerade erst auf Black Isle angekommen war, aber er hatte ihre Gesellschaft genossen. Was wäre wohl geschehen, wenn sie gelebt hätte? Und gleichzeitig seine geliebte Zinna zu verlieren, war beinahe ein ebenso schwerer Schlag gewesen.

»Hattest du den Sheriff gefunden?«, fragte Ethan.

»Aye«, antwortete er. »Er kam kurze Zeit nach mir und versprach, sich um Lucretias sterbliche Überreste zu kümmern und die MacHeths zu informieren. Ich wusste nicht, was ich sonst tun sollte, also bin ich gegangen.«

»Du bist einfach gegangen?«, fragte Marcas. »Das scheint mir kalt.«

Ethan schüttelte den Kopf. »Nein, das hätte ich auch getan. Der Schock über die beiden Todesfälle wäre mehr gewesen, als ich hätte verkraften können. Tatsächlich wäre ich, anders als Shaw, ganz weggelaufen, der wahrscheinlich einfach nach Hause geritten ist.«

»Das bin ich. Ich war dermaßen außer mir, dass ich den erlegten Hirsch vergessen hatte. Am nächsten Tag bin ich zurückgekehrt. Das Fleisch wäre nicht mehr gut gewesen, aber ich wollte Zinna beerdigen – doch sie war fort. Also habe ich die einzige andere Sache erledigt, die ich tun konnte. Ich habe Eimer mit Wasser am Bach gefüllt und das Blut weggewaschen.«

»Die Tiere, einschließlich dem Pferd, waren alle fort?«

»Aye, warum fragst du?«

»Ich bin nur neugierig«, entgegnete Marcas. »Ich erkenne, was für ein verheerendes Ereignis das für dich gewesen ist. Du hast noch nichts über den Erpresser gesagt. Ich erkenne allerdings nicht, dass der Erpresser wirklich etwas gegen dich in der Hand hat, dessen du schuldig bist. Es scheint ein tragischer Unfall gewesen zu sein, und eigentlich ebenso wenig dein Fehler, wie Lucretias oder Zinnas.« Marcas presste die aufgerichteten Fingerspitzen auf der Schreibtischplatte gegeneinander, wie er es so oft tat, wenn er angestrengter nachdachte als normal.

»Zum Winterbeginn des darauffolgenden Jahres brachte Sammy mir eine Nachricht. Ein junger Bursche hatte sie ihm auf dem Markt mit den Worten zugesteckt, dass sie für mich bestimmt sei. In dem Schreiben stand: ›Ich weiß, was du getan hast, und es sei denn, dir liegt daran, dass alle von mir erfahren, dass du das Mädchen umgebracht hast, lege Goldstücke unter den Stein neben dem Tor des Kirchhofs.‹« Die Worte der Botschaft waren in seiner Erinnerung eingraviert.

»Und du hast seitdem bezahlt?«

»Aye, aber nicht nur, um mich selbst zu schützen. Ich konnte doch keine Schande über unseren Clan bringen. Wenn das Gerücht laut geworden wäre, dass ich sie umgebracht hätte, wäre Papa beschämt gewesen und ihr beide auch. Ich kann die Ehre unseres Clans nicht besudeln. Wie könnte ich das zulassen? Also habe ich bezahlt. Anfangs zweimal im Jahr, aber in letzter Zeit hat sich der Betrag und die Häufigkeit erhöht. Dougal bezahlt ebenfalls.«

»Also ist die Geschichte über das Fieber, an dem Lucretia erkrankt und gestorben ist, frei erfunden«, stellte Ethan noch einmal klärend fest.

»Aye. Diese Lüge wurde verbreitet, um ihren Ruf zu wahren. Ein Mädchen allein mit uns beiden, ohne Anstandsperson oder Wachen in der Nähe würde vor dem Laird oder dem Ältestenrat des Clans nicht gut dastehen.«

»Dann muss also der Sheriff dein Erpresser sein, Shaw. Wer sonst könnte es gewesen sein?«, fragte Marcas. »Es muss jemand sein, der schreiben kann, und das schränkt die Liste der Verdächtigen merklich ein.«

»Das ist mehr als möglich, aber er ist ein Sheriff – warum sollten die Leute nicht seine Version der Ereignisse glauben? Du weißt, wie es mit Padraig war. Der Mistkerl hat ihn grundlos in eine Zelle eingesperrt und er wäre glücklich gewesen, ihn dort zu lassen.«

»Und Dougal bezahlt ebenfalls?«, fragte Ethan. »Genau den gleichen Betrag?«

»Aye. Wir wissen beide nicht, was wir in dieser Sache unternehmen sollen. Ich denke, wir sind für den Rest unseres Lebens gefangen.«

»Wovor hast du Angst?«, fragte Marcas. »Du hast Lucretia nicht umgebracht. Warum soll also die Wahrheit nicht ans Licht kommen? Ich kann dich verstehen. Als Pa noch lebte, wäre er sehr aufgebracht gewesen, aber ich mache mir keine Sorgen um unseren Ruf. Lass es gut sein.«

Shaw sprang von seinem Stuhl auf und zeigte mit dem Finger auf seine eigene Brust. »Ganz gleich, was du auch sagst, Marcas. Wenn diese

Person entweder Dougal oder mich als den Mörder entlarvt, wird das Oberhaupt der Bairds hinter mir und dir her sein. Ich kann nicht zulassen, dass du in einen Mord verstrickt wirst, wenn du gerade dein Glück gefunden hast. Und glaubst du denn, Aedan Cameron würde zulassen, dass seine Tochter einen Mörder heiratet?«

Marcas zog erstaunt eine Augenbraue hoch und ein Grinsen zog sich über sein Gesicht. »Deine Gefühle für Tara sind also so intensiv, aye? Meiner Ansicht nach treibt das deine Handlungen mehr als alles andere an. Ich habe immer geglaubt, du hättest ein Auge auf das Mädchen geworfen, und zwar seit dem Tag, an dem wir sie von den Camerons entführt haben. Stimmt es?«

»Ja, das habe ich. Aufgrund dieser Sache habe ich mir aber alle Mühe gegeben, der Anziehungskraft des Mädchens auf mich keine Beachtung zu schenken.«

»Man kann nicht gegen die Liebe kämpfen, Bruder«, entgegnete Marcas.

Im Frühjahr hatte das Sterben der Menschen auf dem Gebiet der Mathesons angefangen und darunter hatten sich auch Marcas' erste Frau und beide Eltern befunden. In ihrer Verzweiflung waren seine Brüder und er losgezogen, um die beiden vermeintlich besten Heilerinnen im ganzen Land, Jennie Cameron und Brenna Ramsay, zu entführen. Irrtümlicherweise hatten die Brüder stattdessen die Töchter in ihre Gewalt gebracht, und Jennet hatte Brigid freiwillig begleitet.

Dies war der klügste Schachzug gewesen, der Marcas je gelungen war, wenn er es vielleicht auch besser hätte anstellen können. Die jungen Frauen hatten nicht nur seine Tochter und seinen Sohn, sondern auch viele andere gerettet.

»Seit langer Zeit versuchst du, deine Gefühle zu unterdrücken«, bemerkte Marcas.

»Das kann ich nicht länger tun. Ich bin in sie verliebt.«

»Hast du dich ihr schon offenbart?«, fragte Ethan.

»Nein, denn ich versuche noch immer, es selbst zu verstehen, aber zwischen der Feenschlucht, der Erpressung und dem unerwarteten Erscheinen der Eltern des Mädchens, das meine Frau werden soll, habe ich allerhand um die Ohren.«

Marcas schmunzelte. »Ich bin von all dem begeistert, und bestimmt wirst du schon bald den Weg aus diesem Schlamassel finden.«

»Wirst du mir helfen?«

»Natürlich. Ethan, was sagst du zu all dem?«

Die angespannte Miene ihres logisch denkenden Bruders verriet ihnen, dass er etwas zu sagen hatte.

»Also, was hat Eschina gewollt?«, fragte Ethan.

Der schnelle Themenwechsel entlockte Shaw ein überraschtes Blinzeln. »Sie möchte sich um Mitternacht mit mir treffen. Ich habe keine Ahnung, was sie will, und ich werde nicht hingehen. Sie hat versucht, mir zu drohen, indem sie meine Vergangenheit vor Tara erwähnte und ankündigte, Tara alles zu erzählen, was passiert ist. Ich bezweifle allerdings, dass sie die Wahrheit kennt. Ich kann nicht erraten, welche Absichten sie verfolgt.«

»Könnte sie irgendetwas verwechselt haben, was du möglicherweise gesagt hast? Oder könnte Dougal ihr die Wahrheit gesagt haben? Die beiden hatten eine Beziehung«, spekulierte Marcas.

»Marcas, ich habe nach Lucretias Tod nie wieder mit Eschina gesprochen. Dougal sagte, er hätte sie damals angelogen und ihr erzählt, wir hätten die Jagd kurz nach ihrem Fortgang beendet. Sie kann die Wahrheit nicht wissen, es sei denn, der Sheriff hätte sie ihr erzählt.«

Marcas hob eine kleine Figur auf seinem Schreibtisch auf, die ihrem Vater gehörte, und drehte sie in seiner Hand hin und her, während er auf die Wand starrte. »Bist du sicher, dass du Dougal vertraust, ihr nichts verraten zu haben?«

»Das bin ich. Dass Dougal mich verraten würde, kann ich nicht glauben.«

»Da muss ich zustimmen«, warf Ethan ein. »Wenn Dougal es Eschina erzählt hätte, wüsste es inzwischen jeder. Sie würde die Geschichte zu einer epischen Sage aufgeplustert herumposaunen, nur um die Reaktion aller zu beobachten. Darüber hinaus kann sie nicht schreiben, und somit auch nicht diejenige sein, welche die Nachrichten aussendet. Meiner Ansicht nach wirst du mit Dougal sprechen müssen. Gemeinsam solltet ihr beiden den Sheriff zur Rede stellen.«

Marcas nickte. »Ich komme nicht umhin, mir ebenfalls vorzustellen, dass der Sheriff von Cromarty beteiligt ist. Wenn nur der Sheriff und Dougal etwas wissen, wer sonst könnte es sein?«

»Es besteht die Möglichkeit, dass der Sheriff jemanden eingeweiht hat, den wir nicht einmal kennen. Was, wenn die andere Person die Arbeit erledigt und der Sheriff einen Teil unseres Geldes entgegennimmt? Wie sollen wir das je herausfinden? Ich habe versucht, unsere Geldopfer zu verfolgen. Auch Sammy hat das versucht und Dougal ebenfalls, doch alles ohne Erfolg. Weder in den Stallungen von Beauly, wohin ich mein Geld schicke, noch bei dem hohlen Baumstamm, in dem Dougal seinen Anteil hinterlässt, haben wir jemanden gesehen, der das Geld abholt.«

»Ganz bestimmt könnte irgendjemand dem Sheriff bei diesem Unterfangen behilflich sein. Ich bin der gleichen Meinung wie Ethan«, bemerkte Marcas. »Ihr, und damit meine ich Dougal und dich, müsst euch dem Erpresser gemeinsam stellen.«

»Und da ist noch mehr.« Shaw musste aufstehen und ein wenig auf und ab gehen, ehe er den nächsten Teil enthüllte. Er musste sich zwingen, seine Erinnerungen an die Feenschlucht aufleben zu lassen, und an das Geschöpf zu denken, das vor ihm aufgetaucht war.

Das Einhorn trug Zinnas Abzeichen. Es hatte ihre Größe, ihre Mähne, die Art, wie sie wieherte. Es war sein Pferd, aber ob aus Fleisch oder als Geist, konnte er nicht sagen.

»Fahre fort«, beharrte Marcas.

»Ich weiß, dass du es kaum glauben wirst, aber Tara und Riley waren vor einiger Zeit in der Feenschlucht. Sie haben ein Pferd gesehen, ein weißes Pferd.« Das wusste Ethan natürlich schon, auch wenn er nicht darauf reagierte, doch Shaw erkannte den Unglauben auf Marcas´ Gesicht.

»Gestern war ich mit Tara dort, und als wir bei den oberen Wasserfällen waren, ist dasselbe weiße Pferd erschienen.« Er schloss die Augen, da es die einzige, ihm bekannte Möglichkeit war, die Tränen zu stoppen, die darum kämpften, ihn zu übermannen. Die Erinnerung an Lucretia, die in Dougals Armen gestorben war, war einfach zu viel. Seine Gefühle für Tara waren so viel intensiver und er verglich sie nicht, aber Lucretia sterben zu sehen, hatte eine mächtige Wirkung auf den Burschen gehabt, der er damals gewesen war.

»Und?«, drängte Marcas.

»Und es war Zinna. Ich habe sie mit meinen eigenen Augen gesehen und ihr den Hals gestreichelt. Ich habe das Mal an ihrem Ohr inspiziert. Sie war es.«

Marcas stellte die Figur wieder hin und lehnte sich vor. »Irgendjemand führt dich an der Nase herum. Er will dich veranlassen, ihm mehr Geld zu zahlen. Er will dich dazu bringen, dass du dich für verrückt hältst. Es muss jemand sein, der die Abzeichen auf deinem Pferd gekannt und sie auf dieses andere Tier übertragen hat. Zinna ist tot, Shaw.«

»Jemand könnte ein Pferd mit Farbe anmalen, aber wie könnte er das Tier in ein Einhorn verwandeln? Es hatte ein Horn, das weder mit einer Schnur befestigt noch an seine Stirn geklebt war.« Shaw unterbrach seinen Lauf und setzte sich wieder auf seinen Stuhl, ehe er sich zu seinem Bruder vorbeugte, wobei seine Stimme zu einem Flüstern wurde. »Weißt du, was Riley zu Tara gesagt hat, als sie das Pferd zum ersten Mal zu Gesicht bekommen haben?«

»Erzähl es mir bitte. Ich finde dieses Thema außerordentlich interessant«, entgegnete Ethan. »Vor allem, da Riley den Ruf innehat, mit den Toten kommunizieren zu können.«

»Sie meinte, das Pferd habe zu ihr gesprochen und gesagt, es sei durch Lügen gefangen. Solange die Wahrheit nicht ans Licht käme, könnte es nicht so wie die anderen Tiere vorankommen.«

»Und das glaubst du?« Marcas drehte die Figur in seiner Hand noch ein paar Mal hin und her.

Shaw holte tief Luft und stützte dann seine Unterarme auf dem Tisch ab. »Tara hat mir von einem weißen Pferd erzählt, das sie dort gesehen hatte. Und als wir zusammen dorthin gegangen sind, war das Pferd wieder aufgetaucht. Ich weiß nicht, was ich von Riley und ihren Überzeugungen halten soll, aber einer Sache bin ich mir vollkommen sicher.«

»Und welche wäre das?«, fragte Marcas.

»Man kann kein falsches Wiehern hervorrufen. Das Pferd, das ich gesehen habe, war Zinna.«

KAPITEL ZWÖLF

SHAW RITT DURCH das Fallgitter des Eddirdale Castle in die sternenklare Nacht hinaus. Er verfolgte keineswegs die Absicht, Eschina zu treffen, aber Dougal wartete auf ihn.

Shaw lenkte sein Pferd durch den Wald zur Bucht, wo er absaß und zu Fuß auf das Wasser zuhielt. Durch den Halbmond war die Szenerie gut beleuchtet, und die Spiegelung recht hell, doch über den Himmel zogen vereinzelte Wolken, die den Himmel gelegentlich verdeckten. Es dauerte nicht lange, bis Dougal am Ufer entlang geritten kam.

»Wie gut, dass du mich treffen wolltest. Mir ist bewusst, was wir neulich gesagt haben, aber ich denke, dass wir handeln müssen. Hast du eine Idee?«, fragte Shaw, als Dougal abstieg und sich zu ihm ans Ufer gesellte, um über die Bucht nach Inverness zu blicken.

»Du musst mir alles sagen, was du weißt. Alles. Du hast, glaube ich, viele Fragen gestellt, und mich interessiert, wie du die Angelegenheit angehst.« Dougal wirkte bedrückt und er hielt den Blick gesenkt. »Was hast du herausbekommen?«

Seufzend beschloss Shaw, ganz ehrlich zu sein. »Irgendjemand macht die ganze Sache noch schlimmer. Es reicht mir, Dougal. Wir müssen herausfinden, wer der Übeltäter ist und der Sache ein Ende machen.«

»Ich weiß nicht, ob wir das können«, entgegnete Dougal, der dabei die Arme verschränkte und seinem Blick auswich.

»Was können wir nicht? Können wir die Sache nicht unterbinden oder können wir nicht herausfinden, wer dahintersteckt?«

»Ob wir jemals herausfinden werden, wer der Schuldige ist, bezweifle ich. Er ist zu schlüpfrig.«

»Offenbar ist es der Sheriff.«

»Das haben wir neulich schon besprochen. Der Sheriff von Cromarty gibt sich keine Mühe, seine Korruption zu verheimlichen. Dass er jemanden für seine Unterstützung bezahlt, ist schon möglich, aber warum sollte er seinen Anteil an unserem Geld mindern, wenn kein Grund dazu besteht?«

»Dann werden wir die Zahlungen einstellen, und den Missetäter damit aus der Reserve locken.« Shaw gab seine Erklärung ab und drehte sich zu Dougal um. »Außer einem Mädchen zu sagen, sie solle mit ihrem Pferd springen, habe ich nichts Unrechtes getan.«

Dougal drehte sich zu ihm um. »Bist du von Sinnen? Das Mädchen ist tot! Bei einem Ausritt, bei dem sie nicht hätte dabei sein sollen, und von dem der Laird nichts gewusst hatte. MacHeth beschützt seine Frauen sehr gut, wie du weißt. Er wird uns beide an unseren Hoden aufknüpfen und die Augen ausstechen lassen, nur weil wir sie ohne Wachen auf die Jagd mitgenommen haben. Auf indirekte Weise tragen wir beide Schuld. Das wird er nicht anders sehen.«

»Und was zum Teufel schlägst du vor, was wir unternehmen sollen? Ich werde meinen Wohlstand nicht lebenslänglich wegen eines tragischen Unfalls verschenken. Ich bin bereit, der Sache ein Ende zu machen und es drauf ankommen zu lassen.«

Zorn zeichnete sich auf Dougals Gesicht ab, und das tiefe Rot war sogar im Mondschein sichtbar. »Ich werde mein Leben nicht aufs Spiel setzen. Mein Vater wird mich umbringen, wenn MacHeth das nicht schon übernimmt. Du wirst hierüber deinen Mund halten oder ich komme und stopfe ihn dir. Und jetzt machen wir dieser Unterredung ein Ende, denn es könnte uns jemand belauschen. Wenn du glaubst, der Sheriff sei der Schuldige, dann töte ihn und bring es hinter dich.«

»Ich werde nicht zum Mörder werden, Dougal. Und es gibt keine Beweise, um ihn anzuklagen.«

»Dann lass es gut sein, halt den Mund und zahle dein Geld.«

Dougal wirbelte herum, sprang auf sein Pferd und verschwand schneller in der Nacht, als Shaw blinzeln konnte.

Er fuhr sich mit der Hand übers Gesicht und fluchte vor sich hin. Was für eine Zeitverschwendung. Und was nun? Er blickte noch ein wenig auf das Wasser hinaus und wollte sich gerade wieder auf den Weg machen, als sich ein anderes Pferd so leise näherte, dass er es kaum hörte.

Eschina.

»Was zum Teufel willst du?«

»Ich habe dich gewarnt, dass du es bereuen würdest, wenn du dich nicht mit mir triffst.«

»Ich habe dir nichts zu sagen. Seit Jahren haben wir nicht mehr miteinander gesprochen, warum also auf einmal jetzt?« Shaw verschränkte die Arme und starrte sie an.

Sie schwang die Hüften auf eine aufreizende Weise, als sie auf ihn zukam, doch das tat nichts, um seine Lenden zu provozieren. »Mich interessiert nicht, was du da andeutest, Eschina. Du kannst dir deine Verführungskünste sparen.«

Sie blieb stehen und stemmte die Hände in die Hüften. »Na schön. Dann hör zu. Du machst dem Cameron Mädchen schöne Augen. Ich habe dich mit ihr gesehen.«

»Das geht dich nichts an.«

»Vielleicht nicht. Aber es ist von jemandem bemerkt worden, dem ich nahestehe. Da du bei den Camerons angesehen bist, kannst du alles über den Schatz herausfinden, der in Lochluin Abbey liegt. Ich kenne jemanden, der ihn haben will.«

»Wovon redest du?« Zweifelsohne war er verflucht. Nun versuchte ein anderer, etwas von ihm zu erhalten?

»Du wirst alles herausfinden, was du kannst und es mir weitersagen. Wenn deine Liebste nach Hause zurückkehrt, begleitest du sie. Dann spionierst du den Schatz aus und wo er versteckt liegt.«

»Und wenn ich es nicht tue?«

»Wenn du es nicht tust, wird die Lüge für alle offenkundig.« Sie drehte sich auf dem Absatz herum und bestieg ihr Pferd mit Hilfe eines günstig gelegenen Baumstammes.

»Welche Lüge? Wovon sprichst du?« Er würde sich jedes einzelne Haar von Kopf reißen, wenn er das nicht herausfand.

»Wir werden es allen erzählen.«

»Was erzählen?«

»Dass du ein Mörder bist.«

Tara lag wach in der Kammer, die sie sich mit Riley teilte. Noch immer versuchte sie, eine Möglichkeit zu finden, ihre Eltern davon zu überzeugen, dass sie hierbleiben sollte, gleichwohl die Beinahe-Entführung sie fast umgestimmt hatte. Seufzend blickte sie in das Halbdunkel hinaus. Der Halbmond spendete gerade genug Licht, um die Konturen des Mobiliars in der Kammer schemenhaft erkennen zu lassen.

Plötzlich setzte Riley sich kerzengerade in ihrem gemeinsamen Bett auf und schaute sie mit einem Blick an, dessen Intensität sie verblüffte.

»Tara, du musst gehen.«

»Was?«, fragte sie und stützte sich auf ihre Ellbogen.

»Shaw verlässt die Burg. Folge ihm. Er reitet zur Bucht hinunter. Du kannst laufen.«

»Begleite mich.« Sie dachte, ihre Schwester

würde noch schlafen und träumen, aber was, wenn nicht?

»Nein, du musst dich allein auf den Weg machen.« Riley drückte Tara die Hand. »Geh. Dir wird nichts geschehen. Spute dich. Ich helfe dir beim Anziehen.« Sie stieg aus dem Bett, und war eindeutig wach und bei klarem Verstand. Dies war kein Traum, für keine von ihnen.

Seufzend folgte Tara ihr. Sie warf ihr Nachthemd und das Unterkleid auf das Bett, ehe sie sich ihre Strumpfhose nahm, die ihre Tante Gwyneth für sie gemacht hatte, und dazu eine Tunika anzog. Dann machte sie sich an ihrem Zopf zu schaffen. Sie war sich zwar nicht sicher, ob sie Rileys Vorhersage traute, aber wenn sich eine Gelegenheit ergab, mit Shaw allein zu sein, würde sie sie nutzen.

Nachdem sie sich den Mund ausgespült hatte, umarmte sie Riley kurz und verabschiedete sich: »Ich bin sicher, dass es nicht lange dauern wird, obwohl ich keine Ahnung habe, warum ich mich auf den Weg mache.«

»Viel Glück, Schwester.«

Mit einem Nicken öffnete Tara leise die Tür ihrer Kammer, ehe sie auf Zehenspitzen hinausschlich und sie wieder verschloss. Dankbar, dass ihre Eltern im Turm untergebracht waren, stahl sie sich die Treppe hinunter und durch die große Halle, ohne jemandem zu begegnen.

Sie schnappte sich ihren Umhang vom Haken neben der Eingangstür, doch sie ersparte sich die Mühe, ihn anzuziehen, bis sie draußen in der Kälte war und ein wenig zitterte. Als sie im

Schatten der Schlossmauer stehen blieb, nahm sie alles in Augenschein. Prüfend blickte sie sich um, ob jemand unterwegs war und stellte erfreut fest, dass alles still war.

Als sie sich zum Fallgitter schlich, war sie überrascht, dass es noch geöffnet war, aber es wunderte sie nicht, dort Torcall, einen der Wachmänner der Mathesons, anzutreffen. Grüßend zeigte er in eine Richtung. »Shaw hat den Weg zur Bucht genommen. Ich werde das Tor bis zu seiner Rückkehr offen halten. Wollt Ihr ein Pferd oder eine Eskorte?«

»Nein, ich würde den Spaziergang genießen. Es ist eine schöne Nacht.«

»Ich werde nach lauernden Gefahren Ausschau halten, aber ich kann Euch nur sehen, bis Ihr unter den Bäumen seid, also vergewissert Euch, dass keine Gefahr lauert, da Ihr allein sein werdet. Das meine ich insbesondere wegen der Sache, die Euch in Rosemarkie passiert ist. Shaw sollte noch dort sein, aber wenn nicht, dann kehrt unverzüglich zurück.«

Tara nickte und machte sich in einem zügigen Tempo auf den Weg, wobei sie sich in ihren Umhang kuschelte und die Kapuze hochzog, um sich zu wärmen. Es war eine schöne Nacht, und die Sterne strahlten hell durch die gelegentlichen Wolken. Fast schon war sie am Ziel, als ein Pferd von der Bucht weg und auf Rosemarkie zuflog, mit einer Frau im Sattel. Selbst in der Dunkelheit konnte Tara ihren erbosten Gesichtsausdruck erkennen.

Eschina.

Fast hätte sie sich umgedreht, doch letztendlich widerstand sie ihrem Impuls und dachte stattdessen an Rileys Dringlichkeit. Aus der Tatsache, dass Eschina nicht glücklich gewirkt hatte, zog sie eine gewisse Genugtuung. Sie zwang ihre Füße vorwärts und hielt auf das Ufer zu. Mit gesenktem Kopf stand Shaw nahe beim Wasser.

Sie blieb stehen, als sie nur noch eine Pferdelänge von ihm entfernt war. »Es können keine guten Nachrichten gewesen sein, die sie dir gebracht hat.«

Er hob den Kopf und drehte sich um, wobei er die Hand an den Dolch führte, der an seinem Gürtel befestigt war. Als er sie jedoch erkannte, erstrahlte sein ganzes Gesicht und bei seinem Anblick pochte ihr Herz den Takt eines kleinen Liedchens.

»Was suchst du mitten in der Nacht hier draußen, Tara? Und das ohne Begleitung?« Rasch ging er zu ihr hinüber und schlang seine Arme um sie. »Dir ist kalt.«

Sie zuckte mit den Schultern, ohne bereit zu sein, zuzugeben, von ihrer Schwester geschickt worden zu sein. »Das war nur so eine Ahnung. Ich konnte nicht schlafen. Torcall sagte, du seist hier und er hat mich im Auge behalten.«

»Ich bin froh, dass du gekommen bist. Eschina versucht, mich zu bedrohen, und verwendet eine Sache gegen mich, die sich vor langer Zeit ereignet hat, um mich dazu zu zwingen, ihr zu Willen zu sein.« Shaw hob den Blick zu den Sternen am Himmel und sprach weiter:

»Vielleicht kann ich von den Sternen Kraft schöpfen, um dies durchzustehen. Ich habe genug von diesen Erpressungen und den Narren, die mir drohen wollen.« Dann blickte er auf sie herab. »Du spornst mich an, es besser zu machen und stärker zu sein als das. Dir zuliebe, mein Mädchen, werde ich dieser verrückten Situation ein Ende machen. Insbesondere wenn ich dich in dieser entzückenden Kleidung sehe, die deinen süßen Hintern so schön wärmt.« Er beugte sich zu ihr und knabberte an ihrem Ohr.

Sie versetze ihm einen spielerischen Schubs, und er lachte. »Tante Gwyneths Strumpfhosen sind bloß praktisch.«

»Ich werde mich bei deiner Tante bedanken müssen, falls ich sie je kennenlerne. Du hast einen zauberhaften Hintern.«

»Wage es nicht«, meinte sie und schaute ihn mit schmalen Augen an. »Sei einmal eine Weile ernst. Hat dein Dilemma mit dem Pferd in der Feenschlucht zu tun?«

»Aye.« Er nahm ihre Hand und zog sie zu einem nahe gelegenen Baumstamm, der im Mondlicht sichtbar war. »Setz dich mit mir und ich werde dir berichten. Das Ganze wird sogar für mich zu viel.«

»In Ordnung. Ich bin eine gute Zuhörerin.« Er setzte sich neben sie und beugte sich hinüber, um ihr einen flüchtigen Kuss zu geben.

»Du bist alles und noch viel mehr, Tara Cameron.«

Innerlich wurde sie bei seiner Liebeserklärung ganz weich. »Ich mag dich auch, Shaw.«

Er umschloss ihre Hand mit seiner und blickte über die Bucht. Sie wollte ihm was auch immer an Zeit gewähren, damit er seine Geschichte erzählen konnte.

»Vor drei Jahren luden Dougal und ich zwei Mädchen ein, mit uns auf die Jagd zu gehen. Eschina war mit Dougal zusammen und ich hatte eine Verwandte von ihr eingeladen, die über den Sommer dort war. Ich hatte keine Beziehung zu ihr wie mit dir, aber sie war ein süßes Mädchen.«

Tara hörte sich Shaws Geschichte an, und ihr war schon vor dem Ende bange, aber sie unterbrach ihn nicht. Er vertraute ihr dieses Geheimnis an, das er eindeutig viel zu lange für sich behalten hatte, und sie würde dieses Vertrauen ehren, indem sie sorgfältig zuhörte. Als er Lucretias Zaudern beschrieb, über den querliegenden Baumstamm zu springen, brannten ihr die Tränen in den Augen.

»Zinna ist gesprungen, aber sie ist dabei gestürzt und hatte sich ernsthaft verletzt. Wir mussten sie von ihren Qualen erlösen. Sie war mein Pferd – ich hatte sie Lucretia für den Anlass geliehen. Zinna war weiß, mit einem Abzeichen in Form einer Mondsichel an ihrem Ohr.«

»Wie schrecklich. Es tut mir so leid, aber es erklärt viel über das Pferd und die Feenschlucht. Auf welche Lügen bezieht sie sich deiner Meinung nach?«

Shaw drehte sich, um sie anzuschauen, und legte dabei eine Hand um ihre Wange. »Ich bete, dass du mich deshalb nicht hassen wirst. Das erzähle ich dir im Vertrauen. Ich habe die Sache lange Zeit geheim gehalten – gerade erst habe ich meinen Brüdern davon erzählt –, aber ich muss aufrichtig zu dem Mädchen sein, dass mir mehr bedeutet als alle anderen.«

»Ich werde dich selbstverständlich nicht hassen. Und ich bin sehr gut darin, Geheimnisse für mich zu behalten.«

Mit seinem Daumen streichelte er ihr über die Wange, doch dann ließ er die Hand sinken und fasste abermals nach der ihren. »Lucretia ist ebenfalls bei dem Sturz gestorben. Dougal hat sich zu ihr gesetzt, während ich den Sheriff geholt habe. Ich weiß nicht genau, was für eine Verletzung sie davongetragen hatte, aber sie ist in Dougals Armen gestorben.«

Tara konnte ihr Aufkeuchen nicht unterdrücken. »Hatte niemand etwas erfahren?«

»Nein, der Sheriff hat ihrem Onkel erzählt, sie sei von ihrem Pferd gefallen und unsere Namen hat er dabei nicht erwähnt. Eschinas Vater hat Lucretias Vater gesagt, sie sei an einem Fieber gestorben. Offensichtlich war er nicht bereit, zuzugeben, dass sich die zwei Mädchen unter seinem wachsamen Auge davongestohlen hatten.«

»Was will Eschina also?«

»Sie droht, allen zu erzählen, dass ich ein Mörder bin, wenn ich nicht tue, was sie sagt. Eschina hatte sich bereits von uns getrennt, als sich der Unfall ereignete, aber ihr Vater hat ihr offensichtlich von dem Sturz erzählt. Eschinas Drohungen sind jedoch neu. Den anderen Erpresser bezahlen wir seit Jahren.«

»Aber du hast niemanden umgebracht. Warum zahlst du?«

Trotz der kühlen Nacht schwitzte er, was ein Zeichen für seinen Aufruhr wegen dieses ganzen komplizierten Durcheinanders war. Von Zeit zu Zeit schüttelte er den Kopf, als würde er mit sich selbst über die Geschehnisse hadern.

»Ich weiß, dass ich sie nicht umgebracht habe, aber ich habe sie eingeladen, den Sprung zu versuchen. Also trage ich eine gewisse Verantwortung – gleichwohl es kein Mord war. Wenn die Sache aber publik würde, selbst, wenn es falsch ist, würde dies den Namen meines Clans besudeln. Weil ich die Konsequenzen meines Vaters fürchtete, zahlte ich dem Erpresser schnell, was er verlangte. Verdammt sei mein Vater, dafür, uns allen solch einen starken Ehrenkodex eingebläut zu haben.«

»Aber dein Vater ist nicht mehr. Hat das nicht deine Meinung geändert?«

»Das macht es anders. Ich habe mit meinen Brüdern gesprochen und Marcas ist deiner Meinung, aber ich möchte ihn mit all dem nicht belasten, da er doch gerade so glücklich ist. Brigid hat ihn glücklicher gemacht, als ich ihn je zuvor erlebt habe. Ich möchte den Baird Clan nicht gegen uns aufbringen, und auch unseren guten Ruf als ehrbaren Clan von Black Isle nicht gefährden.«

Sie streckte die Hand aus und fuhr mit den Fingern durch die Locken seines Haars, das ihm auf den Kragen seines Umhangs fiel, um sie glattzustreichen. »Es ist dieser Ehrenkodex, der mich zu dir hinzieht.«

Er starrte sie an und sie hätte schwören können, dass sein Blick sich verschleierte. »Dies ist der gleiche Kodex, der mir sagt, dass ich deiner nicht würdig bin, Tara Cameron. Die Tochter eines Edelmannes und einer der besten Heilerinnen im ganzen Land und ich werde Mörder geschimpft. Nie werde ich die Chance haben, dich zu der Meinen zu machen.«

Sie zog ihn zu sich herab und küsste ihn sanft auf die Lippen. »Ich bin die Deine, wenn du mich willst. Ich kenne die Wahrheit und das ist das Wichtigste. Und nicht die Lügen der anderen.«

Er küsste sie zärtlich und zog sie auf seinen Schoß, ehe er seinen Mund schräg auf den ihren legte, um ihren Kuss zu verstärken. Taras Herz jubilierte. Wie sie den Geschmack dieses Mannes liebte – das Gefühl, in seinen Armen zu sein, das Wunder jeder neuen Erfahrung mit ihm. Nur ein Blick von ihm konnte die Schmetterlinge tief in ihrem Bauch zum Fliegen bringen.

Sie berührte sein Gesicht und genoss die Rauheit seines Bartes, während sie bei jeder Berührung seiner Zunge mehr von ihm aufnahm.

Er beendete den Kuss und schaute ihr in die Augen. »Ich muss all dies berichtigen, ehe ich dich bitten kann, die Meine zu werden. Ich verspreche dir, alles in Ordnung zu bringen, damit dein Vater keinen Grund findet, mich abzuweisen, wenn ich um deine Hand bitte. Wirst du auf mich warten, Mädchen?«

»Das werde ich. Ich werde immer auf dich warten, Shaw.«

KAPITEL DREIZEHN

AM NÄCHSTEN MORGEN saß Tara ihrer
Mutter am großen Tisch gegenüber. Ihr
Vater und Brin waren gerade nach draußen
zu den Stallungen gegangen, um sich mit den
Mathesons zu unterhalten. Brigid war mit
Nonies Hilfe dabei, die Kleinkinder zu füttern
und Jennet schnitt Leinenstoff für neue Verbände
in Streifen.

Riley war noch nicht aufgestanden.

»Glaubst du, Riley könnte krank sein, Tante
Jennie?«, fragte Jennet. »Es ist ungewöhnlich für
sie, so lange zu schlafen.«

Ihre Mutter schüttelte den Kopf, während sie
ein bisschen von ihrem Porridge aß. »Riley schläft
häufig zu sonderbaren Zeiten. Manchmal sind
ihre Träume nicht sehr erholsam. Eine Seherin
zu sein, hat seine Herausforderungen.«

»Spricht sie oft mit den Toten?«, fragte Brigid.

»Nein, nicht oft und ich bin froh darum. Es ist
eine Aufgabe, die sie erschöpft. War sie wach, als
du heruntergekommen bist, Tara?«

»Nein, Riley hat immer noch fest geschlafen.
Sie hat eine unruhige Nacht verbracht.« Tara

fügte nicht hinzu, dass sie von ihrem nächtlichen Intermezzo mit Shaw ebenso erschöpft war wie Riley. Von den Worten und Küssen, die sie im Mondlicht ausgetauscht hatten, war sie zum Schlafen zu aufgeregt gewesen.

Allmählich fing sie an, genau zu verstehen, warum Brigid so rasch geheiratet hatte. Die Männer der Mathesons hatten eine Art und Weise, die jungen Frauen in ihren Bann zu schlagen und festzuhalten. Hatte sie sich in ihren eigenen Matheson verliebt?

Einmal hatte ihre Mutter Riley und ihr erzählt, dass sie wissen würden, wenn ein Mann der Richtige für sie war, weil er ihr Herz zum Singen bringen würde, sobald er die Halle betrat. Seit Wochen brachte Shaw nun ihr Herz zum Singen, doch mit all dem, was sich um sie herum zugetragen hatte, war ihnen die Gelegenheit entgangen, viel Zeit miteinander zu verbringen.

Der Fluch, die Anschuldigung wegen Hexerei gegen Jennet, der Kampf mit den MacKinnies. Es war so viel auf Black Isle passiert und es war sehr schön, dass nun alles für eine Weile ruhig war.

Wenn sie nur das Problem mit dem Pferd, Eschina und der fortdauernden Erpressung in den Griff bekommen würden. Wenn ihr schon so sehr deshalb grauste, wie schlimm musste es dann für Shaw und Dougal sein?

War es möglich, dass Eschina Shaw für sich selbst erobern wollte und nun irgendwie versuchte, seine Zuneigung zu gewinnen?

Sie rügte sich für ihr mangelndes Zutrauen in Shaw. Er hatte kein Interesse an Eschina und so war die Eifersucht von ihrer Seite unangebracht und kindisch, ganz gleich, wie wunderschön die andere war. Tara wusste um ihre stärkere Verbindung zu Shaws Herzen, als Eschina sie hatte.

Doch die ganze Situation mit dem Pferd und der jungen Frau, die gestorben war, hatte sie beide aus dem Gleichgewicht gebracht.

»Tara, bist du mit Riley zur Feenschlucht zurückgekehrt, um nachzusehen, ob das Pferd wieder dorthin gekommen ist?«, fragte Jennet.

Sie schüttelte den Kopf und dann entschied sie, vollkommen aufrichtig zu sein, insbesondere da ihr Vater nicht hier war, um ihr missbilligende Blicke zuzuwerfen. »Nein, nicht mir Riley, aber ich habe Shaw vor zwei Tagen mit dorthin genommen.«

»Und?«, bohrte ihre Mutter leise nach.

»Und ein weißes Pferd kam zu unserer Begrüßung heran, als wir den zweiten Wasserfall erreichten. Es stand im Becken am Fuße des Wasserfalls.« Tara dachte noch einmal kurz nach und dann fuhr sie fort: »Es war das gleiche Tier. Ein weißes Einhorn.«

Brigid gab ein kleines Quieken von sich. »Wirklich? Das gleiche Pferd?« Dann beugte sie sich zu Tara und meinte: »Und auch noch ein Einhorn. Ich liebe es!«

»Aye, es war wirklich ein Einhorn, mit einem majestätischen Horn, das zwischen seinen Augen hervorstand. Auf mich hat es sehr königlich gewirkt. Allerdings war das Einhorn nicht ganz weiß – es hatte ein mondförmiges Abzeichen unter einem Ohr.«

Nonie schaute zu Brigid und meinte: »Das hört sich nach Shaws alter Stute Zinna an.«

»Wir glauben, sie ist es, Nonie.«

Ein Schrei ließ ihre Unterhaltung platzen. Riley raste die Galerie entlang und ihr Kopf schwang dabei vor und zurück, während ihr Haar wild und ungekämmt war. Sie beugte sich über die Brüstung und ihre Schreie verwandelten sich rasch in Schluchzer.

»Riley!«, rief ihre Mutter. »Bleib stehen, wo du bist!«

Tara schoss von ihrem Platz auf und rannte die Treppe hoch, um zu versuchen, ihre Schwester wieder in die gegenwärtige Welt zurückzuholen und aus dem Traum heraus, oder was immer es auch war. Noch nie hatte sie ihre Schwester derart außer sich und wild erlebt.

Sie fasste Riley an der Hand und zog. »Riley, wach auf!« Sie schüttelte die Hände ihrer Schwester, ohne ein Ergebnis zu erreichen und dann packte sie sie an den Schultern, während ihre Mutter unter der Galerie stand und zu ihnen hoch rief.

Die Tür sprang auf und ihr Vater und Bruder kamen hereingerannt. Brin nahm zwei Stufen auf einmal und fasste Riley an den Schultern, um sie von Tara zu sich umzudrehen.

Mit einer Hand hielt er ihr Kinn. »Riley. Wach jetzt auf.«

Tränen strömten Riley über die Wangen und ihre Schreie verebbten zu Schluchzern, als sie ihren Bruder anstarrte, bis sie gegen ihn sackte. Er war einen Fuß größer als seine Schwester und mühelos schulterte er ihr gesamtes Gewicht.

Tara brach das Herz, als sie die beiden beobachtete. Warum war Riley nur mit solch einer ausgefallenen Gabe gesegnet? Tara konnte nicht umhin sich zu fragen, was für ein Traum solch einen Ausbruch verursacht haben könnte, der anders war als alles andere, was sie zuvor erlebt hatte. Der große, starke Brin hielt sie fest, während sie sich beruhigte und ihr Kopf an seiner Schulter ruhte.

»Komm, wir gehen nach unten und gesellen uns zu Mama und Papa. Du kannst beim Feuer sitzen und dich wärmen, bis die Kälte aus deinen Knochen gewichen ist«, schlug Brin leise vor.

Tara eilte die Treppe hinunter, um aus einem Korb mit Fellen eines zu nehmen und es Riley um die Schultern zu legen, sobald sie den Fuß der Treppe erreicht hatte.

Riley erstarrte in ihrer Bewegung, als ihr Blick auf Tara fiel. Mitten im Schritt blieb sie mit weiten Augen stehen. Alle anderen erstarrten mit ihr.

»Tara, wir müssen gehen«, meinte Riley, deren Stimme vom Schreien müde war.

»Was?«, fragte Tara vollkommen verwirrt.

»Wohin und warum müsst ihr gehen, Riley?«, fragte ihr Vater hinter Tara. »Was hast du in deinem Traum gesehen?«

»Ich habe sie gesehen.« Riley schien in Trance zu sein und ihr Blick erfasste etwas anderes als das Bild vor ihr.

Tara verabscheute diesen Teil von Rileys Träumen. Oft dauerte es einige Zeit, bis sie alle Einzelheiten herausgefunden hatte. Riley hatte ihr einmal erzählt, sie müsste alle Eindrücke durchgehen, um mit der richtigen Erklärung aufzuwarten.

»Wen hast du gesehen?«, fragte Brin. »Wo hast du sie gesehen?«

»Die Leute. Diejenigen, die versuchen, sie zu verletzen.«

»Wen verletzen?«

Riley hob den Finger, um auf Tara zu zeigen, und dann zog sie die Hände wieder zu ihrem Mund, um ihr Schluchzen zu unterdrücken. »Tara.«

Niemand sprach. Was um alles in der Welt hatte sie geträumt? Tara rückte näher und flüsterte. »Riley? Bist du sicher? Denk genau nach.«

»Und sag uns, wer versuchen will, sie zu verletzen. Wen hast du gesehen?«, bohrte ihr Vater beharrlich und trat noch näher.

»Es waren vier. Drei Männer und eine junge Frau haben dich umringt.«

»Was hat Tara getan?« Brin drückte ihre Schultern. »Du hast es fast geschafft. Träume den Traum für uns zu Ende.«

Shaw öffnete die Tür und trat ein, mit Ethan und Marcas direkt auf den Fersen. Alle drei erstarrten in der Türöffnung stehend. Tara wäre zu ihnen hinübergegangen, aber ihre Füße waren mitten in der Halle auf der Stelle wie angewurzelt.

Riley schloss die Augen und sackte gegen ihren

Bruder. »Sie haben dich umgebracht, Tara. Alle zusammen. Alle hatten daran teil.«

Tara starrte ihre Schwester an und war unfähig zu glauben, was diese gerade gesagt hatte.«

»Ich habe mitangesehen, wie du gestorben bist.«

KAPITEL VIERZEHN

SHAW SCHNAPPTE NACH Luft, und wäre bei Rileys Verkündung beinahe erstickt. Sollte das eine Vorhersage sein? Würde ihre Familie dies zweifellos glauben?

Wenn er Tara und Riley nicht so gut kennen würde, würde er dies niemals glauben. Und selbst so war er nicht sicher, was er von der Szene dort vor ihm halten sollte. Riley schien kaum anwesend zu sein. Außer ihr hatte er noch nie von jemandem gehört, der Träume hatte, die sich erfüllten. Es war eine derart gruselige Erfahrung, die Familie mit diesem tranceartigen Zustand fertigwerden zu sehen. Noch schockierender war aber ihre Verkündung.

Die Cameron Männer waren auf halbem Wege zurück zur Burg gewesen, als sie in Laufschritt gefallen waren. Shaw hatte seine Brüder angeschaut und anhand des Verhaltens seiner Besucher gewusst, dass sich etwas Wichtiges ereignete. Sie alle hatten alles stehen und liegen gelassen, und waren gefolgt. Die Männer waren bereits auf dem Weg, als Brigid den Kopf herausgestreckt hatte, um sie zu rufen.

»Marcas! Shaw! Beeilung!«

Ethan war wie immer der Schnellste und kam als Erster bei der Tür an, aber Shaw war direkt hinter ihm und schob ihn zur Seite. »Was ist los, Brigid?«, fragte Ethan.

»Tara. Riley. Ich weiß es nicht. Beeilt euch.«

Shaw hatte keine Ahnung, was sie meinte, aber er hatte nicht gewartet, um es herauszufinden.

Riley lehnte sich an ihren Bruder und schluchzte unkontrollierbar. Jennie und Aedan Cameron waren nicht weit entfernt, doch sie störten nicht und die anderen hielten sich am Rande des Kreises auf, der sich gebildet hatte.

Nachdem Riley die Beschreibung des Traums abgeschlossen hatte, wich Tara mit langsamen, schmerzerfüllten Schritten zurück, die ihm zeigten, wie bedingungslos sie den Worten ihrer Schwester glaubte. Ohne sich Gedanken darüber zu machen, wie ihre Eltern reagieren würden, ging er sofort zu ihr, und fasste sie um die Schultern, um sie von Riley wegzubringen.

»Tara, mach dir keine Sorgen. Ich werde dich beschützen.« Die Furcht und Verwirrung in ihrem Gesicht zerrissen ihm beinahe das Herz. Ach, er liebte diese Frau und es brachte ihn beinahe um, sie so betroffen zu sehen.

»Tara? Rede mit mir. Bitte.« Er hob die Hand, um ihr Gesicht zu berühren und endlich richtete sie ihren Blick auf ihn. »Es muss nicht wahr werden. Sie kann uns sagen, wen sie gesehen hat, und wir können denjenigen zur Rede stellen. Dies könnte sich als überaus hilfreich erweisen.«

Ihr Vater versuchte seine Hand wegzuschieben,

doch das wollte er nicht zulassen. »Sag mir genau, was deiner Ansicht nach die Wahrheit ist.«

Tara packte seine andere Hand und antwortete: »Riley hat meinen Tod geträumt und ich glaube ihr. Sie hat oft recht, Shaw.«

Bewusst musste er den Mund zumachen, der ihm vor Schock offenstand. So viele Fragen schossen ihm im Kopf herum und er wusste nicht, worauf er sich konzentrieren sollte. »Hatte sie vorher schon solche Träume gehabt? Erzähl mir genau, was sie gesehen hat. Ich habe nicht alles gehört.«

Er wollte nur seinen Arm um Tara legen und sie vor allem und jedem verstecken.

Jennet kam herüber und meinte: »Riley hat geträumt, dass Tara von vier Leuten umgebracht wurde. Drei Männer und eine junge Frau. Ob sie erfolgreich waren, muss sich noch herausstellen, aber wir müssen darauf achten, was sie sagt. Sie zu ignorieren, könnte sich als gefährlich erweisen. Hast du irgendeinen Verdacht, um wen es sich handeln könnte?«

Ethan trat hinter Jennet und schaute Shaw mit hochgezogener Augenbraue an. »Ich denke, wir wissen alle, wer die junge Frau ist, aber die Identität der drei Männer steht noch immer in Frage.«

Jennet beugte sich vor und flüsterte Tara etwas ins Ohr. Shaw erhaschte nur die Worte: »Eschina. Sie muss es sein.«

»Kann sie uns sagen, wer sie sind, Tara?«, fragte Shaw. »Wie sie aussehen?«

Tara lehnte sich an ihn und entgegnete: »Ich

werde ihr weitere Fragen stellen, wenn sie ruhiger ist.« Tara tat einen tiefen, zittrigen Atemzug und dann noch einen etwas ruhigeren. Dann trat sie von ihm zurück und wandte sich ihrer Schwester zu. Brin hatte Riley in einen Sessel vor dem Feuer gesetzt und sie mit Fellen zugedeckt, während ihre Mutter einen Becher Brühe für sie brachte.

Aedan Cameron ließ nicht auf sich warten. »Marcas, ich treffe Shaw und dich jetzt in der Kabinettstube.«

»Ich komme auch«, setzte Tara hinzu.

»Aye, du solltest auch kommen, Tara.« Ihr Vater nickte ihr kurz zu, als er auf die Treppe zuging.

Marcas küsste Brigid auf die Wange und führte die Gruppe in seine Kabinettstube. Aedan blieb für einen Augenblick stehen und drehte sich zu Taras Mutter um. »Wir werden abreisen, sobald Rileys Zustand es erlaubt, aber nicht später als morgen.« Dann sah er Tara mit einem Blick an, der Shaw genau wissen ließ, wie sehr dieser Mann seine Tochter liebte. Eine Traurigkeit und Verletzlichkeit dieser Art hatte er bei einem amtierenden Laird selten gesehen. »Tara, du kommst mit uns nach Hause. Keine Widerrede.«

Tara antwortete nicht, sondern hielt einfach mit der Gruppe auf die Kabinettstube zu. Shaw fiel neben ihr in Schritt und schlang ihr einen Arm um die Schultern. Er wollte alles tun, um das Zittern dieses armen Mädchens zu stoppen.

Was um alles in der Welt war los?

Sobald die Tür der Kabinettstube sich hinter ihnen geschlossen hatte, übernahm Aedan die

Führung. »Ich muss genau wissen, wen ihr in Verdacht habt, wer diese vier Leute sein könnten. Und keine Lügen oder Täuschung, Marcas.«

Marcas setze sich auf seinen Stuhl und bedeutete den anderen, sich zu setzen, ehe er zu Shaw schaute. »Ich glaube nicht, dass wir die Frage beantworten können, aber ich werde Shaw erklären lassen, was er weiß und was er vermutet. Shaw?«

Shaw räusperte sich und ging seine Gedanken durch, um zu entscheiden, wo er anfangen sollte. Beim weißen Pferd? Eschina? Dem Sheriff?

Einem Einhorn?

Er war nicht sicher, wer die drei Männer sein könnten. Also fing er mit dem an, was er wusste. »Über das Mädchen bin ich mir ziemlich sicher. Eschina MacHeth kam gestern Abend zu mir und hat mir aufgetragen, mit Tara nach Lochluin Abbey zu reisen, wenn ihr nach Hause zurückkehrt. Sie forderte von mir, Informationen über den Schatz der Abbey zu sammeln. Offensichtlich hat die Nachricht über den Reichtum von Lochluin Abbey und die Verbindung der Camerons mit der Abbey die Runde auf der Insel gemacht. Ich habe mich natürlich geweigert und sie ist wütend fortgegangen. Aber sie hat gedroht, einige Lügen über meine Vergangenheit zu verbreiten, wenn ich ihr nicht helfen würde.«

Aedan lehnte sich in seinem Stuhl zurück und antwortete: »Das werde ich akzeptieren, aber verrate mir, warum dieses Mädchen glaubt, etwas gegen dich in der Hand zu haben, Shaw. Was ist das für eine Lüge, von der sie spricht? Wenn du meine Tochter heiraten willst, muss ich alles erfahren.«

»Papa, bitte bringe mich nicht in Verlegenheit«, flehte Tara.

Shaw nahm ihre Hand und antwortete: »Aye, ich bin Eurer Tochter sehr verbunden, aber ich muss einige Dinge in meinem Leben klären, ehe ich Euch um ihre Hand bitte. Ich beabsichtige, genau das zu tun, Mylord, und ich hoffe, dass es bald der Fall sein wird. Über ihre vage Drohung hinaus hat Eschina sich geweigert, mir mehr zu sagen. Ich bin aufrichtig, wenn ich Euch sage, dass ich nicht weiß, wer die anderen drei Männer sind.«

»Shaw, sag ihm alles«, mischte sich Marcas ein. »Dies ist nicht die rechte Zeit für Geheimnisse. Es ist Zeit für Offenheit. Der Laird der Camerons hat mehr Erfahrung in Situationen dieser Art als wir, dessen bin ich mir sicher. Sein Rat könnte sich als unschätzbar erweisen.«

Shaw seufzte und sah zu Tara, die ihm mit einem beinahe unmerklichen Nicken antwortete. »In meiner Jugend habe ich einen Fehler gemacht und ich bezahle noch immer dafür. Ich werde nun seit über zwei Jahren erpresst und ich bin immer noch nicht imstande, herauszufinden, wer dahintersteckt. Ich habe mit einem Freund gesprochen, der ebenfalls Opfer der Erpressung ist, in der Hoffnung, den Schuldigen zu entlarven, aber er weigert sich, in dieser Sache an einem Strang mit mir zu ziehen. Wenn ich die Zahlungen einstelle, wird er die Konsequenzen ebenfalls erleiden, weshalb dies keine einfache Entscheidung ist.«

Aedan verschränkte die Hände in seinem Schoß. Einmal hatte Shaw gedacht, dass Tara genau wie ihre Mutter aussieht, aber ein Blick in die Augen dieses Mannes war wie ein Blick in Taras Augen. Sein braunes Haar war noch immer voll, obwohl seine langen Locken von grauen Strähnen durchsetzt waren, was ihm eine gesetzte Erscheinung verlieh.

Vielleicht hatte Marcas recht und dieser Mann könnte bei seiner Suche nach einer Lösung behilflich sein.

»Shaw, ich habe für das mangelnde Urteilsvermögen eines jungen Mannes Verständnis, aber wenn du meine Hilfe willst, musst du mir alles erzählen.«

Shaw schaute zu seinem Bruder, dessen Zustimmung er sich wünschte und die Marcas eindeutig gewährte. Also erzählte er seine Geschichte von der Jagd und dem tragischen Ende in weniger als einem Tag zum dritten Mal. Er berichtete vom Verlust des Pferdes und schlimmer noch des Mädchens, dessen Leben gerade erst anfing.

»Und der Erpresser bedroht euch beide? Dich und deinen Freund?«

»Aye, aber wir erhalten getrennte Botschaften und wir bezahlen separat. Der Erpresser droht, herumzuerzählen, ich hätte das Mädchen umgebracht. So hat es sich nicht zugetragen. Ich bin zum Sheriff gegangen, während mein Freund bei ihr geblieben ist. Wenige Augenblicke nach meiner Rückkehr hat sie ihren letzten Atemzug getan.«

Aedan stand auf und hielt Tara seine ausgestreckte Hand hin.

»Tara geh und pack deine und Rileys Sachen. Shaw, du wirst meine Tochter nicht heiraten, bis diese Sache erledigt ist. Ich werde ihr Leben nicht aufs Spiel setzen. Ich weiß nicht, ob dies oder das Begehren der jungen Frau, die Abbey zu plündern, mit demjenigen in Verbindung steht, wer immer den Mann zu Taras Entführung angeheuert hat, doch es scheint mir zu wahrscheinlich, um es auszuschließen. Wir machen uns sehr große Sorgen um die Sicherheit unserer beiden Töchter.« Aedan Cameron nickte Marcas zu und meinte: »Ich danke für die Gastfreundschaft.«

Die beiden strebten zur Tür und mit Tränen in den Augen sah Tara über ihre Schulter zurück, während Shaw beinahe die Fassung verlor.

»Mylord«, rief er, und erhob sich von seinem Stuhl, bis er in voller Größe stand.

Der Laird der Camerons drehte sich um und hob das Kinn. Seine breiten Schultern füllten die Türöffnung aus.

»Ich werde Euch begleiten«, verkündete Shaw. »Ich bestehe darauf, Tara zu beschützen, bis sie sicher im Gebiet der Camerons angekommen ist. Das verlangt meine Ehre und meine Pflicht.«

Ganz langsam breitete sich ein Lächeln über Aedan Camerons Gesicht. »Wenn du das nicht getan hättest, würdest du sie nie wiedergesehen haben. Und ich bestehe darauf, wenn du mich um meine Hilfe bittest.«

»Aye, Mylord.« Shaw war über die Worte des Mannes so erleichtert, dass seine Knie beinahe nachgegeben hätten.

»Wir werden die Schurken finden, die es wagen, meine Tochter zu bedrohen. Alle vier«, fügte das Oberhaupt des Clans hinzu. »Darauf kannst du zählen.«

KAPITEL FÜNFZEHN

TARA SCHAUDERTE VOR Kälte in ihrem Umhang und war froh, dass sie endlich im Gebiet der Camerons angekommen waren. Am Tag nach Rileys Traum waren sie früh aufgebrochen und jetzt war der nächste Abend hereingebrochen. Bald würde es dunkel werden. Wie zum Beweis, dass sie bald zuhause sein würde, lag Lochluin Abbey vor ihnen.

Sicher.

»Ich bin dankbar, dass du mitgekommen bist«, sagte sie zu Shaw, der neben ihr ritt. »Ich hoffe, du wirst ein paar Tage bleiben, bevor du zurückkehrst. Ich würde dir gern mein Zuhause zeigen.«

»Es ist meine Pflicht und ein Vergnügen, dich sicher heimzubringen und wenn ich willkommen bin, werde ich bleiben, bis wir Rileys Traum deuten können.« Er schaute zu ihr herüber und mit einem Lächeln auf den Lippen wackelte er wie so oft mit den Augenbrauen.

Sie erwiderte sein Lächeln. Selbst in der beinahe eintretenden Dunkelheit eines düsteren Tages war er der attraktivste Mann von allen und mit seinem Lächeln ließ er ihr Herz schmelzen.

»Ich werde dich beschützen, Tara. Mit meinem Leben, wenn es sein muss. Ich weiß, dass wir nicht über Rileys Traum gesprochen haben, aber sicherlich wird nicht alles, was sie träumt, auch wahr.«

Tara nickte. Genau an diese Möglichkeit hatte sie in den letzten Tagen wieder und wieder gedacht. »Sie glaubt, wir können die Dinge verhindern, die sie in ihren Träumen im Voraus ahnt.« Sie spähte zu ihrer Schwester, die zwischen Brin und ihrem Vater vor ihnen ritt. Der Trupp Wachen, den sie mitgebracht hatten, umgab die gesamte Gruppe und sie war froh, sie zum Schutz zu haben. »Ich habe beschlossen zu glauben, dass sie recht hat.«

»Dann werde ich es auch glauben.« Shaw gestikulierte mit seinem Kinn zu der vor ihnen aufragenden Steinstruktur. »Ist das die Abbey?«

»Aye. Dies ist eine der wenigen doppelten Abbeys. Sie beherbergt sowohl Nonnen als auch Mönche, die unermüdlich daran arbeiten, Dokumente zu übertragen. Die eigentliche Kapelle ist wunderschön und mit hohen Bögen durchzogen. Als Kind haben sie auf mich gewirkt, als würden sie den Himmel berühren. Ich werde dich hinführen, damit du sie aus der Nähe betrachten kannst, weil sie einfach wunderschön ist. Und ich werde dir den Hügel hinter der Abbey zeigen, wo meine Mutter und mein Vater ihre Zeit damit verbrachten, in die Sterne aufzuschauen.«

»In die Sterne aufzuschauen?«

Tara liebte es, diese Geschichte über ihre Eltern zu erzählen, denn sie hielt sie für merkwürdig romantisch.

Viele Menschen hielten die Interessen ihres Vaters für merkwürdig, doch ihre Mutter gehörte nicht dazu und das war nur einer der vielen Gründe, warum er sie anbetete. Im Gegenzug, hatte ihre Mutter ein besonderes Häuschen hinter ihrer Burg für sie errichten lassen, damit sie allein sein konnten. »Mein Vater ist sehr an Astrologie interessiert. Er studiert die Formen und Formationen der Sterne am Nachthimmel. Er liest alles, was er darüber finden kann. Er liebt die Astrologie auf eine Weise, wie meine Mutter es liebt, sich über das Heilen und die Anatomie weiterzubilden. Und er liebt meine Mutter sogar noch mehr als die Astrologie. Ich weiß, dass er für sie bis ans Ende der Welt ginge. Einmal hatte er ein ungewöhnliches Geschenk für sie in Auftrag gegeben, das die Hälfte der Diebe im ganzen Land aufgebracht hatte. Es kam in Form einer ungewöhnlichen Lieferung aus Europa.«

»Was für ein Geschenk?«

»Ach. Alle hatten ihre eigenen Einfälle, um was es sich handeln könnte – eine Truhe mit seltenen Edelsteinen oder exotische Gewürze, aber als alle es gesehen hatten, war meine Mutter die Einzige, die es gewürdigt hatte.«

»Wirklich? Was könnte das gewesen sein?«

»Kannst du Lesen und Schreiben?«

»Ich lese gut, aber ich habe noch viel zu lernen. Ich betrachte meine Schreibkünste als rudimentär.«

»Meine Großmutter hatte festgelegt, dass alle Mädchen im Clan lesen und schreiben lernen müssen und somit liebe ich das Lesen. Ich habe Glück, einen Ort wie die Abbey zu haben, die voller Bücher ist. Dies ist ein Thema für ein anderes Mal. Gestatte mir, das Geschenk meines Vaters an meine Mutter zu erklären. Es handelte sich um Papier, einem Material, das wie Pergament als Grundlage zum Schreiben dient, aber aus Holz anstatt aus Tierhäuten gemacht wird. Es ist leichter und dünner. Und das benutzt sie seitdem, da er besondere Schreibgeräte für sie gefunden hat. Einige Papiere werden hier in Mamas Heilkammer aufbewahrt.«

»Warum hat er ihr etwas anderes als Pergament kaufen wollen? Benutzen das nicht alle?«

»Sie schreibt alles auf, was sie sieht und was sie beim Heilen ausprobiert. Auf diese Weise weiß sie, wann etwas funktioniert hat und wann nicht. Einige Krankheiten sieht sie nur einmal im Jahr oder so. Es seien zu viele, um sich an alle zu erinnern, sagt sie. Ihr Großvater hat sie gelehrt, alles niederzuschreiben. Meine Tante Brenna tut das auch. Papier ist leichter aufzubewahren und zu transportieren.«

»Also ist es kostbar, aber es ist nichts wert? Ich verstehe nicht.«

»Mein Vater hat um meine Mutter geworben, und als es aus Europa eingetroffen war, hat er es in das Grant Castle bringen lassen, wo er es auf einen Tisch stapelte, um es all ihren Brüdern und Schwestern zu zeigen. Als sie das in seiner Kiste sicher verstaute und verschnürte Paket geöffnet hatte, nahmen sie alle ein Blatt. Sie rochen daran und betrachteten es, aber wie die Erzählung besagt, stöhnten die meisten und gingen davon. Alle sagten, sie würden ein neues Schwert bevorzugen.«

»Außer deiner Mutter.«

»Genau. Die beiden führen genau die Art von Ehe, die ich mir wünsche. Sie teilen ihre Interessen und ermuntern einander. Im Gegenzug für das Papier ließ meine Mutter von ein paar Zimmerleuten ein kleines Häuschen hinter unserer Burg errichten, wo die beiden allein sein konnten. Das Dach über ihrer Schlafkammer lässt sich anheben, sodass sie die Sterne von ihrem Bett aus sehen können.«

»Das ist eine tolle Geschichte, Tara. Danke, dass du sie mir erzählt hast. Aber selbst, wenn er eine Vorliebe für die Sterne hat, muss er ein verteufelt guter Schwertkämpfer sein, um imstande zu sein, die Abbey so lange zu beschützen. Niemand ist je in die Keller eingebrochen, nicht wahr? Und das, obwohl der Wohlstand der Abbey legendär ist und die Diebe aus den Highlands angelockt haben muss. Eschina ist meiner Ansicht nach verrückt.«

»Einige haben es versucht, aber sie sind immer erwischt worden. Meine Mutter spricht davon, als würde der Herrgott beschützen, was ihm gehört. Aber was meinen Vater als großen Schwertkämpfer anbelangt …« Sie lehnte sich zu ihm hinüber und flüsterte: »Das ist er nicht, obwohl er bei Bedarf seinen Mann steht. Er ist eher listig. Er bevorzugt die Trickserei auf dem Schlachtfeld.«

Shaw grinste. »Hmm. Vielleicht muss ich eine lange Unterhaltung mit ihm führen und mir einige seiner Methoden aneignen.«

»So funktioniert es mit unseren verbündeten Clans. Onkel Alex und seine Söhne sind die Schwertkämpfer. Onkel Logan und sein Clan die Bogenschützen. Papa ist der Trickser. Sei auf der Hut.«

Sie näherten sich der Abbey und aus Respekt schwiegen alle, als sie vorbeiritten. Das Kreuz auf der Kirchturmspitze ragte weit in den Himmel und es war Taras liebstes Attribut, weil es so majestätisch war. Die beiden Gebäude waren durch einen Bogengang verbunden. Die größere Struktur beherbergte die Kirche und das Wohnquartier der Nonnen. Die Mönche lebten und arbeiteten in dem anderen Teil. Zwei Wachen waren an der Straße postiert, die zu der heiligen Stätte abzweigte und als die Camerons vorbeiritten, hoben sie grüßend die Hände.

Sobald sie an der Abbey vorbei waren, erklärte Tara: »Papa stellt die Wachen der Abbey und er bildet sie aus, aber Onkel Ruari übernimmt mit Papa als Stellvertreter die tägliche Aufsicht über die Wachen.«

Sie waren fast zuhause angekommen, als ihr Vater sein Pferd langsamer gehen ließ, und es neben Shaws lenkte. Mit leiser Stimme sagte er: »Du weißt, dass wir verfolgt worden sind, aye?«

Tara riss die Augen auf, doch ihr Vater warf ihr einen Blick zu, der ihr zu verstehen gab, dass sie handeln sollte, als wüsste sie nichts. Also blickte sie wieder nach vorn und sagte nichts.

Wer sollte ihnen folgen?

Shaw antwortete ihm mit einem beinahe unmerklichen Nicken. »Aye, das habe ich bemerkt. Ich weiß nicht, wer das ist – die Verfolger waren sehr vorsichtig, sich versteckt zu halten – aber ich kann in einem Bogen zurückreiten und es herausfinden.«

»Nein, wir werden weiterreiten, als ob wir keinen Verdacht hätten. Ich habe einen Plan und ich werde ihn dir erklären, sobald wir drinnen sind. Wir werden uns in meiner Kabinettstube sprechen.«

»Einverstanden. Ich werde tun, was immer ihr vorschlagt, Mylord.«

Aedan lächelte auf eine listige Weise, die Shaw sagte, dass der Mann wirklich etwas für Tricksereien übrig hatte. »Wir werden einige der Schuldigen morgen in meinem Netz fangen.«

Tara stieß einen erleichterten Atemzug aus. Sie musste beten, dass ihr Vater recht behielt, und sie die vier Leute fangen würden, denn wenn nicht, war sie keineswegs sicher, ob sie je wieder schlafen könnte.

KAPITEL SECHZEHN

———⁓———

AM NÄCHSTEN TAG hielt Shaw nach dem Nachtmahl Tara seine Hand hin. »Ich habe die Absicht, dein Versprechen einzufordern, und dich um diesen Rundgang durch Lochluin Abbey zu bitten.«

Sie nahm seine Hand und die Wärme der ihren entfachte die Hitze seiner eigenen. »Nun, ich würde es lieben, sie dir zu zeigen. Es ist der perfekte Zeitpunkt, weil es nach unserem Rundgang dunkel sein wird. Ich werde dich mit den bevorzugten Konstellationen meines Vaters bekannt machen.«

Wie er sich wünschte, an ihrem Nacken zu knabbern oder seine Hände auf ihre Taille zu legen und sie näher zu sich zu ziehen, aber er war sich sehr bewusst, dass sie sich unter den wachsamen Augen ihrer Eltern in ihrem Zuhause befand. Er würde nichts riskieren, was die Eltern gegen ihn aufbringen könnte. Oder die Äbtissin, die ihn mit dem Besen jagen würde.

Tara beugte sich zu ihrer Mutter und küsste sie auf die Wange. »Wir werden bald zurück sein, Mama.«

»Vergiss nicht, deine Wachen mitzunehmen, Mädchen«, setzte ihre Mutter hinzu.

»Gewiss.« Tara nickte, doch sobald sie davongingen, warf sie Shaw ein verschwörerisches Lächeln zu.

Ihr Onkel Ruari hatte versprochen, mit ein paar anderen Männern als Wachtrupp zu fungieren, aber flüsternd hatte er mit einem Augenzwinkern auch versprochen, ausreichend Abstand zu halten. »Du brauchst einen Burschen in deinem Leben, Tara. Beinahe hast du nun schon das Heiratsalter überschritten.«

Im Vorbeigehen nickte sie ihm zu. Shaw hielt die Tür zum Burghof für sie auf.

Sie suchten ihre Reittiere aus und ein paar Stallburschen sattelten die Pferde für sie und führten sie in den goldenen Schein des Sonnenuntergangs.

Shaw legte seine Hand auf Taras Taille und fragte: »Darf ich?«

»Aye, sei mir bitte behilflich.«

Er hob sie in den Sattel und konnte nicht anders, als seine Hand auf ihrer Hüfte ruhen zu lassen, ehe er sich seinem eigenen Reittier zuwandte. Er wagte es nicht, sich auf weiteren Kontakt einzulassen. Jeder könnte sie beobachten.

In raschem Tempo brachen sie auf und schlugen den vielbenutzten und damit ausgetretenen Pfad über die Wiese zwischen der Abbey und Cameron Castle ein. Tara lachte, als der Wind ihr Haar aus dem Zopf löste, bis sie endlich die Hand ausstreckte und die Lederbänder abnahm, um es frei fliegen zu lassen.

Taras Schönheit gewann durch die frische Herbstluft nur noch dazu, insbesondere, wenn sie den Kopf in den Nacken legte und zu den gerade erscheinenden Sternen am dunkleren östlichen Himmel aufschaute. »Kennst du die Planeten? Wenn nicht, würde ich sie dir liebend gern zeigen.«

Er legte den Kopf genau in dem Augenblick in den Nacken, als ein paar Wolken die Sicht versperrten. »Ich habe einiges gehört. Später kannst du mir mehr erzählen. Anschließend werden wir sie vom Hügel aus betrachten. So wie deine Eltern vor uns. Erzähl mir mehr über den Schatz von Lochluin. Hast du ihn gesehen?«

»Der Schatz der Abbey besteht hauptsächlich aus Münzen, glaube ich. Aber ich habe nicht alles gesehen. Er stammt aus den jahrelangen Abgaben des Zehnten und Hochzeiten und was immer die Mönche und Nonnen tun. Die Zahlungen stammen von vielen Quellen haben mir die Nonnen immer erzählt. Sie pflegten immer zu sagen, dass die größten Gaben von denen mit der größten Schuld stammten, denn sie hoffen ihren Weg in den Himmel ebnen zu können. Aber ich habe auch die goldenen Ikonen und Marmorstatuen gesehen, die aus anderen Ländern geschickt worden sind. Allein die Anzahl der Silberkreuze muss größer sein, als ich zählen kann. Ich habe auch von vielen Rubinen und Smaragden gehört.«

Schnell erreichten sie die Abbey und Onkel Ruari führte sie zu den Stallungen, doch er blieb auf seinem Pferd sitzen, während Shaw Tara beim Absitzen behilflich war.

»Die Äbtissin erwartet Euch drinnen«, meinte der Stalljunge. »Werdet Ihr lange bleiben?« Taras Vater hatte einen Boten vorausgeschickt, und somit war ihr Besuch keine Überraschung.

»Es wird wahrscheinlich ein Weilchen dauern. Tara hat versprochen, mit mir einen Rundgang durch die Abbey und die Keller zu unternehmen.«

Ruari beugte sich zu Shaw herunter, um ihm auf die Schulter zu klopfen. »Sei wachsam. In den Kellern lagert ein großer Schatz. Er ist hinter vielen verriegelten Türen wohlbehütet aufbewahrt, aber es ist ein rechter Irrgarten, um dorthin zu gelangen. Du wirst nicht hineingelangen, um den Schatz zu sehen, aber es ist überaus interessant, dem Labyrinth aus geheimen Tunneln mit seinen merkwürdigen Schlüsselringen zu folgen. Es ist wie ein Spinnennetz.«

Shaw musste zugeben, dass er mehr als aufgeregt war, um genau zu sehen, was in den Kellern untergebracht war – das Netz aus Türen und Korridoren, das ihm beschrieben worden war, faszinierte ihn. Er fand die Vorstellung belebend, auf Schatzsuche zu sein. Er hatte wirklich keinen Wunsch, den Schatz mit eigenen Augen zu sehen. Es reichte ihm einfach, zu sehen, wo er gelagert wurde. Dann sah er wieder zum Himmel auf. »Vielleicht kann ich ein paar Ideen mit nach Eddirdale Castle, nach Hause nehmen, um unsere eigenen Wertsachen sicher aufzubewahren. Wir werden mitten im Puzzle den Wein lagern, um jeden abzuhalten, der bereits genug hatte, noch mehr zu bekommen.«

Ruari lachte. »Wie werden in der Umgebung patrouillieren. Wenn ihr irgendetwas braucht, sind wir in Hörweite. Ruft, und einer von uns wird euch hören. Ich werde zwei Wachen am vorderen Eingang postieren.«

Shaw konnte seine Aufregung kaum zurückhalten. Er würde mit Tara allein auf Schatzsuche sein. Ihm fiel keine bessere Möglichkeit ein, wie er seine Zeit verbringen könnte.

Dann führte er Tara zur Tür und hielt sie für sie auf. »Die Tür ist immer offen? Sogar nachts?«

»Aye, nur die äußere Tür der Kirche, damit jemand in die Kapelle gelangen kann. Dort sind sie immer bereit, jemanden unterzubringen, der eines Nachtlagers bedarf und sie heißen viele Besucher willkommen.« Tara und Shaw standen in einem kleinen Vorraum und die heimelige Kapelle lag zu ihrer Linken. Die untergehende Sonne warf ihr Licht auf das Bleiglasfenster und übersäte den Boden mit Farbtupfern. Tara zeigte auf eine Tür, die ihnen direkt gegenüber lag. »Diese Tür wird verschlossen. Die Äbtissin wird in Kürze zu uns kommen.«

Wie versprochen öffnete sich die Tür einige Augenblicke später und eine rundliche Frau in dunkler Robe schritt mit einem breiten Lächeln auf dem Gesicht hindurch. »Sei gegrüßt, süße Tara. Seit langer Zeit sind wir nicht mehr mit deiner Anwesenheit gesegnet worden. Wie geht es dir?«

Tara knickste kurz vor der Äbtissin und antwortete: »Sehr gut, danke, Mutter Mary. Dies ist mein Freund Shaw Matheson von der Black Isle. Ich habe seinen Clan mehrere Monde lang besucht, und er war so gütig mich nach Hause zu begleiten. Er hatte auf einen Rundgang in der Abbey gehofft, ehe er wieder heimkehren muss.«

»Gewiss. Es ist mir ein Vergnügen, einen Freund von Tara kennenzulernen. Willkommen in Lochluin Abbey, Lord Matheson. Tara kennt ihren Weg so gut, dass ich ihr das Privileg gewähre, Euch herumzuführen. Seit vielen Jahren schon jagt sie durch diese Gänge. Stets ist es ein Vergnügen, ihre Familie und sie hier zu haben.«

»Vielen Dank, Mutter Mary«, antwortete Tara. »Wir werden gleich anfangen, damit wir nicht bis spät in die Nacht hinein hier sind. Dann hoffen wir, von Eurem Hügel aus die Sterne betrachten zu können.«

Sie faltete die Hände vor sich und bemerkte: »So wie deine lieben Eltern vor vielen Jahren. Schon oft habe ich die Geschichte gehört. Was für ein schöner Einfall. Nun werde ich aber in meine Bibliothek zurückkehren. Wenn ihr etwas braucht, wisst ihr ja, wo ihr mich findet.«

»Vielen Dank, ehrwürdige Mutter«, meldete sich Shaw zu Wort.

Sie drangen weiter in das Gebäude vor und gelangten in eine Halle zwischen dem Eingangsbereich und der eigentlichen Kirche. Die Äbtissin schlug eine Richtung ein, während Tara und er in der entgegengesetzten Richtung einen langen Korridor entlanggingen, der das höchste

Deckengewölbe aufwies, das er je gesehen hatte. Ihre Schritte hallten auf dem Steinboden wider.

Tara zeigte über ihre Köpfe. »Mir gefallen die unterschiedlichen Darstellungen von Gott und den Engeln, die an den Wänden aufgehängt sind.«

»Du sagtest, dies sei eine doppelte Abbey?« Shaws Blick war auf die hohen Bögen gerichtet, während sie ihren Weg fortsetzten. Am Ende des Korridors erreichten sie eine kleine Tür und einen weniger weitläufigen Durchgang.

»Aye. Dieser Gang bildet die Verbindung zwischen dem Bereich, in dem die Nonnen leben, und dem der Mönche, in dem sie leben und arbeiten. Wir werden diesen Weg wieder zurückgehen, um zu den Kellern zu gelangen.«

Sie folgten dem Gang, bis sie in einen schönen Bereich mit hohen Gewölbedecken traten, die noch höher als in der Kapelle waren, und so anmutig und symmetrisch, als berührten sie den Himmel. Die Bögen gingen in eine Säulenkuppel über, die mit kunstvollen Steinstrukturen verziert war, welche wie große Öffnungen wirkten, aber nur zur Dekoration dienten.

Ihr Weg verlief neben dem Gebäude, mit offenen Torbögen auf der anderen Seite. »Das ist das Areal um den Kreuzgang des Klosters.« Sie hielt auf eine Seitentür zu, öffnete sie und zog ihn hindurch in einen Garten. Die Gartenanlage war akkurat und elegant angelegt und die Beete durch Wege aus flachen gepflasterten Steinen unterteilt. Einige der Gartenpflanzen waren noch grün, doch zahlreiche Beete waren jetzt, so spät im Jahr, bereits leer. »Riley und ich haben hier immer Fangen oder Verstecken gespielt. In diesem Teil des Gebäudes«, sie zeigte nach rechts, »leben die Mönche. Das Skriptorium ist einer meiner Lieblingsorte, insbesondere weil meine Mama ihn so liebt.«

»Ein Skriptorium? Dieses Wort ist mir noch nie zu Ohren gekommen.«

»Hier entlang«, forderte sie ihn auf und zog ihn durch eine weitere Tür. »Ich werde es dir zeigen. Es liegt am Ende dieses Flurs, aber wir müssen leise sein, wenn wir uns nähern.«

Ihre Anweisung verblüffte ihn, und neugierig, wohin sie ihn führte, folgte er ihr.

»Das Skriptorium bildet einen Teil der Bibliothek, und hier fertigen die Mönche Abschriften von Texten für den König und die Kirche an, aber auch von Gebeten, wissenschaftliche und medizinische Abhandlungen, Geschichten und andere Schriften.« Tara öffnete eine Tür, und dann traten sie beide ein.

Im Inneren des Raumes saßen etwa acht Mönche, jeder an seinem eigenen Schreibtisch oder Tisch und waren eifrig in die Arbeit vertieft, obwohl die meisten unter ihnen den Kopf zu ihrer Begrüßung hoben. Auf jedem Tisch standen zwei Kerzen, damit sie ihre Arbeit fortsetzen konnten, obwohl die meisten zu diesem Zeitpunkt mehr lasen, als dass sie schrieben. Tara winkte ihnen verhalten und sie erwiderten den Gruß, die meisten mit einem Lächeln, doch zwei unter den Mönchen würdigten sie keines Blickes.

Sie lehnte sich dicht an Shaw und flüsterte: »Ich

kenne die meisten von ihnen, aber wir werden
sie nicht bei ihrer Arbeit stören.«

Sie schritten den Gang weiter entlang, während
Tara das Leben in der Abbcy beschrieb. »Es gibt
eine Krankenstation und einen kleinen Saal mit
ein paar Betten für Reisende oder Besucher.
Dort hinten befindet sich der Küchentrakt.
Meist ernähren sich die Bewohner der Abbey
sehr schlicht, aber für unsere örtlichen Feste
werden wunderbare Speisen zubereitet. Zu
den Feiertagen schickt meine Mutter ihnen
immer Körbe mit Obstkuchen für alle, die dort
wohnen. Die Mönche und Nonnen lieben
ihre Leckereien. Der Schlafsaal der Nonnen
befindet sich auf der anderen Scite der Kirche
im Hauptgebäude, und in den Kellern befinden
sich einige kleine Kammern. Die Frau meines
Cousins Connor war wochenlang mit ihrer
Tochter hier untergekommen. Sie wurden
wunderbar behandelt, und sie wird ihnen ewig
dankbar sein.«

Zu diesem Zeitpunkt hatten sie das Areal
des Klosters durchquert und waren wieder am
Ausgangspunkt angelangt.

»Es ist scheinbar ein einladender Ort, und ich
bin mir sicher, dass es sich für diejenigen, die
sich dazu berufen fühlen, gut hier leben lässt«,
meinte Shaw. Er konnte sich nicht vorstellen,
sein Leben hier zu fristen – gewiss würde er
in einem fort gegen die Regeln verstoßen
und seine Gebete zugunsten der Jagd, einer
Festveranstaltung oder wegen eines Mädchens

versäumen. Höchstwahrscheinlich wäre es sogar das Mädchen neben ihm.

»Aye, ich denke schon. Dem Orden beizutreten ist allerdings kein leichter Entschluss. Ich selbst wäre dafür nicht geeignet. Es war ein Wunder, dass sie Riley und mir erlaubt haben, durch die Gänge zu flitzen, wobei wir die meiste Zeit gekreischt haben. Lass uns in den Keller gehen, und ich zeige dir die Labyrinthe und alle Schutzmaßnahmen, welche die Abbey wegen des Schatzes ersonnen hat.«

»Führt der einzige Zugang durch die Abbey?«

»Nein, es existieren noch zwei weitere Eingänge. Einer führt vom Garten aus und ein weiterer von außerhalb des Hauptgebäudes auf der gegenüberliegenden Seite in den Keller. Es ist so eingerichtet, damit die Arbeiter nicht den gesamten Weg durch die Abbey oder das Kloster zurücklegen müssen. Sie konnten einfach die Treppe hinuntergehen und in den Keller gelangen. Das hat jedoch auch Probleme verursacht. Manch einer hat versucht, sich direkt durch den hinteren Keller einzuschleichen, in der Annahme, den Schatz auf eigene Faust finden zu können. In dem Irrgarten dort unten haben sie sich oft hoffnungslos verlaufen.«

»Ich kann es kaum abwarten, ihn mit eigenen Augen zu sehen. Führe den Weg an, schöne Frau.«

Sie lächelte und dabei leuchtete ihr Gesicht auf. Er liebte an Tara, dass sie gar nicht versuchte, ihre Emotionen zu verheimlichen. Bei seinen beiden Brüdern war es schwierig, ihre Stimmung mit einem Blick zu erfassen. Das traf insbesondere auf Ethan zu. Nach all den Jahren, die er versucht hatte, Ethans Benehmen und seine Mimik zu interpretieren, war es eine willkommene Abwechslung, einmal nicht raten zu müssen.

Er selbst legte Wert darauf, nicht so undurchschaubar zu wirken und er begrüßte Taras Offenheit.

Am Ende des Ganges bogen sie um eine Ecke und dann gingen sie eine Treppe hinab, die gut von hoch an der Wand befestigten Fackeln beleuchtet war. Unten zeigte Tara in die Richtung, in die sie gehen wollte.

»Den Weg hinunter bis zur Mitte des Kellers, in der sich eine offene Kammer befindet. Dort beginnt der Irrweg. Von dieser Seite ist es ziemlich leicht, den Weg zu finden. Von der anderen ist es zu verwirrend.«

Sie gab seiner Hand einen Ruck, doch er zog sie wieder an seinen Körper zurück, wobei er in einen schattigen Winkel trat, um ihre Lippen mit den seinen zu suchen und sie zu verschlingen. Er wusste, dass er im Keller der Abbey nicht viel mit ihr anstellen konnte, aber er musste sie nur einmal probieren. Er wollte einzig die Erinnerung daran, wie gut sie zusammen harmonierten – eine Erinnerung an die Hoffnung, die er für ihre Zukunft hegte. Zuerst fiel er über ihre Lippen her, doch dann schmiegte er die Hände um ihre Wangen und sein Kuss wurde sanfter, ehe er ihn beendete und er die Stirn gegen ihre lehnte.

»Wie ich mit wünsche, dass die Dinge anders wären, Mädchen. Wenn ich frei wäre, zu tun, was mir beliebt, würde ich dich heute heiraten und dich jede Nacht bis zum Morgen in meinen Armen halten. Ich bin der Deine, Tara Cameron, und keine Macht auf Gottes grüner Erde könnte daran etwas ändern.«

»Ich empfinde das Gleiche. Du bist der Einzige für mich, Shaw.« Ihre Stimme war ein heiseres Flüstern.

Wieder küsste er ihre Lippen und dann ihre Stirn, ehe er sie ermunterte: »Führe den Weg an. Ich möchte diesen geheimen Gang erkunden.«

Er hielt sie dicht bei sich, als sie den dunklen Korridor entlanggingen und am Ende ein helleres Licht sichtbar wurde. »Ist das also die Mitte?«

»Aye, von hier an wird es ein Irrgarten.«

»Bist du sicher, dass du dich erinnerst, wie du uns hier herausführst?«

Sie schmunzelte. »Freilich bin ich das. Riley und ich haben uns hier unten immer vor Brin und Onkel Ruari versteckt.«

»Wie klug, mit deiner Schwester unterwegs zu sein. Wenn ihr je verloren gehen würdet, könnte sie ihre speziellen Fähigkeiten nutzen, um einen Ausweg zu finden.«

»Ich habe eine sehr gute Orientierung, also könnte ich unseren Ausweg finden.« Sie trat in die Mitte. Vier Türen zweigten von hier ab: Durch eine waren sie gekommen. Eine weitere lag direkt vor ihnen und auf jeder Seite war ebenfalls je eine Tür zu sehen.

Er betrachtete die drei Wahlmöglichkeiten, die sie hatten und fragte: »Welchen Weg?«

Sie war im Begriff, auf die eine Tür zuzugehen, die vor ihnen lag, als zwei Mönche mit ihren

Kapuzen über dem Kopf hindurchkamen, ihnen zunickten und in einen anderen Gang abbogen.

»Sie reden nicht?«, fragte Shaw flüsternd, da er sie nicht beleidigen wollte.

»Manche tun das«, entgegnete sie, »aber viele verbringen ihre Tage mit Beten, dem Rezitieren der Heiligen Schrift oder Lesen. Ich habe nie gefragt, weil meine Mutter sagt, es sei unhöflich, aber ich denke, es hängt mir ihrer Gläubigkeit zusammen. Diejenigen, die im Skriptorium arbeiten, reden die ganze Zeit. Solche, die ihre Kapuzen aufstellen, sind die Schweigsamen.«

»Werden wir den beiden folgen?«

»Nein, wir folgen dem Gang, aus dem sie gekommen sind. Die Mönche kontrollieren die Umgebung um den Schatz mehrmals täglich. Wahrscheinlich sind sie deshalb von dort gekommen.«

Sie betraten den Irrgarten und kamen an einem Kreuzpunkt nach dem anderen vorbei. Tara wählte ihren Weg voller Zuversicht und wurde niemals langsamer, um sich über ihre Möglichkeiten im Klaren zu werden, ob sie nun rechts, links oder starr geradeaus gehen sollten. Endlich erreichten sie eine gut beleuchtete Kammer mit vier Türen an der gegenüberliegenden Wand.

»Der Schatz befindet sich hinter einer der Türen.« Dann flüsterte sie: »Ich habe den Verdacht, dass unsere Besucher sich bald zu uns gesellen werden.«

Hinter ihnen waren Schritte zu hören, also wirbelte Shaw herum und stellte sich zwischen Tara und was auch immer auf sie zukam. Anhand der Geräusche schätzte er, dass es drei Menschen sein mussten. Er verspürte einen kleinen Stich der Enttäuschung – denn aufgrund von Rileys Traum hatte er mit vieren gerechnet. Aus Respekt vor der Abbey hatte er sein Schwert bei seinem Pferd gelassen, ohne eine Ahnung, wie unbehaglich er sich deshalb fühlen würde. Auf genau diese Situation waren sie gefasst gewesen, aber ohne sein Schwert war er aus dem Konzept und ihm zuckten die Finger, als er nach dem nicht vorhandenen Griff packte.

Er zog seinen Dolch und hielt ihn für alle Fälle in der rechten Hand.

»Shaw, steck das weg. Wenn die Mönche zurückkehren, werden sie beleidigt sein.«

Nach einer Biegung im Gang kam die Gruppe in Sicht und Shaw dachte, er würde den Mann erkennen, der den Trupp anführte. Dann bekam er seine Bestätigung. Die Person hinter dem Anführer schien weibliche Formen zu haben, obwohl sie eine Hose trug. Als die Gruppe näher kam, war er sicher, dass er recht hatte.

Der Sheriff von Cromarty trat in die Kammer. »Aye, steck deinen Dolch weg, oder wir werden deine kleine Freundin umbringen. Du kannst uns dabei zuschauen.«

Shaw stieß Tara weiter hinter sich, als Eschina aus dem Schatten des Ganges trat.

»Bist du überrascht?«, fragte sie. »Nein, ich glaube nicht. Ich habe nur versäumt, dich zu informieren, dass ich dir folgen würde, anstatt deine Rückkehr auf Black Isle abzuwarten. Aber vielen Dank an dich, Shaw«, fuhr sie fort. Sie hielt ihren eigenen Dolch griffbereit. »Ich wusste, du würdest mir helfen. Jetzt steck den Dolch weg.«

Shaw und Tara wurden in eine Ecke gedrängt. Hinter Eschina folgte ein zweiter Mann mit einem Schwert und sie waren zahlenmäßig eindeutig unterlegen.

Der Sheriff nahm eine Fackel von der Wand. »Lass dein Messer fallen, oder ich setze das schöne Haar deines Mädchens in Brand.«

Dieser Schuft war von Beginn an der Schuldige gewesen, und er hatte es gewusst. Warum nur hatte er gewartet, anstatt etwas dagegen zu unternehmen? Alle drei rückten nun näher, und Tara schrumpfte hinter Shaws großer Gestalt zusammen. Er spürte, wie ihre Hände den Rücken seiner Tunika umklammerten und ihr Kopf an seinem Rücken lag.

Der unbekannte Wachmann mit einem Gesicht, als hätte ihm jemand die Nase gebrochen, hielt die Spitze seiner Waffe auf Shaws Hals gerichtet, als er auf ihn zuging. Obwohl Shaws Arme länger als die seines Gegners waren, machte das Schwert seine kürzere Reichweite mehr als wett. Shaws Dolch war nutzlos.

Tara spähte um seinen Arm herum und sagte: »Wir geben euch, was ihr wollt, und dann könnt ihr gehen. Wir versprechen, nichts zu verraten.«

»Darüber werden wir uns gleich Gedanken machen. Ich habe noch nicht entschieden, was ich mit euch anstellen soll.« Der Sheriff starrte sie an.

»Ihr werdet den Schatz nicht bekommen, wenn Ihr Tara auch nur ein Haar krümmt. Das ist eine

Sache zwischen Euch und mir, Sheriff. Lasst sie aus dem Spiel.« Shaw spuckte dem Sheriff auf den Fuß.

»Ich werde Euch sagen, wie das hier läuft. Zuerst werdet Ihr uns den Schatz bringen.« Der schmale Blick des Sheriffs verriet Shaw, dass er seine Intrige bereits geschmiedet und geplant hatte, dieses miese Stück Dreck.

Tara blieb standhaft und handelte: »Wir zeigen euch den Schatz unter einer Bedingung.«

»Ihr befindet euch in keiner Position zum Handeln«, bemerkte der Sheriff.

»Wenn ihr uns umbringt, werdet Ihr den Schatz nie bekommen, also sind wir das meiner Ansicht nach doch«, konterte Tara. »Wenn Ihr glaubt, Ihr könntet von hier aus allein an den Schatz herankommen, seid Ihr im Irrtum. Es würde mich allerdings freuen, euch beim Versuch zuzuschauen.«

Achselzuckend wandte Shaw sich an die drei Möchtegern-Diebe. »Glaubt Ihr, Ihr seid die Einzigen, die jemals gedacht haben, sie könnten ohne weiteres durch den Hintereingang in die Abbey spazieren und einfach alle Schätze rauben?«

Eschina warf dem Sheriff einen nervösen Blick zu und fragte dann: »Was willst du, Tara Cameron?«

»Wir geben euch den Schatz, wenn ihr zustimmt, Shaw und Dougal nicht mehr zu erpressen.«

»Erpressen?«, fragte der Sheriff und wirkte verblüfft. »Erpresst du sie, Eschina? Das könntest du, nehme ich an. Die ganze Episode mit Lucretia war zwar eine schändliche Sache, Shaw, aber ich bin es nicht gewesen.«

Eschina schüttelte den Kopf. »Ich erpresse dich nicht. Was verlangen sie von dir? Geld? Drohen sie damit, alles über Lucretias Tod zu erzählen? Der Welt zu sagen, dass alles dein Verschulden ist?«

»Aber es ist nicht seine Schuld«, widersprach Tara. »Er hat weder den Sturz noch ihre Verletzungen verursacht. Es war schlicht und einfach ein Unfall.«

»Genug der Verzögerung. Eure Forderung sind leicht zu erfüllen. Wir versprechen, dich nicht zu erpressen, denn das haben wir beide noch nie getan. Wir haben nur ein Ziel. Öffne die Tür zum Schatz, Tara, oder wir töten Shaw auf der Stelle.« Der Sheriff tauschte den Platz mit dem anderen Narren. »Der Schatz oder der Tod. Ihr habt die Wahl.«

KAPITEL SIEBZEHN

TARA DACHTE, SICH übergeben zu müssen, aber sie hatte keine Zeit für einen Schwächeanfall, also versuchte sie mit aller Kraft, ihren rebellischen Bauch zu besänftigen. »Eschina, mein Vater hat reichlich Geld für dich, wenn du versprichst, uns in Frieden zu lassen.«

»Das reicht nicht«, konterte der Sheriff. »Hör auf, uns hinzuhalten, und mach die Tür auf.«

Tara schritt zu der zweiten Tür und öffnete sie.

»Was zum Teufel? Ich hätte deine Hilfe nicht gebraucht, wenn es so einfach wäre.«

»Hier gibt es keinen Schatz. Sie hob eine der Statuen auf und zerbrach sie, wobei ein Schlüssel aus der Mitte auf den Boden fiel. Sie bückte sich und hob ihn auf, Eschina späte nun über ihre Schulter.

»Was ist das für eine Trickserei?«, fragte Eschina und starrte sie an.

»Was glaubst du, warum der Schatz nie gestohlen wurde? Weil er geschickt versteckt ist. Niemand kommt von allein drauf, auch wenn es viele versucht haben.« Sie wollte sich zurückziehen, doch Eschina ließ sie nicht gewähren. »Verzeiht, aber wenn ihr den Schatz begehrt, müsst ihr mir erlauben, die Tür zu öffnen.«

Eschina trat zurück, ehe sie den Sheriff um Zustimmung heischend ansah, bis dieser mit einem Nicken reagierte.

»Ich muss diese Tür aufschließen.« Tara deutete auf die am weitesten entfernte Tür.

Wieder traten alle zurück, um ihr den nötigen Spielraum gewähren. Nachdem sie die zweite Tür aufgesperrt hatte, trat sie ein, doch Eschina drängte sogleich an ihr vorbei. »Lass mich erst mal sehen. Du wirst noch etwas nehmen und es verstecken.«

Tara zuckte mit den Schultern und ließ Eschina gewähren. Diese Kammer war breiter und enthielt mehrere Möbelstücke – Tische, ein paar Stühle und andere Kleinteile. Den größten Teil des Raumes nahmen die darin aufgestellten Statuen sowie die große Kommode an der gegenüberliegenden Wand ein. Eschina eilte zu der Kommode und riss die Schubladen auf, als würden ihr die erhofften Edelsteine in die Hände fallen. Eine tiefe Stimme ertönte hinter ihnen.

»Ihr werdet sie nicht bekommen können.« Die beiden Kapuzenmönche standen in der Tür, die Hände vor ihren wallenden Gewändern verschränkt. Keiner der beiden Mönche hatte seine Robe gegürtet, wie Tara bemerkte, was ihr Zeichen war, wer unter den Roben steckte.

»Den Teufel werde ich nicht!« Eschina durchwühlte den Inhalt der Schubladen. Sie nahm mehrere kleine Säckchen heraus und spähte hinein, ehe sie sie auf den Boden warf. »Wo sind

die Edelsteine? Das Gold und das Silber? Der
Geldhaufen?« Sie packte Tara an den Schultern
und schüttelte sie wütend, ehe sie einen Dolch
aus ihrem Gürtel hervorzog.

Der Sheriff hielt die Flamme der Fackel
zwischen sich und die Mönche, und drohte, ihre
Kutten in Brand zu stecken. »Es wird nicht viel
brauchen, euch in Flammen aufgehen zu lassen,
Brüder. Dann werden wir alles nehmen. Tretet
zurück und lasst uns zu dem Schatz.«

Einer der Mönche warf seine Kapuze zurück
und öffnete seine Kutte, worauf ein großes
Schwert zum Vorschein kam. Er zog und schwang
es in einer einzigen Bewegung, um dem Sheriff
die Hand am Gelenk abzutrennen. Die Fackel
fiel auf den Boden und flackerte, doch sie erlosch
nicht. Der falsche Wachmann schwang sein
Schwert nach den Mönchen. Von der Bedrohung
der Pfählung befreit stürzte Shaw zu Tara. Er riss
Eschina dabei den Dolch aus der Hand und stieß
sie zu Boden. Eschina schrie in ihrer Panik und
Empörung.

Der andere Mönch warf seine Robe zurück
und packte den Wachmann, dem er die Waffe aus
der Hand schlug, ehe er den verblüfften Mann auf
den Boden schleuderte. Der erste Mönch trat auf
den Sheriff zu, jedoch schien ein weiterer Schlag
nicht vonnöten zu sein. Obwohl der Mann seine
andere Hand über die Wunde an seinem Arm
hielt, spritzte das Blut aus dem Stumpf auf den
Boden. Er sackte zusammen und Tara wusste,
dass er nicht überleben würde – da es keine
Möglichkeit gab, die Blutung zu stoppen. Es war

kein Hilfsmittel zum Ausbrennen der Wunde griffbereit und mit seinem Blut würde auch sein Lebensgeist entweichen.

Taras Bruder Brin drehte sich vom Sheriff weg und schüttelte seine Verkleidung als Mönch ab, ehe er die Hände des falschen Wachmannes mit einem Seil fesselte, während Aedan − der zweite Mönch − sich um Eschina kümmerte, indem er sie wieder auf ihre Füße zog und ihr die Hände zusammenband.

Wahrscheinlich blind vor Wut, trat Eschina nach dem Sheriff, als er seine letzten Atemzüge tat. »Nichts kann uns aufhalten, hast du versprochen. Du dämlicher Tor. Und ich bin sogar noch dämlicher, weil ich auf dich gehört habe!«

»Still!«, befahl Aedan und schüttelte Eschina ein bisschen. »Das ist keine Art, mit den Toten zu sprechen.«

Shaw umarmte Tara fest und sie sank an seine Brust. Sie hoffte, er würde sie nie wieder gehen lassen.

Nach einem Augenblick drehten sie sich beide zu ihrem Vater und Bruder um. Tara meinte: »Du hast es gerade noch geschafft, Papa. Fast wäre ich gezwungen gewesen, die zweite Tür zu öffnen und das hatte ich nicht gewollt.«

Die Äbtissin erschien im Gang. »Ich habe unseren Sheriff gebracht, Tara. Geht es dir gut? Oh −« Der Anblick von Blut auf dem Boden ließ sie verstummen und sie bekreuzigte sich. »Möge Gott ihm gnädig sein. Lord Cameron, würdet Ihr bitte in die Wege leiten, dass der Leichnam entfernt wird?«

Um sie herum brach alles in Aktivität aus. Aedan unterrichtete den hiesigen Sheriff, ehe er Eschina und die anderen aus dem Raum führte. Im Davongehen verfluchte die junge Frau Tara und Shaw. Brin entdeckte einen Lappen in der Nähe, den er ihr in den Mund stopfte.

»Ich habe genug von dir, junge Frau. Du wirst den Preis für deine Gier bezahlen.«

Sie versuchte, Brin einen Tritt zu versetzen, doch er trat ihr geschickt aus dem Weg und von der Wucht ihrer Bewegung wäre sie beinahe auf ihrem Hinterteil gelandet.

Der Sheriff übernahm den falschen Wachmann und Eschina. Er führte die beiden zum Eingang des Irrgartens. »Ich könnte einen zusätzlichen Mann gebrauchen.«

Aedan nickte Brin zu. »Du gehst mit. Wir werden gleich nachkommen.«

Einen Augenblick später kamen Ruari und seine Männer an, um den Leichnam hinauszutragen, worauf Shaw, Tara und ihr Vater allein zurückblieben. Aedan ergriff das Wort, sobald sie unter sich waren: »Ich sehe, dass du meine Tochter tatsächlich sehr gern hast, Matheson.«

»Ihr hattet an mir gezweifelt? Auch wenn ich wusste, dass diese ganze Veranstaltung inszeniert war, mag ich es trotzdem nicht, wenn ein Mann droht, Taras Haar in Brand zu stecken.«

Tara schlang ihre Arme fest um Shaws schmale Taille. »Aye, Papa. Ich habe dir gesagt, dass es uns ernst ist. Warum hast du mir nicht geglaubt?«

Aedan zuckte mit den Schultern und

antwortete: »Einen Mann springen zu sehen, um dich zu retten, war ein wenig überzeugender als deine Worte, Tara. So sehr ich dich auch liebe, habe ich mich nun vergewissert, dass er dich mit seinem Leben verteidigt. Jeder Vater hofft auf solch einen Mann für seine Tochter.«

Shaw küsste Taras Stirn. »Danke, Lord Cameron. Es ist wahr, dass ich alles für Tara geben würde. Aber ich habe gemeint, was ich darüber gesagt habe, zuerst mein Leben in Ordnung zu bringen, ehe ich um ihre Hand anhalte. Und jetzt denke ich, muss ich heimkehren, um alles zu klären. Ich bin froh, dass wir diese beiden Schurken erwischt haben, doch das hat mein Problem nicht gelöst.«

»Der Sheriff hat nicht zugegeben, dass er dich erpresst hat?«, fragte Aedan.

»Nein«, gab Shaw zu. »Er behauptet, nichts darüber zu wissen und ich glaube ihm.«

»Er hätte lügen können«, gab Aedan zu bedenken. »Wenn dieser Teil seines Plans fehlgeschlagen wäre, hätte er wieder dazu übergehen können, dich zu erpressen.«

Shaw schüttelte den Kopf und dann blickte er Tara an. »Du hast sie beide gehört, wie sie die Schuld an dem Verbrechen abgestritten haben. Hast du ihnen geglaubt?«

Tara schaute zu ihm auf und wusste, dass er die Bedenken in ihrem Blick erkannt hatte. Sie musste nicht antworten, aber sie nickte. »Ich glaube nicht, dass sie die Erpresser waren.«

»Das bedeutet leider, dass ich noch immer einen Erpresser zu fangen habe.«

»Und du weißt immer noch nicht, was das für

eine Lüge ist. Dein entzückendes Pferd ist noch immer in dieser Lüge gefangen. Wir müssen herausbekommen, worum es dabei geht. Die beiden Dinge müssen in einem Zusammenhang stehen.«

Aedan schüttelte den Kopf. »Es tut mir leid, Tochter, aber es gibt kein ›wir‹ in diesem Satz. Shaw muss zurückkehren und ich hoffe, er entlarvt die Schuldigen, aber du wirst ihn nicht begleiten.«

Riley tauchte hinter ihrem Vater aus dem Irrgarten auf und atmete keuchend, als wäre sie schnell gerannt, um sie zu finden. »Ihr habt zwei von den Mördern gefunden. Es gibt noch zwei weitere dort draußen, Tara.«

Alle drei drehten sich zu Riley um. »Es waren aber drei hier«, widersprach Aedan. »Heißt das nicht, dass wir nach deinem Traum nur noch einen übrig haben?« Innerhalb eines Atemzuges schwankte Tara zwischen Erleichterung und Enttäuschung. Sie hatte gehofft, es sei noch einer übrig, der sie bedrohen könnte.

»Nein, tut mir leid. Eschina und der Sheriff waren in meinem Traum, doch nicht so der Wachmann, den die beiden bei sich hatten. Es gibt noch zwei weitere Männer, die versuchen, dich umzubringen, Tara.«

Shaw schaute sie an, und sie konnte den Kummer in seinen Augen wahrnehmen. Tara teilte ihn, doch so gern sie auch an seiner Seite sein wollte, hatte ihr Vater sein letztes Wort gesprochen – sie musste bleiben.

Shaw küsste sie auf die Wange und tröstete sie:

»Du bist hier sicher. Keinesfalls können wir dein Leben riskieren.«

Ob sie ertragen könnte, ihn fortgehen zu sehen, wusste sie nicht. Ihr Vater würde zu nichts einwilligen, ehe die Frage der Erpressung geklärt wäre. Allerdings würde sie Shaw Matheson jederzeit heiraten, sobald er um ihre Hand anhielte.

Denn sie liebte ihn mehr als das Leben selbst.

KAPITEL ACHTZEHN

ZWEI TAGE NACH Shaws Abreise schritt Tara vor dem Kamin in der großen Halle des Cameron Castle auf und ab.

»Seit Shaw fort ist, gehst du auf und ab«, meinte ihre Mutter. »Noch ein bisschen länger und du musst die Binsen auswechseln, Tara.«

»Ich kann nicht anders, Mama.» Sie hielt an und richtete den Blick auf das zermahlene Schilf unter ihren Füßen, doch dann nahm sie ihren Marsch wieder auf. »Ich wünschte, Papa hätte mir erlaubt, mit Shaw zurückzukehren, und ich verstehe nicht, warum er gestern so früh am Morgen losreiten musste. Papa hätte drei Wachen mit uns schicken können. Wir hatten nicht einmal die Gelegenheit, die Sterne gemeinsam anzuschauen.«

Die Tür zur großen Halle öffnete sich, und ihr Vater trat mit Brin auf den Fersen ein. »Drei Wachen hätten zu meiner Beruhigung nicht ausgereicht und ich brauche viele, um hier Wache zu halten.« Er schritt zur Anrichte hinüber und nahm sich einen Becher Ale, ehe er sich setzte.

»Und es war Shaws Einfall, sich so rasch auf den Heimweg zu machen. Er will diese Angelegenheit unbedingt aufklären.«

»Vor seiner Abreise hat er sich eine Weile mit dir unterhalten. Worum ging es in eurem Gespräch?«

Ihr Vater schmunzelte ein wenig, doch dann antwortete er: »Meiner Ansicht nach ist es nur recht und billig, dass du es erfährst. Er hat um deine Hand angehalten. Aber erst, nachdem er der Erpressung ein Ende gemacht hat. Ich habe mit ihm vereinbart, dass das zuerst geschehen muss.«

»Papa!«, rief sie aus und warf die Hände in die Luft. »Warum hast du mir das nicht vor seiner Abreise gesagt?«

»Ich war beschäftigt. Jetzt habe ich es dir ja mitgeteilt. Warum bist du so aufgeregt, mein Mädchen? Dachtest du nach Rileys Traum, es sei gut für dich, dem Halunken ausgeliefert zu sein?« Ihr Vater setzte sich und wartete auf ihre Antwort.

Riley kam die Treppe herunter und gesellte sich zu ihnen am Kamin. »Ich kann dir sagen, warum, Papa.«

»Das kann ich auch, da bin ich mir sicher«, meinte Brin, »aber warum begreift Papa das nicht?«

Ihr Vater blickte von einem Kind zum anderen und ließ den Blick schließlich auf ihrer Mutter ruhen. »Hast du eine Ahnung, worüber Tara redet, Jennie?«

Lächelnd antwortete ihre Mutter: »Ja, es steht ihr ins Gesicht geschrieben, Aedan.«

»Was steht mir ins Gesicht geschrieben?« Was

auch immer es war, würde sie von nun an alles daransetzen, es zu verbergen.

Aedan hob fragend die Augenbrauen. »Und? Verrate es mir, Frau.«

Ihre Mutter schaute sie an und lächelte. »Sie vermisst Shaw sehr. Seit einigen Monden sind sie enge Gefährten. Es ist das erste Mal, dass sie getrennt sind.«

Ihr Vater seufzte. »Ich bin froh, dass du einen Mann gefunden hast, Tara, aber hätte es nicht einer aus dem Gebiet der Camerons sein können?«

»Da ist jemand verliebt!«, flüsterte Brin.

»Brin!«, rief Tara entsetzt darüber aus, dass er das Wort tatsächlich ausgesprochen hatte. Anderseits war sie aber so froh über Shaw, der den größten, für sie vorstellbaren Schritt gewagt hatte, nämlich mit ihrem Vater über eine Heirat zu sprechen, dass sie innerlich jubilierte, und sie fühlte sich so leicht, als ob sie über der Bucht von Beauly Firth schweben könnte. »Was hat er außerdem gesagt, Papa?«

»Er sagte, du müsstest ihn auf Black Isle heiraten und wir dürften nicht mitkommen, da er dich allein in eine Kirche entführen möchte. Und dann versprach er, in sechs Monden zurückzukehren, um dich zu holen.«

»Sechs Monde!« Sie sprang von ihrem Stuhl auf.

»Papa, zieh Tara nicht auf. Sie wird dir glauben, und du siehst doch, wie sehr sie ihn liebt, nicht wahr?« Riley kaute auf ihrer Lippe, wie es ihre Gewohnheit war, wenn sie über ihren Vater völlig verärgert war.

Tara wandte sich an ihre Schwester. »Riley, sag mir, was er denkt. Ich will die Wahrheit wissen.« Sie war drauf und dran, mit einem Brotkanten nach ihrem Vater zu werfen, weil er sie aufgezogen hatte.

»Ich bedauere, Tara, aber das kann ich nicht. Er neckt dich. Shaw könnte es nicht ertragen, sechs Monde von dir getrennt zu sein. Das weiß ich, auch ohne seine Gedanken zu lesen«, entgegnete Riley. »Sei nicht wütend auf uns, Schwester. Ihr beide, du und Shaw, ihr gehört zusammen und du weißt, wie gern Papa dich neckt.«

Rileys Worte sanken in ihren Bauch wie die beruhigtesten Worte, die sie je vernommen hatte. »Aye, wir gehören zusammen. Wahrere Worte habe ich nie gehört. Papa, ich vermisse ihn.« Sie unterbrach ihren Marsch und ließ sich in einen Sessel fallen. »Ich möchte zu den Mathesons zurückkehren.«

»Nicht, bis er geregelt hat, was getan werden muss, und du dort sicher bist. Er wird zu dir zurückkehren. Ich habe ihm gesagt, er solle wiederkommen, sobald alles erledigt ist, und dann werden wir reden.«

Genervt schüttelte ihre Mutter den Kopf. »Offensichtlich hat dein Vater die Zeiten vergessen, die er mich durch die halben Highlands verfolgt hat.«

»Hat er das?« Diese Geschichte hatte Tara noch nicht gehört.

»Aye. Er ist mir den ganzen Weg bis zum Gebiet der Grants auf den Fersen gewesen. Aedan, als ein Mann, der sein Eheversprechen mit seiner

Liebsten besiegelt hatte, ehe du um meine Hand angehalten hast, solltest du in Betracht ziehen, dass deine Tochter das Gleiche tun könnte, wenn du ihre Wünschen nicht berücksichtigst.«

»Papa!«

»Vater!« Als Reaktion auf diese Neuigkeiten, standen Tara und Brin beide auf und riefen ihre unterschiedlichen Namensversionen für ihren Vater.

»Eheversprechen? Ihr habt euch wie Lily die Ehe versprochen?« Taras Cousine Lily Ramsay liebte es, über die Liebe ihres Lebens, Kyle Maule, zu sprechen.

»Aye, das haben wir.« Ihre Mutter hob den Blick nicht von ihrer Handarbeit.

»Das ändert alles, Papa«, meinte Brin schmunzelnd.

»Jennie, ich glaube, du erinnerst dich nicht sehr gut daran. Ich bin sicher, dass wir alles ordnungsgemäß gemacht haben.«

Ihre Mutter lachte leise und entgegnete: »Der Baum in der Nähe des Sees, an dem wir gerastet haben, würde dir meines Glaubens nicht zustimmen, Ehemann.«

Ihr Vater erhob sich und stemmte die Hände in die Hüften. »Jennie, es reicht. Schluss mit unseren Geheimnissen.«

»Papa, du wirst ja rot«, rief Brin und zeigte mit dem Finger auf ihn. Schau, Tara, sein Gesicht beweist, dass Mama es richtig erzählt hat.«

»Aedan«, meinte ihre Mutter und legte dabei die Handarbeit nieder. »Die Kinder sind alle alt genug, um von unserer Brautwerbung zu erfahren. Ich habe dich geliebt, du hast mich geliebt und wir haben uns einander unsere Seelen versprochen. Mein Bruder war zu wütend über Maddies Schicksal, als dass er je daran gedacht hätte, mich wegzugeben. Er hätte einen Herzanfall erlitten, wenn du damals mit ihm darüber gesprochen hättest. Wir hatten gute Gründe, und wir haben geheiratet, als es uns möglich war. Aber glaube nicht, deine Tochter sei nicht zu ähnlichen Gefühlen fähig. Du musst Shaws Heiratsantrag in Betracht ziehen. Unzweifelhaft lieben Tara und Shaw sich, wie du selbst nach dem Vorfall in der Abbey festgestellt hast. Mir tut es wegen der widrigen Umstände leid, doch das ist oft so. Schau sich einer Brigid an. Marcas und sie haben keineswegs gewartet, bis alles friedlich war.«

»Und Padraig«, fügte Brin hinzu.

»Wie stets, erteilst du gute Ratschläge, Jennie.« Er schlenderte zu Tara hinüber, nahm ihre Hände in die seinen und zog sie zu sich. »Tara, du hast dir einen guten Mann ausgesucht. Er ist ehrenhaft. Ich weiß schon jetzt, dass er dich mit seinem Leben beschützen wird, und er wird euren Kindern ein guter Vater sein. Aber ich werde ihm meine Zustimmung erst erteilen, wenn er den Schuft gefangen hat, der ihn weiterhin erpresst. Meiner Vermutung nach handelt es sich dabei nicht nur um eine, sondern um zwei Personen, und zwar dieselben, die, wie Riley in ihrem Traum gesehen hat, dein Leben bedroht haben. Sobald dies geschehen ist, werden deine Mutter und ich euch mit Freuden unseren Segen für eure Ehe geben. Ich bitte nur darum, dass ihr hier in der

Abbey von Lochluin heiratet. Das ist in unserer Familie Tradition.«

»Ich danke dir, Papa. Sehr gerne würde ich hier heiraten. Ich werde Kylas Hochzeit nie vergessen. Sie war eine der schönsten überhaupt.«

»Wie auch die Hochzeit von Connor und Sela.«

Tara konnte nicht anders, als bei diesem Thema zu seufzen. Selas Geschichte war herzzerreißend gewesen, aber sie hatte die schlimmsten Widrigkeiten überwunden und gegen die boshaftesten Schurken um das Leben ihrer Tochter gekämpft.

»Da werde ich dir nicht widersprechen«, meinte ihre Mutter und wandte sich wieder ihrer Handarbeit zu. »Die Abbey ist ein wunderschöner Ort für eine Hochzeit. Ich hoffe, ihr lasst euch dort trauen.«

»Hoffentlich kann Shaw alle Angelegenheiten regeln und bald zu mir zurückkehren.«

»Brin.« Rileys Stimme war tonlos, und ihre Augen glasig.

Schnell nahm ihr Bruder hinter ihr Aufstellung, falls sie stürzte. Ihr Kopf rollte zurück, die Augen schlossen sich, und dann war es vorbei. Riley hob den Kopf und der benommene Blick war verschwunden. Sie lächelte, wenn auch mit einem Anflug von Beklemmung.

»Mach dir keine Sorgen, Tara. Er ist bereits auf dem Weg zu dir, und er beeilt sich.«

»Hat er den Schuldigen gefunden?«, wollte ihr Vater wissen.

Riley schüttelte den Kopf. »Nein, es gibt noch mehr Ärger. Sie brauchen Heiler.«

Tara eilte in die Heilkammer und rief ihrer Mutter über die Schulter zu. »Ich kümmere mich darum, dass wir die Vorräte haben. Wir können gleich aufbrechen, Mama.«

»Nein, du wirst warten, bis Shaw herkommt«, widersprach ihr Vater. »Sonst wisst ihr nicht, welche Vorräte ihr braucht. Oder du könntest ihn verpassen, falls er eine andere Strecke nimmt.«

Tara blieb stehen und wollte ihm widersprechen, aber Riley hielt ihre Hand hoch. »Er wird bald hier sein. Du brauchst dich nicht aufzuregen.«

Tara musste ihrer Schwester glauben. Bis jetzt hatte sich alles an ihrer Vorhersage als wahr erwiesen.

Alles, mit Ausnahme ihres eigenen Todes.

KAPITEL NEUNZEHN

SHAW RITT AUF die Tore von Eddirdale Castle zu und freute sich, seine beiden Brüder dort zu sehen, die sich mit den Wachen unterhielten, welche sich im seltenen Sonnenschein in ihrer Kampfkunst übten. Vor seiner Abreise hatte er sich einen Tag Zeit genommen, um noch ein wenig mit Tara zusammen zu sein, und ein Gespräch mit ihrem Vater zu führen. Dann brach er am folgenden Morgen in aller Frühe auf, doch bei seiner Rückreise hatte er sich und seinem geliebten Hengst mehr Zeit gelassen. Die Heimkehr zur Mittagszeit war perfekt, da er noch etwas vorhatte. Es war ein herrlicher Tag, und die Sonne schien wie ein Geschenk zu Ehren seiner guten Laune, die sich nach seinem Gespräch mit Aedan Cameron vor seiner Abreise eingestellt hatte. Noch nie hatte er so viel Hoffnung für seine Zukunft gehegt wie an diesem Tag.

»Shaw, ich bin überrascht, dich so frühzeitig zu Hause zu sehen. Ist alles in Ordnung? Du weißt doch, dass du bei deinem Weggang verfolgt worden bist?«, fragte Marcas.

»Eschina und der Sheriff von Cromarty sind nicht lange nach dir losgeritten, aber wir haben darauf vertraut, dass ihr, Aedan Cameron und du, sie bald bemerken und jeglichen Unfug unterbinden würdet.« Ethan verschränkte die Arme und blickte seinen Bruder zur Bestätigung an.

»Aye, wir haben sie früh entdeckt und so hatten wir Zeit zum Planen. Wir mussten sie durch einen Hintereingang in den Keller der Abbey locken, damit wir sie leichter bei ihrem Vorhaben festnageln konnten, wenn wir sie des Diebstahls beschuldigen wollten. Aedan Camerons clevere List funktionierte perfekt. Tara und ich gingen vor den anderen in die Abbey, und erweckten den Anschein, als seien wir unter uns, damit die Gauner Mut zum Handeln fassten. In der Abbey waren alle damit einverstanden, sich blindzustellen und so zu tun, als würden sie die Schurken nicht sehen.«

»Aber sie waren zu dritt und ihr nur zu zweit. Wie hat das funktioniert?«, fragte Ethan.

»Aedan und Brin Cameron hatten sich als Mönche verkleidet und waren ihnen nachgegangen. Alle zusammen konnten wir sie leicht überwältigen.«

»Und wo sind sie jetzt?« Marcas Hand spannte sich um den Knauf seines Schwertes, als wolle er wegen des ganzen Ärgers, den der Sheriff und Eschina ihnen bereitet hatten, höchstpersönlich zum Schlag ausholen.

Shaw schilderte, welches Ende ihre List genommen hatte: Eschina und der falsche

Wachmann waren eingesperrt worden und der Sheriff seiner Verletzung erlegen.

»Wahrhaftig?«, kommentierte Ethan. »Das war ein nahezu schmerzloser Tod.«

»Und Eschina hat am Ende ihren wahren Charakter offenbart. Sie hat den Sheriff getreten, als dieser im Sterben lag. So ein eiskaltes Herz habe ich schon lange nicht mehr erlebt. Selbst Donald MacKinnie hatte für manche Leute noch Gefühle.«

»Warum sitzt du noch auf deinem Pferd? Komm herein und erfrische dich von deiner Reise.«

»Nein. Ich bin auf dem Weg zu Dougal, um mit ihm zu sprechen. Ich möchte ihn über die Geschehnisse informieren und mich erkundigen, ob er irgendwelche Vorschläge hat.«

»Eschina und der Sheriff haben die Erpressung nicht gestanden?«

»Nein, beide haben geleugnet und sie haben über die Anschuldigung ehrlich verwirrt ausgesehen. Auch Tara hat ihnen Glauben geschenkt, und Riley meinte, der Wachmann, der sie begleitet hatte, sei nicht in ihrem Traum erschienen. Es gibt noch zwei weitere Verbrecher zu fangen.«

Sammy kam den Weg entlang gerannt. »Shaw! Ihr habt gerade eine weitere Forderung nach mehr Geld erhalten. Die Summe wird erhöht, weil Ihr die vorherige nicht geschafft habt. Jetzt will er noch öfter bezahlt werden.«

Verdammt, aber die Forderungen hatten sich von zweimal im Jahr auf das Doppelte vervielfacht und jetzt sogar jeden Mond? Das nahm kein Ende.

Shaw schüttelte den Kopf. »Das beweist also, dass sie es nicht waren. Sie sind bereits ebenso lange weg wie ich, und Eschina sitzt im Gefängnis.«

»Und dein Hauptverdächtiger, der Sheriff, lebt nicht mehr.«

»Ich muss mit Dougal sprechen. Sammy, möchtest du mich begleiten?«

Sammys Gesicht hellte sich auf. »Aye, ich steige auf, Mylord.«

»Ich werde auch mitkommen«, erbot sich Ethan.

»Vielen Dank, Ethan. Ich würde deine Unterstützung zu schätzen wissen.«

Einige Zeit später näherten sie sich dem MacKinnie Castle. Sie hielten am Tor, und Shaw rief zu dem Wachmann. »Ich bin hier, um mit Dougal zu sprechen.«

Der Wächter sagte zunächst nichts, aber dann antwortete er doch: »Ich werde ihn fragen, ob er Euch empfangen kann, Matheson.«

Sie warteten, während der Wachmann die Botschaft überbrachte. »Ich bin sicher, dass er nur mich sehen will. Er besteht auf die Geheimhaltung der Angelegenheit.«

»Ich verstehe. Sammy und ich werden uns hier draußen aufhalten und sehen, was wir hier in Erfahrung bringen können.«

Wenige Augenblicke später kehrte der Wachmann zurück. »Nur Ihr, Shaw. Die anderen bleiben draußen.«

Shaw stieg ab und übergab seinem Bruder die Zügel. »Es wird nicht lange dauern, da bin ich mir sicher.«

Shaw würde nicht erlauben, dass die Sache sich in die Länge zog. Dougal musste irgendjemandem von jenem schicksalhaften Tag erzählt haben, da war er sich sicher.

Dougal erwartete ihn auf der anderen Seite der Burg und Shaw trat zu ihm.

»Hier hinten«, schlug Dougal vor und trat in den Schatten eines Lagerschuppens. »Ich möchte nicht belauscht werden.«

»Ich habe nicht viel zu sagen, Dougal. Ich möchte nur wissen, wem du es erzählt hast.«

Dougal drehte sich um und sah ihn an. »Wovon sprichst du?«

»Der Sheriff von Cromarty und Eschina sind den Camerons und mir nach Lochluin Abbey gefolgt, um sich mit dem Schatz aus dem Staub zu machen, der dort gelagert wird.«

»Dummköpfe«, höhnte Dougal.

»Aye. Beide haben sie allerdings geleugnet, etwas von der Erpressung gewusst zu haben.«

»Und du hast ihnen geglaubt? Es muss der Sheriff gewesen sein.«

»Nein, das ist nicht wahr. Der Mann ist tot, aber ich habe gerade eine weitere Geldforderung empfangen. Und Eschina ist eingesperrt. Es muss ein anderer sein. Ich habe niemandem die Wahrheit über diesen Tag erzählt. Die offensichtliche Frage ist also: Wen hast du eingeweiht? Jemand anderes hat praktisch von Anfang an davon gewusst. Wem hast du es erzählt?«

Dougals Schultern sackten in sich zusammen und er schüttelte den Kopf. »Dämlicher Narr.«

»Wem?«

»Donald. Einen Mond nach dem Vorfall habe ich es Donald erzählt. Er muss es jemandem weitergesagt haben.«

Shaw konnte nicht anders, als finster dreinzublicken. Warum hatte Dougal gelogen? Warum hatte er seinen Bruder in dieser Sache nicht konfrontiert, als dieser noch am Leben war, damit er hätte helfen können, den Schuldigen zu stellen? »Ich wusste, dass man dir nicht trauen konnte. Vielleicht bist du selbst ein Teil dieser ganzen List.«

»Und ich erpresse mich selbst? Du bist ein Idiot, Matheson. Verschwinde. Wir haben nichts mehr zu besprechen.« Dougal ging in den Hauptturm zurück und spie dabei zur Seite aus, doch dann blieb er abrupt stehen und drehte sich auf dem Absatz herum. »Bist du immer noch mit diesem Cameron Mädchen verbandelt? Warum müsst ihr Mathesons euch alle Außenseiterinnen suchen?«

»Eine Außenseiterin? Was um alles in der Welt soll das bedeuten?« Jetzt, wo er darüber nachdachte, hatte Dougal von Lucretia immer so gesprochen, als sei sie nicht mehr als eine Spielerei. Und sie war ebenfalls fort. Wenn er darüber nachdachte, könnte er vermutlich noch weitere Beispiele vorbringen.

»Warum kannst du dir nicht eine Frau suchen, die auf Black Isle lebt? Ihr alle habt euch den Grants und den Ramsays zugewandt und nun den Camerons? Was stimmt nicht mit den Mädchen, die hier leben?«

Shaw schaute ihn finster an. »Welchen Unterschied macht das für dich?«

»Keinen. Einerlei. Vergiss, dass ich etwas gesagt habe. Ihr Mathesons seid Black Isle nicht treu. Jetzt kennen wir alle die Wahrheit.«

Shaw lehnte es ab, sich von Dougals Vorwurf aus dem Konzept bringen zu lassen. Er wusste allerdings, wie Dougal dachte, aber er würde sich nicht auf sein kindisches Verhalten einlassen. Ging es bei der ganzen Diskussion über das Heiraten von Mädchen, die nicht von Black Isle stammten, nicht darum, ihn vom eigentlichen Thema abzulenken? Zu welchem Zweck?

Er drehte sich um, denn er wusste, dass es Zeit zum Gehen war. Auf seiner Heimreise hatte er viel nachgedacht.

Jemand war noch immer darauf aus, ihn zu erwischen, und das war weit wichtiger als Dougals Grobheiten.

War es das tatsächlich? Hatte Dougal etwas zu verbergen, da er auch über die Wahrung ihres Geheimnisses gelogen und Donald die Wahrheit gesagt hatte?

Er gesellte sich wieder zu Ethan und Sammy und bestieg sein Pferd, ehe er sich rasch von MacKinnie Castle abwandte.

»Hast du etwas erfahren?«, fragte Ethan.

»Dougal sagt, er hätte es seinem Bruder vor Jahren erzählt. Es stellt sich die Frage, wem Donald davon berichtet hat. Selbst das muss nicht die Antwort sein – sobald eine Geschichte erzählt ist, macht sie in Windeseile die Runde.«

Ein paar Augenblicke lang ritten sie schweigend weiter, ehe Shaw erneut das Wort ergriff. »Weißt du, was Dougal mich noch gefragt hat? Warum alle Mathesons Außenseiter heiraten müssen.«

»Außenseiter? Werde bitte ein bisschen spezifischer«, bat Ethan und wandte ihm seine volle Aufmerksamkeit zu.

»Frauen, die nicht von der Insel stammen. Offensichtlich würde er es lieber sehen, wenn wir eine MacHeth oder irgendeine andere außer den Grants, Ramsays oder Camerons heiraten würden. Was denkst du darüber?«

»Er fürchtet sich.« Es ist ganz einfach. Dich nur gegen einen seiner Krieger kämpfen zu sehen, hat ihn wahrscheinlich aus dem Konzept gebracht. Von deinem Unterricht mit Connor Grant bist du ein starker Schwertkämpfer geworden. Und wir haben mächtige Verbündete gewonnen. Das bedeutet, dass die MacKinnies weniger Schlagkraft haben als in der Vergangenheit. Schwache Männer fürchten sich vor allem Unbekannten.«

» Das glaubst du? Vielen Dank, Ethan.« Nie hätte er sich selbst als stark eingeschätzt, aber sein Bruder hatte recht. »Du glaubst, es ist so einfach? Eifersucht?«

»Möglicherweise. Oder es könnte Schlimmeres sein.«

»Was meinst du?«

»Er könnte in deine Erpressungen verstrickt sein. Wer sonst sollte es sein? Wenn Donald es jemandem erzählt hat, würde die Geschichte bestimmt die Runde gemacht haben, wie du schon sagtest. Aber das hat sie nicht, oder wir hätten davon gehört. Wir werden Marcas fragen. Ich würde gern ein wenig darüber nachdenken.«

Sie hatten etwa die halbe Wegstrecke ihres

Heimritts zurückgelegt, als ein Reiter auf sie zugestürmt kam. Es war Torcall und ein weiterer Mann.

»Was ist los?«, wollte Ethan von ihnen wissen.

»Marcas braucht euch zuhause«, antwortete Torcall. »Brigid ist krank geworden und Jenny könnte sich mit derselben Krankheit angesteckt haben.« Diese Nachricht spornte sie alle an, ihre Pferde zu einem Galopp anzutreiben. Sie hatten es zu den Toren geschafft, ehe sie das Durcheinander bemerkten, das davor herrschte. Die Mitglieder des Clans, hauptsächlich solche aus dem Dorf hinter der Burg, hatten sich außerhalb des Tores versammelt.

»Was ist passiert?«, fragte Ethan. »Wo ist Jennet?«

»Drinnen«, antwortete Alvery, einer der Wachen. »Marcas möchte mit euch beiden sprechen. Wir sollen die Dinge hier draußen regeln.«

Mit einem Satz war Shaw von seinem Pferd gesprungen. »Was ist das Problem bei euch allen? Warum seid ihr hier draußen?«

»Sie glauben, es ist schon wieder ein Fluch, und sie wollen irgendwo leben, wo der Fluch verschwunden ist. Irgendwelche Vorschläge?«

»Die Häuschen im Wald von der Zeit vor dem Fluch stehen noch. Aber ich erkenne keinen Grund, so weit zu fliehen.«

Dann eilten die Brüder durch die Tore und fanden Marcas auf den Stufen des beinahe menschenleeren Innenhofes.

»Was hat es verursacht?«, fragte Ethan.

»Wir wissen es nicht, aber Jennet, Brigid, Kara und Edda erbrechen sich alle. Nonie hilft ihnen und ich habe gerade die Anweisung gegeben, dass alles Wasser und Speisen gekocht werden müssen. Jinny sagt, sie hätte es vergessen und gestern Abend Wasser aus der Quelle serviert und das, was sie zuerst benutzt hat, nicht gekocht. Sie weint sich die Augen aus dem Kopf.«

»Was können wir tun, um ihr zu helfen?«, fragte Shaw. Er wusste, was er bereit war, zu tun, aber er wollte es von Marcas hören. Er dachte an Taras baldige Rückkehr. Würde ihr Vater das erlauben?

Ethan fasste Marcas am Arm. »Der Obstkuchen. Wir haben ihn gestern Abend nicht gegessen. Die Frauen haben sich daran gütlich getan.«

»Was ist unser Plan?«, fragte Shaw erneut. »Weil ich weiß, was ich denke.«

Ethan und Marcas sprachen gleichzeitig. »Reite los und hole Tara und frage ihre Mutter, ob sie auch mitkommt. Wir müssen dem ein schnelles Ende machen oder wir werden zugrunde gerichtet sein.«

»Ich werde mein Bestes tun, um sie zu überzeugen. Ich bin nicht sicher, ob Aedan Cameron seine Zustimmung geben wird«, entgegnete Shaw. »Ich werde Sammy mitnehmen. Wir werden einige Meilen hinter uns bringen, ehe wir für die Nacht Halt machen. Ich werde frische Kleidung und ein wenig Proviant holen und mich dann auf den Weg machen.«

»Nein«, entgegnet Marcas und hielt die Arme hoch, um ihn am Eintreten in den Hauptturm zu hindern. »Hol dir in Beauly etwas zu essen. Und bring auf deinem Heimweg etwas davon mit.« Er fasste in die Börse an seinem Gürtel und zog mehrere Münzen hervor, um sie Shaw in die Hand zu drücken. »Wir müssen vorsichtig sein. Mach dich auf den Weg und versuche, so rasch wie möglich zurück zu sein. Vielleicht in drei Tagen.«

»Ich werde so schnell reiten wie ich kann.«

Noch eine Vergiftung? Wer könnte dieses Mal dahinterstecken?

KAPITEL ZWANZIG

TARA HATTE FAST alles für ihre Rückkehr nach Black Isle vorbereitet. Bestimmt hatte Riley recht, dass Shaw sie holen kommen würde. Sie hatte zwei saubere Kleider eingepackt, ein paar Strumpfhosen und eine Tunika. Dazu kamen noch viele Heiltränke, die frisch aus der Apotheke ihrer Mutter stammten. Trotzdem ihr Vater mit seinem Standpunkt recht hatte, dass sie wissen mussten, warum sie gebraucht wurden, um die richtigen Vorräte mitzunehmen, hatte sie dennoch viele der hilfreichsten Heilmittel eingepackt. Jennet und Brigid würden sich über einen frischen Vorrat ihrer Lieblingspulver und –tränke freuen. Ihre Mutter gab herzlich gern davon ab.

Während der Nacht war sie die meiste Zeit auf und ab gegangen, da sie kaum schlafen konnte, obwohl Riley sich nicht gerührt hatte. Ihre Träume und Visionen zehrten an ihr, sodass Tara ihrem Wunsch, ihre Schwester aufzuwecken, selbst dann widerstanden hatte, als der Himmel heller wurde, obwohl sie sich danach sehnte, sie zu fragen, ob sie etwas Neues in ihren Träumen erfahren hatte.

Ihre Mutter kam aus der Küche in den Flur. »Ich habe etwas Trockenfleisch und ein frisches Brot für deine Reise eingepackt. Ich habe immer noch meine Zweifel, ob du gehen solltest, aber ich weiß, wie sehr es dich schmerzen würde, Shaws Bitte um Hilfe abzulehnen, wenn er wirklich deshalb herkommt.«

Tara hatte nicht die Absicht, mit ihrer Mutter zu streiten. Die Zeit würde Wahrheit über die Situation ans Licht bringen, und dann erst würden sie wissen, wie dringlich Shaws Begehr wäre. Riley stieg die Treppe hinunter und setzte sich zu ihnen an die Feuerstelle.

»Du bist schon angekleidet?«, fragte Tara. Normalerweise brauchte ihre Schwester geraume Zeit nach dem Aufwachen, ehe sie sich für den Tag anzog.

»Aye, Shaw wird gleich hier sein.« Sie trat an den Tisch und nahm sich einen Apfel aus der Schale.

»Wir sind auf seine Ankunft vorbereitet.« Tara rang die Hände und schaute zum zehnten Mal an diesem Morgen zur Tür hinaus.

»Riley, muss Tara mit ihm zurückkehren? Wird ihr Leben dadurch in Gefahr gebracht?« Der Gesichtsausdruck ihrer Mutter war ruhig, und es war diese Ruhe, auf die sich Tara immer verlassen hatte, wenn alles drunter und drüber ging. Um sie herum konnte eine Katastrophe wüten, aber Mutter und Vater ließen sich davon selten aus dem Konzept bringen. Stets schien ihre Mutter genau zu wissen, was zu tun war, und sie half anderen, widrige Ereignisse zu überstehen. Ihr Vater folgte ihrem Beispiel, sobald ihn das Verhalten ihrer Mutter beruhigt hatte.

Vereint waren ihre Eltern ein gebieterisches Paar. Tara hoffte nur, dem Beispiel ihrer Eltern gemeinsam mit ihrem zukünftigen Ehemann zu folgen, indem sie zusammenarbeiteten, sich gegenseitig unterstützten, einander zuhörten und ihren brillanten Verstand einsetzten, um gemeinsam Probleme zu lösen.

Und ihre Liebe war für alle offensichtlich. Häufig ertappte sie ihren Vater, wie er ihre Mutter mit einem so bewundernden Gesichtsausdruck anschaute, dass es ihr schwerfiel, sie in diesem Augenblick zu unterbrechen. Und ihre Mutter schenkte ihrem Vater stets ein breites Lächeln, sobald sie ihn wiedersah, selbst wenn sie nur ein paar Augenblicke getrennt waren. Für Tara schien es jedes Mal so, als würde sie ihn zum ersten Mal sehen.

Tara wurde von Rileys Antwort an ihre Mutter aus ihrer Träumerei gerissen. »Wir werden alle mit ihm nach Black Isle zurückkehren – wir drei jedenfalls. Bei Papa und Brin bin ich mir noch nicht sicher. Aber es gibt eine Krankheit bei den Mathesons und Marcas ist besorgt. Er hat Shaw geschickt, um euch beide wegen Eurer Fähigkeiten als Heilerinnen zurückzuholen. Ich reise aus einem anderen Grund mit euch.«

»Hoffentlich ist es nicht schon wieder ein Fluch«, meinte ihre Mutter. »Eine weitere bösartige Tat, würde ich sagen.«

»Warum willst du mitkommen, Riley?«, erkundigte sich Tara. Ihre Mutter und sie konnten mit jeder Krankheit fertigwerden, auf die sie treffen würden. Das wusste sie.

»Ich muss Shaw helfen, Zinna aus ihren Ketten zu befreien. Ich muss die Sache zu Ende bringen, und ich glaube, er steht kurz vor der Lösung des Rätsels. Er wird die Lüge entlarven können und wissen, wer die Schuld daran trägt.«

»Es war also nicht Shaw, der gelogen hat.«

»Nein, nicht Shaw. Ein anderer hat sich des Lügens schuldig gemacht und muss dafür zur Rechenschaft gezogen werden.«

Schweigen senkte sich über die Halle, während die Familie Rileys Erklärung jeweils auf ihre eigene Weise verarbeitete. Tara wollte Riley gerade eingehender nach dem Lügner befragen, als die Tür aufflog und Shaw mit Sammy auf den Fersen eintrat.

Sammy plauderte über ihre Rückkehr, während Shaw Taras Mutter mit einer Verbeugung und Tara mit einem Lächeln begrüßte. Dann wandelte sich seine Miene und wurde grimmig, was Tara zeigte, wie sehr er sich sorgte.

»Wir hoffen, Ihr werdet mit uns zurückkehren und uns helfen«, meinte Sammy. »Der Fluch ist wiedergekommen. Schon wieder muss irgendjemand unseren Brunnen vergiftet haben, und wir müssen alles abkochen. Aus Furcht verlassen uns die Clanmitglieder wieder und wir haben …«

Shaw packte ihn letztendlich an der Schulter

und beschwichtigte ihn: »Ganz ruhig, Sammy. Hole tief Luft.«

»Wer ist erkrankt?«, fragte Tara, die fast schon Angst hatte, ihm diese Frage zu stellen.

Noch nie war Shaws Gesicht so ernst gewesen. »Derzeit sind es Brigid, Jennet, Kara und Edda. Sollte sich ihr Zustand nicht verschlimmern, sind sie nicht in Gefahr. Aber wenn Ihr vielleicht gegebenenfalls auch in Erwägung ziehen wollt, zurückzukehren. Unsere beiden Heilerinnen sind krank. Wir benötigen Eure Hilfe.«

Ihre Mutter nickte und setzte zu einer Antwort an. »Setzt euch, und wir servieren euch beiden eine Schüssel Porridge mit Wurst, die heute frisch zubereitet wurde. Alles ist abgekocht. Wir kochen immer, damit wir dieses Problem nicht haben. Ihr müsst etwas essen, bevor wir uns auf den Rückweg machen. Du auch, Sammy.«

Sammys Augen leuchteten auf. »Gibt es Obstkuchen? Ich habe gehört, dass Eure die besten überhaupt sind.«

»Ja, wir haben wunderbare Birnentörtchen. Wir nehmen welche mit. Die, die übrig bleiben. Wir packen alles ein, was noch da ist.«

»Vielen Dank«, antwortete Sammy und setzte sich, während Shaw zu Tara hinüberging und sie flüchtig auf die Lippen küsste.

»Willst du wieder mitkommen?«, fragte er mit hoffnungsvollem Blick.

»Freilich.« Dann schaute sie zu ihrer Mutter hinüber. »Mama?«

»Ich werde euch begleiten. Meine Schwester würde mir nie verzeihen, wenn ich ihre

Namensvetterin nicht behandeln würde. Und Brigid mit ihren Kindern ebenso wenig.«

»Und Riley wird ebenfalls mitkommen«, meinte Tara.

Shaws Gesichtsausdruck verwandelte sich von hoffnungsvoll zu erleichtert. Er drehte sich zu Taras Schwester um. »Riley, du musst nicht mitkommen, wenn du Angst hast, selbst krank zu werden. Du könntest in einer Woche nachkommen, wenn die beiden bis dahin nicht zurück sind.«

»Nein, ich werde dich begleiten.«

»Ich bin froh, dich dabei zu haben.«

»Gut«, entgegnete sie mit einem Lächeln. »Weil du und ich zur Feenschlucht zurückkehren werden. Sobald wir sicher sind, dass sich alle auf dem Wege der Besserung befinden, und wir der Ursache für die Erkrankung auf die Spur gekommen sind, werden wir Zinna von ihren Ketten befreien müssen.«

»Du kannst schon loslegen, während wir die Probleme in der Burg lösen.« Shaw wirkte unbehaglich und sein Blick wanderte unstet umher, ohne Augenkontakt mit einer Person zu suchen.

»Nein, Shaw. Du bist derjenige, der das tun kann. Zinna braucht dich.«

Der Blick in Shaws Gesicht brach Tara das Herz. Sie wusste nicht, wie sie ihm sagen sollte, dass er Riley vertrauen konnte, und alles, was sie unternehme, die Sache nur verbessern würde.

Tara erhob sich auf die Zehenspitzen und küsste ihn auf die Wange. Du musst dich selbst von den Ketten befreien, die dich so lange gefangen gehalten haben.«

Riley nickte. »Wir werden euch beide befreien.«

Spät am nächsten Tag erreichten sie Eddirdale Castle und Tara mochte den Anblick nicht, der sich ihr bot. Vor den Toren drängelte sich eine Menschenmenge und stellte Fragen über die Kranken. »Wie viele sind noch krank?«, hörte sie eine Frau fragen. »Bitte lasst uns ein, damit wir uns selbst ein Bild machen können. Ich will nicht, dass meine Kinder sterben.«

Immer wieder gab Torcall ihnen die gleiche Antwort. »Alle anderen sind wohlauf, und es geht denen wieder besser, die krank geworden waren, also braucht ihr nicht hineinzugehen. Verbringt eine Nacht im Wald oder sucht euch eine verlassene Hütte. Dieser Tage stehen viele leer. Es können nicht alle besetzt sein. Oder kommt für eine Weile bei einer Familie unter. Im Garten und in den Obstgärten findet sich noch genügend Nahrung.

Die meisten begnügten sich mit dieser Antwort und trotteten mit hängenden Schultern davon. Shaw übergab Torcall die Zügel eines mit Säcken beladenen Packpferdes. »Hier. Das habe ich aus Beauly mitgebracht. Hafer, Gerste und Trockenfleisch. Teile es so auf, wie du es für richtig hältst.«

Torcall nickte dankend. »Darf ich etwas Trockenfleisch aus Beauly haben? Auch ich möchte nicht krank werden.«

»Iss, soviel du willst. Es kommt noch mehr, doch diese Lieferung können wir jetzt verteilen, um den Hunger des Clans zu stillen«, entgegnete Shaw. »Mach dir keine Sorgen.«

Torcall öffnete das Tor, um sie einzulassen, und Tara konnte gar nicht schnell genug absteigen. Sie sagte ein kurzes Gebet auf, in dem sie um Heilung für Brigid, Jennet und die anderen flehte, ehe sie die Stufen hinaufeilte. Ihre Mutter und Riley folgten in einem gemäßigteren Tempo, während Shaw und ihr Vater – der seine Frauen bei all diesen Ereignissen nicht ohne seine Begleitung ziehen lassen wollte – sich um ihre Pferde kümmerten.

Im Hauptturm angekommen, suchte sie die Halle nach einem Anzeichen ihrer Cousinen ab. Erleichtert atmete sie aus, als sie Brigid am Kamin sitzen sah.

»Geht es dir besser, Brigid?«

Beim Näherkommen hob Brigid die Hände, um sie aufzuhalten. »Nicht zu nahe. Es geht mir besser, aber ich bin immer noch krank. Wir können nicht sicher sein, ob die Krankheit von etwas herrührt, das wir gegessen haben, oder einer Ansteckung, also sei bitte vorsichtig.«

»Jennet? Kara? Die anderen?«

»Auch ihnen geht es besser, aber sie schlafen jetzt.«

Ihre Mutter setzte sich mit einigem Abstand zu Brigid an den Tisch. »Obwohl es unwahrscheinlich scheint, könnte es erneut Gift gewesen sein. Vielleicht war es direkt in eurem Essen, und nicht im Brunnen. Wir erstellen eine Liste von allem, was ihr am Tag vor eurer Erkrankung zu euch genommen habt.

»Wir kochen das Wasser ab und tragen Sorge dafür, dass alle Speisen gut gekocht werden. Unserer Vermutung nach könnte es sich um den Obstkuchen handeln, den Jinny mit Wasser gemacht hat, das zu kochen sie vergessen hat. Sie wärmt das Obst zwar auf, aber sie kocht es selten, und die Männer haben nichts zu sich genommen. Aber nur für den Fall, halten wir das ungekochte Essen unter Verschluss - wobei das Abkochen die Wirkung des Gifts nicht schmälert. Wir haben zu erraten versucht, woher das Gift stammt, ob nun vom Essen oder vom Trinken, und bisher scheint das Obst am wahrscheinlichsten.«

»Keiner der Männer hat sich mit dieser Krankheit angesteckt?«

Jennet kam die Treppe hinunter, allerdings viel langsamer als es für sie normal war. »Oh, Tante! Wie froh wir sind, dass ihr, du und Tara, gekommen seid. Ihr könnt uns vielleicht helfen, das Rätsel zu lösen. Es stimmt, die Männer sind gesund geblieben, also haben wir die Früchte in Verdacht, aber es waren keine mehr für einen Test vorhanden.«

»Jennet, du weißt, dass deine Mutter deinen Methoden zum Testen von Gift nicht gewogen ist«, schalt ihre Mutter.

»Das stimmt, und Ethan ist das auch nicht. Ich musste ihm hoch und heilig versprechen, einen Versuch zu unterlassen.« Schulterzuckend warf sie ihrer Tante einen verlegenen Blick zu.

»Und ihr alle seid vor drei Tagen krank geworden? Etwa zur gleichen Zeit?«

»Ja, alle nach dem Verzehr des Kuchens innerhalb eines Tages.«

»Das könnte ganz bestimmt die Ursache gewesen sein«, meinte ihre Mutter. »Während wir darüber nachdenken, werde ich eure Vorräte in eurer Heilkammer auffrischen. Ich habe jede Menge mitgebracht.« Sie erhob sich von ihrem Stuhl am Tisch und trug die mitgebrachten Vorräte in den Nebenraum.

»Braucht eine von euch etwas?«, fragte Tara. »Einen Kräutertee oder vielleicht einen Becher heißen Wein?«

Jennet schüttelte den Kopf. »Ethan ist wundervoll gewesen. Heute fühle ich mich schon viel besser. Brigid? Wie geht es dir?«

»Besser, und Kara scheint vollständig genesen zu sein. Ich habe sie bei Nonie und Tiernay in ihrer Kammer gelassen, weil sie auf alles neugierig war. Ich kann ihr noch nicht hinterherlaufen. Und Edda geht es besser, obwohl sie noch das Bett hütet.«

Tara atmete erleichtert auf, als sie hörte, dass es ihren besten Freundinnen besser ging, und sie bald wieder gesund sein würden. Jetzt konnte sie sich den anderen Rätseln zuwenden, die sie zu lösen hatten. Auf ihrer Reise war sie wegen der Krankheit so in Sorge gewesen, dass sie vergessen hatte, Shaw zu fragen, ob er in der kurzen Zeit, die er zuhause gewesen war, etwas erfahren hatte. Nicht dass sie vor ihren Eltern von der Erpressung angefangen hätte.

»Ich werde nach Shaw sehen, aber ich verspreche, in einer Weile zurück zu sein. Schickt nach mir, wenn ihr etwas braucht.«

»Geh nur, Tara. Du musst uns nicht bedienen«, entgegnete Jennet bestimmt. »Ich fürchte, deine Reise hat wenig Sinn, wenn du nur wegen uns gekommen bist.«

»Ich wäre aus jedem Grund gekommen«, entgegnete Tara. »Es reicht mir, zurück zu sein.«

Sie legte sich ihren Umhang wieder über die Schultern und strebte ins Freie. Am Tor winkte Torcall zur Bucht. »Er ist fischen gegangen. Er behauptet, es würde ihn innerlich beruhigen.«

Sie eilte zum Wasser, doch dann wurde sie langsamer, als sie näher kam. Er zog gerade einen Fisch an Land und es schien ein großer zu sein. Er verfluchte den Fisch, als ob dieser ihm antworten würde, und sie unterdrückte ihr Kichern, als sie ihn dabei beobachtete, wie er kämpfte und seinen Fang endlich an Land zog. Die Sonne schien warm, also hatte er sein Hemd ausgezogen, was sie sehr erfreute. Sie nutzte ihren Vorteil und betrachtete das Spiel seiner Muskeln, die sich über seine breiten Schultern zogen. Sein Haar flatterte im Wind und lockte sich an den Spitzen. Als er den Fisch in der Hand hielt und den Haken aus seinem Maul zog, kam sie näher.

»Gratuliere. Das ist ein guter Fang für das Abendessen.«

Mit einem breiten Lächeln schaute er zu ihr auf. »Aye, Jinny wird ihn schön für uns zubereiten. In diesem Fisch kann kein Gift sein.«

»Was für eine Sorte ist es?« So dicht bei ihm

war die Anziehung seiner bloßen Haut beinahe zu viel für sie. Seine Schultern und seine Brust waren schön gebräunt und die lichte kastanienrote Behaarung auf seinem Oberkörper zog ihren Blick in Bann.

»Einen schönen Kabeljau. Vorher hatte ich eine Forelle, aber sie war zu klein, um sie zu behalten. Ich lasse sie noch ein bisschen wachsen und fange sie dann an einem anderen Tag.« Shaw blickte sie mit einem Lächeln an. »Und ich habe noch eine Kuh in dem anderen Kübel.«

Sie musste zugeben, dass es ihr schwerfiel, ihm zuzuhören, während seine bloße Haut so nahe war. Er war ihr so nahe, dass sie beinahe mit den Fingern darüber streichen konnte und dann in der Mitte immer tiefer zu der …

»Und ich habe vor, demnächst ein Pferd zu fangen.«

Schlagartig schaute sie zu ihm auf. »Was?«

Er lehnte sich vor und küsste sie auf die Wange. »Es gefällt mir, dass du von meiner Brust gefesselt bist, aber Mädchen, du könntest mir auch zuhören.« Sein Gelächter hallte über das Wasser.

Sie versuchte, ihm einen spielerischen Stoß zu versetzen, aber er wich ihr mit einer einzigen Bewegung geschickt aus. »Keine Sorge. Ich freue mich auf den Tag, an dem du mich nach Herzenslust berühren darfst.«

»Und wenn ich jetzt meine Tunika ausziehe und dir gestatte, meine Brüste wippen zu sehen, während ich fische? Würde das Eindruck auf dich machen?«

Sein Grinsen schwand, als sein Blick auf ihre

Brust fiel, also spielte sie sein Spiel mit, drehte sich zur Seite und lehnte sich ein wenig zurück. »Aber Shaw, du siehst aus, als hättest du eine Kuh verschluckt.«

»Würde ich nicht wie ein Fisch stinken, könnte ich dich auf der Stelle zu fassen kriegen. Sein Blick wurde schmal und sie wusste, dass er sie auf die Probe stellte.

Sie ging zu ihm und baute sich vor ihm auf. »Und wenn ich dich packe?«

Keiner von beiden sagte ein Wort, während sie ihre Blicke verflochten. Er zog eine Augenbraue hoch, also trat sie näher und hätte ihn beinahe erwischt, aber stattdessen beugte sie sich vor und leckte über seine Brustwarze.

»Mädchen, du spielst ein Spiel, von dem du nichts verstehst. Wenn du das noch einmal tust, ist es um den letzten Rest meiner Selbstbeherrschung geschehen, den ich mir noch bewahrt habe. Und außerdem ist dein Vater auf dem Weg hierher.«

Mit einem erschrockenen Quieken trat sie zurück, drehte sich um und war heilfroh, dass er noch ein Stück entfernt war. Fröhlich winkend rief sie: »Sei gegrüßt, Papa!«

Ihr Vater lächelte komisch, aber er blieb in einiger Entfernung stehen und fragte: »Shaw, hast du etwas Frisches zum Abendessen gefangen?«

»Aye, Mylord. Einen schönen Kabeljau. Ich werde versuchen, noch einen zu angeln.«

»Dann lasse ich euch beide allein. Und Tara?«

»Aye, Papa?«

»Halte nicht nach Bäumen in der Umgebung Ausschau.« Dann ging schmunzelnd davon.

Tara schnappte nach Luft, da sie beinahe erstickt wäre und verwandelte ihre Überraschung in ein Husten. Sie wollte Shaw nicht verraten, was sie über ihre Mutter und ihren Vater erfahren hatte, und so suchte sie nach irgendetwas anderem, das sie ihm erzählen könnte, damit er sie nicht nach der Bedeutung von Vaters Worten fragte.

»Ich wusste nicht, dass du gerne angelst, Shaw. Wie ich weiß, bist du mit anderen zum Fischen mit den Netzen hinausgefahren, aber ich habe dich noch nie mit deiner eigenen Angel gesehen.«

»Jeder Highlander, der beim Wasser lebt, lernt wie man Fische fängt und säubert. Draußen in der Wildnis oder bei einer Dürre kann es das Überleben bedeuten. Hier zu Hause ist das weniger der Fall, aber es hilft mir beim Nachdenken über Probleme. Da ich nicht fischen gehe, um den ganzen Clan satt zu bekommen, reicht die einfache Angel aus.«

»Und welches Problem löst du? Vielleicht kann ich dich ja unterstützen.«

Er warf den Kabeljau in einen Kübel voller Wasser. »Ich brauche noch ein paar mehr, wenn alle Burgbewohner heute Abend davon essen wollen.« Er spielte mit seiner Angel, doch dann ließ er sich auf einen großen Felsen nieder und klopfte einladend auf den Platz neben sich. »Setz dich näher zu mir, meine liebreizende Schönheit, und ich berichte dir, was ich in Erfahrung gebracht habe.« Er zog seine Tunika an und zwinkerte ihr zu. »Nur, damit du nicht in Versuchung gerätst.«

Sie sank neben ihm auf den angebotenen Platz und er beugte sich vor, um ihr einen Kuss zu schenken. Es war einer seiner innigen Küsse, die sie so sehr vermisst hatte. Dann wich er zurück, noch ehe sie die Arme um seinen Hals schlingen konnte. »Ich bin zu nass und mit Fisch besudelt, um dich enger an mich zu drücken. Ich habe dich vorhin mit meinen Worten, dass ich nach Fisch rieche, nicht auf den Arm genommen.« Dann zeigte er ihr demonstrativ seine schmutzigen Handflächen, und sie gestand sich ein, dass er tatsächlich intensiver nach seinem Fang roch, als ihr lieb war.

»Aye, ich verstehe. Fahre fort. Ich bin auf deine Neuigkeiten gespannt.«

Shaw holte tief Luft und stieß sie dann langsam wieder aus. »Ich habe Dougal gleich nach meiner ersten Rückkehr besucht und von ihm verlangt, mir zu gestehen, wem er von unserem Erlebnis erzählt hat. Er gab zu, seinem Bruder Donald davon erzählt zu haben, aber wir haben keine Ahnung, wem Donald es dann weitererzählt haben könnte. Offensichtlich gibt es keine Möglichkeit für uns, das jetzt herauszufinden, es sei denn, er taucht ebenfalls als Geist wieder auf.«

»Hatte Dougal auch keinen Verdacht?«

»Nein, und er möchte sich auch nicht darüber austauschen. Dougal glaubt, der Sheriff hätte gelogen und ist in Wahrheit der Erpresser, weshalb wir seiner Ansicht nach jetzt Ruhe haben müssten.«

»Könnte er damit recht haben?«

»Nein.« Shaw berichtete ihr von der neuesten Geldforderung. »Ich habe das Gefühl, Dougal weiß mehr, als er sagt, und ich glaube, dass er vielleicht stärker darin verwickelt ist, als es den Anschein hat.«

»Wahrhaftig? Aber hast du nicht gesagt, dass er auch erpresst wird?«

»Das behauptet er. Aber ich habe nur sein Wort darauf. Leider weiß ich nicht, an wen ich mich als Nächstes um Rat wenden soll.«

Doch Tara wusste es. Er mochte ihr möglicherweise nicht beipflichten, aber es war an der Zeit, die Aufgabe zu erfüllen, mit der sie betraut worden war. »Ich weiß es.«

»Was? Verrate es mir, und ich tue es.« Ihre Blicke trafen sich und der kleine Druck, den sie in ihrem Herzen spürte, ließ sie unmissverständlich wissen, was dieser Mann ihr bedeutete.

»Ich weiß, es wird dich nicht froh machen, doch ich sage es dir, weil ich dich von ganzem Herzen liebe. Wir müssen Zinna suchen. Sie wird uns zur Wahrheit führen, glaube ich.«

Er beugte sich vor und gab ihr den zärtlichsten Kuss aller Zeiten. »Ich liebe dich ebenfalls, aber du hast auch recht – ich höre diese Worte nicht gerne von deinen Lippen. Ich fürchte, allerdings, dass dein Vorschlag richtig ist. Ich werde tun, was immer du sagst.«

»Es ist an der Zeit, dich deiner Vergangenheit zu stellen, Shaw.«

KAPITEL EINUNDZWANZIG

SHAW FÜRCHTETE SICH vor der Rückkehr in die Feenschlucht, aber er hielt es dennoch für eine gute Idee. Am nächsten Morgen ritten Tara, Riley und er in aller Frühe los, als der Nebel noch zwischen den Bäumen waberte und der Tau ihre Umhänge feucht werden ließ.

Selbst wenn er nur darüber nachdachte, fragte er sich, ob er den Verstand verloren hatte. Ein sprechendes Pferd? Nein, ein Pferd, das sich in ein Einhorn verwandelte, und seine Gedanken Riley mitteilen konnte. Er würde wohl nie erfahren, wie das funktionierte.

Aedan Cameron hatte darauf bestanden, dass sie von acht Wachen begleitet wurden, und Shaw war froh, sie zu haben. Drei der Männer würden sie zur Bewachung dabehalten und die fünf anderen auf Patrouille schicken, während sie in die Schlucht vordrangen. Taras Leben war noch immer in Gefahr und das lastete weiterhin auf ihnen.

Shaw ließ den Blick zu Tara hinüberschweifen. »Ich würde gerne zum zweiten Wasserfall gehen, wenn es dir recht ist.« Er lag ein wenig abgelegener, hier hatte er Zinna angetroffen, als er das erste Mal hier war.

»Das passt mir gut. Riley, macht es dir etwas aus?«

»Nein. Ich denke, es ist eine gute Wahl, da sie dir dort erschienen ist, Shaw. Die oberen Wasserfälle sind möglicherweise leichter für sie erreichbar, denn sie ist auch ohne meine Anwesenheit, die sie angezogen hätte, dorthin gekommen.«

»Leichter zu erreichen?«, fragte Shaw verwundert.

»Wenn Wesen, Menschen oder Tiere, sterben, aber mit jemandem Kontakt aufnehmen wollen, den sie zurückgelassen haben, ist es ihnen nur möglich, an besonderen Orten zu erscheinen.«

»Warum ist das nicht der Ort, an dem sie gestorben ist? Das Gebiet, in dem wir gejagt haben, ist weit von hier.« Shaw musste Zinnas Erscheinung begreifen, insbesondere das Wie und Warum.

»Ja, wenn du oder ich uns dorthin begeben würden – vielleicht würde sie dort auftauchen. Meiner Vermutung nach, warst du aber noch nicht dort, und ich habe keinen Anlass, jene Stelle aufzusuchen. Geister können selbst dann in eine Umgebung gelangen, in der Feen willkommen sind, wenn sie den Ort zu Lebzeiten gar nicht gekannt hatten. In diesem Fall ist das die Feenschlucht. Befindet sich auf Black Isle noch eine andere Stelle?«

»Meines Wissens nicht.« Noch nie hatte er von einer anderen Stelle gehört, und um ehrlich zu sein hatte er nie viel Zeit in dieser Gegend

zugebracht. Jeder kannte die Geschichten, dass
es dort spuken würde. Offensichtlich war etwas
Wahres daran. »Gibt es hier auch andere Geister,
die Hilfe benötigen?«

»Das weiß ich nicht. Normalerweise kommen
sie nur zu mir, wenn sie der Ansicht sind, ich
würde denjenigen kennen, auf den sie warten.«

Sie kamen genau in dem Augenblick bei der
Schlucht an, als die Sonne den Nebel von der
Wasseroberfläche verdunsten ließ. Shaw war mit
einem Satz von seinem Pferd gesprungen, um
Tara beim Absitzen zu helfen, während Riley ihr
Pferd neben einen Felsen lenkte und eigenständig
abstieg. Er band alle drei Pferde an und ging
dann zu den Wachen, um ihnen Anweisungen zu
erteilen.

Einen Augenblick später folgten Shaw, Tara und
Riley dem Pfad durch die Bäume zum ersten
Wasserfall. Sie hatten drei Wachen bei sich, die
ihnen direkt auf den Fersen folgten. Die drei
Gefährten blieben stehen, um die Szenerie zu
betrachten, wobei die Gischt des Wassers durch
das Sonnenlicht mit Regenbögen gekrönt war.
Das Rauschen des Wasserlaufs und das Plätschern
am Bachufer erzeugten eine eigentümlich
friedliche Stimmung. Weder ein Einhorn noch
ein Pferd waren zu sehen, und so wies Riley
sie an, ihren Weg fortzusetzen. Shaw nahm Tara
an der Hand und war ihr behilflich, die kleine
Anhöhe zu erklimmen. Riley kletterte hinter
ihnen her, bevor er zurückkehren und ihr seine
helfende Hand anbieten konnte.

Sie kamen beim zweiten Wasserfall an, aber

Zinna war nicht dort. »Sie hat früher auf uns gewartet.« Wieder schaute er fragend zu Riley. »Kannst du feststellen, ob sie hier ist?«

»Moment, ich finde sie.«

Die drei näherten sich dem Wasserbecken am Fuße des Wasserfalls. Eine Wolkenbank schob sich vor die Sonne. Es war einer der schnellen Wetterumschwünge, wie sie für einen Morgen in den Highlands typisch waren. Die Luft war frisch und belebend, doch die Kälte war ein Vorbote auf den baldigen Winter.

Riley legte den Kopf zurück und schloss die Augen, während die schwache Brise die vereinzelten freien Haarsträhnen um ihr Gesicht wehte. Einen Augenblick später hob sie lächelnd den Kopf.

»Sie kommt.« Riley deutete auf eine Stelle neben dem Wasserfall, und die Fläche schimmerte einen Moment lang, bevor Zinna mit ihrem bereits sichtbaren Horn hervortrat.

Das wunderschöne weiße Einhorn trug dieses Mal die goldenen Ketten, die ihm über den Rücken und unter dem Bauch hingen, doch sie hielt direkt auf Shaw zu, wieherte und schüttelte ihre Mähne, ehe sie ihren Kopf auf seine Schulter legte, damit er sie streicheln konnte.

Riley trat näher heran und sagte: »Zinna, wir brauchen deine Hilfe, um die Wahrheit herauszufinden. Eschina und der Sheriff sind ertappt worden, wie sie Taras Freunde bestehlen wollten, aber du bist immer noch in Ketten. Von diesen beiden war keiner der Lüge schuldig, nicht wahr?«

Zinna hob den Kopf, drehte sich zu Riley und schnaubte sie an.

»Sie sagt, die Lüge bestünde noch immer. Du musst dich besinnen, Shaw. Sie weiß, dass ihre Ketten von dem Tag stammen, an dem sie starb, aber sie kennt nicht die ganze Wahrheit über die Geschehnisse. Sie vertraut auf dich.«

Tara ergriff Shaws Hand und drückte sie. »Nur zu, Shaw. Keiner außer uns wird es hören. Erzähle alles, woran du dich erinnerst. Vielleicht fällt dir ja der fehlende Teil der Geschichte wieder ein.«

Zinna drehte sich zu ihm um und scharrte mit den Hufen auf dem Boden.

»Aye. Ich werde mit dem Bericht an der Stelle anfangen, nachdem wir die Mädchen getroffen haben. Ich hatte Zinna für Lucretia mitgebracht, weil ihr eigenes Pferd in der Woche zuvor lahm gewesen war. Ich selbst ritt meinen Hengst, und Dougal den seinen. Eschina ritt ein Pferd der MacHeths. Wir ritten über die Wiese und dann an mehreren Stellen in den Wald. Dougal tötete den ersten Hirsch, ich erlegte den zweiten, ehe Dougal einen weiteren schoss. Wir hatten eine Wette abgeschlossen, in der es darum ging, wer die meisten Hirsche erlegen würde.

»Eschina war der Meinung, dass wir aufhören sollten, sobald wir drei erlegt hätten – sie war hungrig –, aber Dougal weigerte sich, Schluss zu machen, obwohl wir ihn zum Sieger erklärten. Eschina sagte, sie wolle uns verlassen und bat Lucretia, sie zu begleiten, doch Lucretia lehnte mit der Entgegnung ab, noch bleiben zu wollen. Eschina ritt davon. Dann erspähte ich einige weitere Tiere auf einer vor uns liegenden Lichtung beim Grasen.«

Zinna scharrte mit den Füßen auf dem Boden.

»Fahre fort, Shaw«, ermunterte Riley ihn und legte eine Hand auf Zinnas Rücken.

An dieser Stelle wurde die Geschichte schwieriger, denn die Erinnerungen daran waren über die Jahre immer wieder von ihm unterdrückt worden. »Ich wollte in den Wald auf der anderen Seite des Baches, aber Dougal führte uns zu einer Stelle, an der wir über eine unwegsame Stelle springen mussten. Es war ein schwieriger Sprung. Ein Baum war am Rande einer Schlucht umgestürzt, doch Dougal und ich schafften es beide problemlos. Ich hatte keinen Grund zu glauben, dass Zinna diesen Sprung nicht meistern würde.«

Wieder scharrte Zinna auf dem Boden. Shaw musterte das Pferd und wünschte, sie ebenso gut verstehen zu können wie Riley.

»Stimmt sie zu, dass sie glaubte, sie hätte den Sprung meistern können?«, fragte Tara.

»Aye. Sie wusste, dass sie es konnte und hätte Shaw auf ihrem Rücken gesessen, hätte sie keinen Augenblick gezaudert.«

»Lucretia war nervös«, fuhr Shaw fort. »Sie war im Springen wenig geübt, und der Sprung war schwieriger als alle anderen, die sie zuvor gewagt hatte. Aber ich wollte Dougal schlagen und ich hatte Vertrauen in Zinna. Ich hätte Lucretia nicht so sehr drängen sollen, den Sprung zu wagen.«

Zinna trat zurück und stieß einen klagenden Laut aus, wobei sie den Kopf hin und her schwang.

»Es war nicht deine Schuld«, flüsterte Riley.
»Zinna sagt, du bist unschuldig. Es gibt einen echten Grund, warum sie dir als Einhorn anstatt als Pferd erschienen ist – Einhörner erscheinen nur den Unschuldigen. Es ist wichtig für sie, dass du wirklich glaubst, der Unfall sei nicht deine Schuld gewesen. Fahre fort. Du kommst der Sache näher.«

Ich war auf der anderen Seite der Kinleigh Baches und versuchte, die bellenden Wolfshunde zurückzuhalten, weil ich dachte, sie würden Lucretia nervös machen. Ich habe ihr über die Entfernung hinweg gut zugeredet, indem ich ihr gesagt habe, was sie tun sollte, und dass Zinna das Hindernis überwinden könnte, aber sie wollte es nicht versuchen. Ich war im Begriff, es aufzugeben und schaute mich nach dem kürzesten Weg um, zu ihr zurück zu reiten, ohne ihr in die Quere zu kommen und ich drehte mich genau rechtzeitig wieder zurück, um sie auf den Baumstamm zureiten zu sehen, als wolle sie letztendlich doch springen, aber ich hatte keine freie Sicht. Als ich die Büsche umrundet hatte, die mir die Sicht versperrten, hatte ich den Sprung verpasst. Zinna lag am Boden und Lucretia schrie.«

»Fahre fort.«

»Dougal war näher, also entschied er, den beiden zu helfen und ich sollte den Sheriff holen. Ich tat, was er mir sagte, obwohl ich wusste, dass ich das nicht hätte tun sollen. Ich hätte selbst zu Lucretia gehen sollen.«

Wieder scharrte Zinna auf dem Boden.

»Heißt das, sie ist mit meinen Worten einverstanden?«, fragte er Riley.

»Aye. Zinna sagt, du hättest zu ihr gehen sollen. Aber fahre fort.«

»Als ich mit dem Sheriff zurückkehrte, und das hat nicht lange gedauert, fand ich Dougal mit Lucretias Kopf auf seinem Schoß. Sie murmelte etwas.«

»Wo war Zinna?«

»Zinna war bereits tot. Ich bin zuerst zu Lucretia gegangen. Sie sagte ›Dougal, Dougal‹. Ob sie ihn um Hilfe bat? Ich weiß es nicht.«

Zinna wich zurück und erhob sich schnaubend auf die Hinterbeine. Selbst für ihn war es eindeutig, was sie meinte. Er erinnerte sich falsch oder hatte etwas missverstanden. Kopfschüttelnd kämpfte er gegen den jahrelangen Widerstand an, um seine Erinnerung vollständig zurückkehren zu lassen. Wahrscheinlich war dies der schwerste Kampf seines Lebens.

Tara kam näher und rieb ihm den Arm. »Schließe deine Augen, Shaw. Versetze dich in die Zeit damals zurück. Wie war das Wetter gewesen? Was hast du in der unmittelbaren Umgebung gesehen?«

Er befolgte Taras Vorschlag und machte die Augen zu, um zu diesem Augenblick zurückzukehren. Er erinnerte sich, wie kalt der Boden war, als er auf die Knie sank und wie rot das Blut, das Lucretias Gewand befleckte. Drei blutig leuchtende Streifen auf Dougals Gesicht, von denen er heute noch eine Narbe hatte. Er hatte Zinnas Verletzungen kaum zur Kenntnis genommen, weil er so auf Lucretia konzentriert gewesen war, deren Wimmern ihm das Herz zerrissen hatte. »Dougal, Dougal …«

Taras Stimme erklang in einen beruhigenden Säuseln. »Die meisten Menschen, die ich von einem Sturz vom Pferd habe sterben sehen, haben ihr Leben verloren, weil das Pferd auf sie gefallen ist oder ihr Kopf zurückgeschnappt ist, und sie sich das Genick gebrochen haben. Dann sind sie sofort gestorben. Oder vielleicht hatten sie auch eine große Wunde und haben zu viel geblutet. Zinna lag nicht auf ihr, nicht wahr? Und sie hat zu dir geredet. Also war es nicht das Genick. Was, glaubst du, hat sie umgebracht?«, fragte Tara.

»Ihr Genick war in unversehrt. Sie konnte zu mir sprechen, aber sie hat um Luft gerungen. Und sie hat geblutet. Taras Hand spannte sich um seinen Arm an. »Erzähle. Was hat Lucretia gesagt. Sei genau. Wiederhole es langsam.«

Da war etwas … eine nagende Einzelheit, die zu vergessen er sich möglicherweise entschieden hatte. Er bemerkte ein sonderbares Pfeifen. Nein, das war es nicht. Er machte die Augen auf und traf Taras Blick, als er seine Worte sprach. »Dougal hat es getan. Dougal war es.« Zuerst dachte er, es sei nur das ›D‹ in Dougal, das sie wiederholte. Und in ihrem Schmerz stammelte, doch er irrte sich. Es war ein eigenes Wort. »Ich konnte das Blut in ihrem Mund sehen und Dougal hatte die Hand ausgestreckt und ihn geschlossen. Das erklärt nicht …«

Abermals schnaubte Zinna, als ob sie ihm zustimmte. Dougals Handlungen ergaben keinen Sinn.

»Dougal hat was getan?« Shaw schaute von einer zur anderen. »Ich kann nicht daran denken.«

»Ich denke, du musst«, flüsterte Tara. »Vergiss, dass er ein Freund ist. Warum sollte er ihr den Mund zuhalten? Dougal hatte etwas damit erreichen wollen. Sie hat *zu dir* gesprochen. Und er hat ihr den Mund zugehalten, damit sie ihre Worte nicht zu Ende sprach. Denk nach, Shaw.«

Seine Augen weiteten sich, als ihm ein entsetzlicher Gedanke kam. Konnte es wahr sein? Bei dem Gedanken wallte tief in seiner Magengrube ein Gefühl von Übelkeit auf, aber er musste es aussprechen. »Dougal hat es getan … Dougal hat es getan? Dougal hat sie umgebracht? Hat Lucretia das gemeint, Zinna? Riley?«

Wieder erhob sich Zinna auf die Hinterbeine und eine ihrer goldenen Ketten sprang von ihr ab.

»Es ist wahr. Zinna hat noch mehr gesehen. Shaw, da ist noch mehr«, drängte Riley, den Blick auf das Pferd gerichtet. »Sie hat noch eine weitere Kette.«

»Wie? Wie soll ich je die Wahrheit wissen?«

»Zinna wird es dir sagen. Fahre fort.«

Das Pferd war wieder zur Ruhe gekommen, doch eine der Ketten war noch immer um ihren Hals und die Beine geschlungen. Es gab noch weitere unentdeckte Lügen.

»Wo hat sie geblutet?«, fragte Tara.

Ihr Bauch. Sie war in Blut getränkt.«

»Könnte er sie erstochen und dann das Messer herausgezogen haben?«

Shaw beobachtete das Pferd, als er sprach. »Dougal hat Lucretia erstochen?«

Zinna gab einen Laut von sich, den er als Resignation erkannte und beinahe hätte er bei diesem vertrauten Geräusch gelächelt. Sie klang genau wie zu Lebzeiten, doch die Kette blieb.

»Dougal hat sie umgebracht. Aber wie und warum?«

Riley trat näher zu ihm und legte ihm die Hand auf seinen Arm. »Zinna kann dir das nicht sagen. Sie hat keine Möglichkeit, die menschlichen Beweggründe für etwas zu verstehen, und sie kann nur auf etwas antworten, was sie gesehen hat. Sie sagte, Lucretia hätte versucht, sich zu erheben, als Dougal bei ihr ankam, und einen Augenblick später lag sie blutend am Boden. Doch Zinna hat nicht genau gesehen, was passiert war. Eine Kette ist immer noch übrig. Was hast du versäumt? Es gibt noch mehr und du musst es herausfinden.«

Shaw kämpfte gegen das Bedürfnis, Dougal aufzuspüren und ihm ein Messer in den Bauch zu rammen. Was hatte Lucretia durchmachen müssen? Dougal hatte sie in den Bauch gestochen und Zinna hatte zugesehen und dann war sie Zeugin seiner Lügen geworden. Er wirbelte im Kreis herum und stieß aus Frustration einen tiefen gutturalen Schrei aus, was zur Folge hatte, dass ein Vogelschwarm in den Baumwipfeln aufgescheucht wurde. Er drehte sich, um den Blick auf Zinna zu richten, und Tränen verschleierten seine Augen, denn er wusste, was als Nächstes kommen würde. War es möglich, dass Dougal bei ihrer beider Tod eine Hand im Spiel hatte? Abgesehen davon, sie wegen ihrer gebrochenen Beine zu erlösen?

»Wie? Wie hat Dougal dich umgebracht, Zinna? Ich habe deine gebrochenen Beine gesehen, also hätte ich dich erlösen müssen. Das musste bei deinem Sturz passiert sein. Aber war da noch etwas? Etwas, das ich für dich erzählen muss, um dich von deiner anderen Kette zu befreien?«

Er streckte die Hand nach ihrem Widerrist aus, um ihn zu tätscheln und spürte, wie viel sie ihm zu sagen hatte, aber er hatte keine Ahnung, was es war. Wieder erreichte ihn das pfeifende Geräusch. Dougal pfiff. Doch er konnte die Puzzleteile nicht zusammensetzen.

Sie schnupperte an seiner Hand.

»Dougal sagte, er hätte dich umbringen müssen. Deine Beine waren von dem Sturz gebrochen. Ich hätte dich ebenfalls erlösen müssen. Er hat mir einen Gefallen getan, denn ich hätte es nicht über mich gebracht.«

»Nein, das stimmt nicht, Shaw«, widersprach Riley. »Nicht ganz.«

»Was könnte es sonst sein? Ich habe ihre gebrochenen Beine gesehen.« Er hatte keine Ahnung, was sich sonst vielleicht zugetragen hatte. Aber dann erinnerte er sich an etwas. Die Hundemeute. Das Pfeifen.

»Was?«, fragte Tara. »Sprich es aus. Sie wird dir sagen, ob es richtig oder falsch ist.«

Er trat zurück, sodass er ihr in die Augen schauen konnte. Hat Dougal die Hunde gerufen, als du im Landen begriffen warst? Oder als du mitten im Sprung warst? Ist dir die Meute vor die Beine gelaufen?«

Er fuhr sich mit der Hand an die Stirn, denn so viele Gedanken schwirrten ihm durch den Kopf, dass er nicht wusste, auf welchen er sich konzentrieren sollte. Direkt vor dem Sturz hatten die Wolfshunde laut gebellt. Hatten sie Zinna erschreckt? »Hatten die Hunde dich abgelenkt?« Er trat zurück und beobachtete Zinna, wie sie ihren Kopf zurückwarf und dann hängen ließ.

»Da ist noch mehr. Zinna sagt, er hätte Lucretia ein Wort zugerufen, nachdem sie gestürzt war. Etwas, das sie nicht verstanden hatte. Es war beleidigend.« Riley trat näher zu Zinna. Dann schlang sie die Arme um ihren Kopf und legte ihr Gesicht an Zinnas.

»Er hat Lucretia eine Außenseiterin genannt«, meinte Riley. »Sie weiß nicht, was das bedeutet, aber die Art und Weise, wie er das sagte, war grausam.«

Shaw wusste es. Er wusste genau, was das bedeutete. Lucretia war die Außenseiterin. Die erste Außenseiterin. Sie stammte von außerhalb von Black Isle. Er wollte Dougal packen und sein Gesicht zu Brei schlagen, um es dann noch einmal zu tun.

»Sag mir, ob es so gewesen ist, Zinna. Lucretia hatte sich zu dem Sprung entschlossen und war auf den Baumstamm zu galoppiert. Du weißt, wie du es anstellen musst, aber gleich nachdem du den Sprung gemacht hast, hat Dougal nach den Hunden gepfiffen, und sie kamen angerannt, wobei einer vielleicht unter dich geriet und du hast versucht, die Richtung zu ändern, aber es war zu spät. Du konntest es nicht und bist stattdessen gefallen, wobei du dir die Beine gebrochen hast.«

»Aye, fahre fort«, flüsterte Riley.

»Lucretia stürzte und verletzte sich, doch gleich nachdem Dougal mich den Sheriff holen geschickt hatte, versuchte sie, aufzustehen. Nachdem ich fort war, kam er herüber und rammte ihr das Messer in den Bauch, wobei er sie eine Außenseiterin schimpfte.«

»Er sagte, wir wollen keine Außenseiterinnen auf Black Isle«, gab Riley flüsternd von sich. »Wir heiraten unseresgleichen.«

Shaw schloss die Augen und bereit, erneut loszubrüllen, legte er den Kopf in den Nacken. Was würde Marcas von der Situation halten? Oder Ethan?

»Aye«, antwortete Riley. »Dann zog er das Messer aus der Wunde und tötete Zinna damit. Lucretia zerkratzte ihm das Gesicht, als er auf sie einstach, doch er versetzte ihr eine Ohrfeige, und sie fiel hin. Dann wurde alles für deine Rückkehr arrangiert.«

»Außenseiter? Was hat er damit gemeint?«, fragte Tara flüsternd.

»Lucretia stammte nicht von Black Isle. Neulich hat er mich gefragt, warum sich die Mathesons nur für Außenseiter interessieren. Es ist ihm ein Dorn im Auge. Er meint, wir alle hätten uns jemanden von Black Isle zum Heiraten aussuchen sollen.«

Tara schnappte nach Luft. »Oh!«

Zinna trat einen Schritt zurück, trabte in einem

kleinen Kreis und dann bockte sie, wobei die letzte Kette abfiel und sich in Nebel auflöste, ehe sie auf dem Boden aufschlug.

»Gott steh uns bei.« Shaw sah zu Tara, dann zu Riley. »Ich hatte ihn für meinen besten Freund gehalten.«

Dann eilte er zu Zinna hinüber und umarmte sie, wobei er sein Gesicht in ihre Mähne drückte, als die Tränen kamen. All diese Jahre hatte dieser Schuft ihn getäuscht.

»Es ist Dougal, der mich erpresst. Das muss er sein. Sein Herz ist voller Lügen. Es stimmt. Das weiß ich jetzt. Ich entschuldige mich bei dir, liebe Freundin.«

Zinna wieherte.

Tara richtete das Wort an ihn. »Riley und ich werden an den anderen Wasserfall zurückkehren. Komm nach, wenn du so weit bist.«

Nur ein einziges anderes Mal hatte Shaw geweint, und zwar als seine Eltern während des Fluchs gestorben waren. Jetzt war er hier allein mit seinem verlorenen Pferd und die Tränen flossen beinahe ebenso schnell. Dieser Schuft hatte eine schöne junge Frau umgebracht, die noch ihr ganzes Leben vor sich hatte, und außerdem ein Pferd von einzigartiger Anmut. Dass Dougal gelogen hatte, überraschte ihn nicht, aber dies zu seinem Vorteil zu nutzen, indem er Shaw zur Herausgabe eines Großteils seines Geldes gebracht hatte, machte alles nur noch schlimmer. Die Jahre der Selbstanklage wegen seiner Schuld, waren für immer vorbei.

Und was hatte Dougals Hass auf Außenseiter

zu bedeuten? War der Sheriff sein Komplize gewesen? Er dachte an Donald, der Gisela an Padraig verloren hatte, an Fearchar MacKinnie, der in der kleinen Burg hauste. Hatten sie alle geglaubt, es sei unrecht, jemanden zu heiraten, der nicht von Black Isle stammte? Hatte Donald das getan? Ihr Vater?

»Ich muss gehen, Zinna. Du weißt, ich muss für diese Tat Genugtuung finden.« Ihren Hals tätschelnd schaute er sie an und rieb ihr die Ohren. Dann lächelte er ihr zu. »Du bist frei. Die Ketten sind fort. Ruhe in Frieden. Eines Tages werde ich dich wiedersehen.«

Zinna koste seine Hand zum Abschied und entfernte sich dann. Sie trabte am Ufer des Wasserfalls entlang, bis sie den im Sonnenlicht schimmernden Wald erreicht hatte. Sie schaute zu ihm zurück und wieherte. Dann trat sie unter die schillernden Bäume.

Als er sie nicht mehr sehen konnte, drehte er sich zum Weg um.

Er würde Dougal MacKinnie umbringen.

KAPITEL ZWEIUNDZWANZIG

SHAW HIELT AUF den unteren Wasserfall zu. Eilig lief er zu Tara, schlang seine Arme um sie und drückte sie fest an sich. Er gab ihr einen Kuss und dann richtete er das Wort an sie: »Ich danke dir und deiner Schwester. Riley, ohne dich wäre dies unmöglich gewesen. Ich glaube nicht, dass es viele gibt, die unsere Geschichte glauben würden, wenn wir sie ihnen erzählten, aber ich habe das Gefühl, dass auch meine eigenen Ketten von mir gefallen sind.«

»Ich bin so froh, dass du endlich die Wahrheit kennst.« Tara berührte sein Gesicht, und er nahm die Tränen in ihren Augen wahr. Da er sie kannte, wusste er, dass ihre Tränen sowohl von der Erleichterung für ihn als auch Traurigkeit über ihre Entdeckung herrührten.

»Und du weißt, dass ich Dougal aufspüren muss. Und zwar umgehend. Ich werde alle Wachen mit euch schicken, und bei eurer Rückkehr, sagt ihr Ethan und Sammy, sie sollen mir zu den MacKinnies folgen.«

Riley runzelte die Stirn. »Hast du dich genug im Griff, um dich jetzt auf den Weg zu machen?

Meinst du nicht, du solltest ein wenig warten?«

»Nein, ich muss mich auf den Weg machen, solange alles noch frisch in meinem Kopf ist. Ich muss in Erfahrung bringen, warum er so etwas Schreckliches tun würde. Ich denke, er hat den ganzen Jagdausflug im Voraus geplant. Und ich glaube, er wollte, dass Zinna stürzt und Lucretia stirbt. Und wenn nicht, wollte er ihr den Garaus machen.« Shaw wollte nicht in Worte fassen, was das für Tara, Brigid und Jennet bedeutete. Sie alle waren Außenseiterinnen, und er musste die Sache zu Ende führen, ehe noch Schlimmeres passierte. »Ich suche Gerechtigkeit.«

Tara küsste ihn auf die Wange und verabschiedete ihn mit den Worten: »Viel Glück. Ich werde auf dich warten.«

Er half den beiden jungen Frauen auf ihre Pferde und sah ihnen und den Wachen zu, wie sich auf den Heimweg machten. Dann ritt er in die entgegengesetzte Richtung davon.

Es kam ihm vor, als sei er den ganzen Weg bis zum Ende von Black Isle geritten, obwohl das Gebiet der MacKinnies gar nicht so weit entfernt war. Wann immer der Weg übersichtlich war, trieb er sein Pferd zu einem Galopp, und als er endlich ankam, war das Tier trotz des kühlen Tages dunkel vor Schweiß.

Der Wachmann warf einen Blick auf ihn und verkündete: »Er ist nicht hier.«

»Dougal? Wo zum Teufel ist er? Ich muss ihn sprechen.«

»Vor einiger Zeit hat er sich mit einer Gruppe von Kriegern auf den Weg gemacht.

Wohin sie unterwegs waren, hat er nicht gesagt. Verschwindet.« Der Wachmann vollführte eine scheuchende Bewegung, als wäre Shaw ein streunender Hund.

Dougal konnte sich auf dem Gebiet der Mathesons aufhalten oder jenseits davon sein, und Tara und Riley befanden sich außerhalb der sicheren Burg.

Er wendete sein Pferd und trieb es abermals zu einem Galopp an. Beim Gedanken, dass Dougal Tara etwas antun könnte, gefror ihm das Blut in den Adern. Wenn dieser Schuft Lucretia kaltblütig ermordet hatte, was würde ihn davon abhalten, Tara oder Riley etwas anzutun?

Wie sehr er sich auch mit diesem Rätsel beschäftigte, konnte er nicht verstehen, warum Dougal Lucretia das Leben nehmen musste. Hatte sein Hass auf Außenseiter ihn zu einem Mord getrieben? Aber warum? Es musste noch etwas anderes dahinterstecken.

Er zog viele Möglichkeiten in Betracht, von denen aber keine einen Sinn für ihn ergab. Er glaubte nicht, dass Dougal von Natur aus grausam war, denn sonst hätte Shaw es längst erkannt. Noch immer war er der Ansicht, der Mord sei aus einem spontanen Impuls heraus geschehen. Vielleicht hatte er aber auch nur auf eine Gelegenheit gewartet. Vielleicht hatte Dougal den Jagdausflug als solche betrachtet und die Wachen aus diesem Grund bezahlt. Aber warum? Etwas anderes musste ihn antreiben. Sein Bruder hatte wegen Gisela den Verstand verloren, aber alle glaubten, eine Wucherung in seinem Kopf hätte ihn grausam werden lassen. Könnte Dougal etwas Ähnliches widerfahren sein?

Oder hatte irgendjemand Dougal diese Mordgedanken ins Ohr geflüstert? Vielleicht hatte ihm eine andere Person die Idee eingeimpft. Möglicherweise war die ganze Sache der Einfall eines anderen. Einschließlich der Erpressung.

Das Geräusch galoppierender Hufe lenkte seine Aufmerksamkeit wieder auf seine Umgebung. Ethan und Sammy erklommen die vor ihm liegende Anhöhe und stürmten in seine Richtung.

Und der Blick, den die beiden aufgesetzt hatten, wollte ihm ganz und gar nicht gefallen.

Alle drei blieben gleichzeitig stehen.

»Was gibt es?«, fragte Shaw mit den einzigen Worten, die ihm auf der Zunge lagen.

»Tara ist von Dougal entführt worden«, meinte Ethan. »Er hatte fast einen ganzen Trupp von Männern. Unsere acht Krieger haben erbittert gekämpft, aber sie konnten ihnen nicht standhalten. Niemand hat dabei sein Leben gelassen, doch Dougal raubte Tara im Verlauf des Scharmützels und verkündete, dass wir in Kürze von seinen Forderungen hören würden.

»In welche Richtung sind sie verschwunden?«

»Sie haben sich in Richtung Black Isle gehalten, glaube ich. Jedenfalls haben sie sich vom Gebiet der MacKinnies entfernt«, entgegnete Ethan.

»Wir müssen sie einholen. Dougal hat Lucretia umgebracht. Alle meine Erinnerungen sind wiedergekehrt. Hat Riley euch das erzählt?«

»Nein, vor lauter Weinen bringt sie keinen Ton heraus«, entgegnete Ethan. »Deren ganzer Clan ist also verdorben. Wir sollten sie so schnell wie möglich aufspüren.«

»Wusste Riley, wohin er Tara verschleppen würde? Konnte sie seine Gedanken lesen?«

»Nein, sie behauptet, es nicht sagen zu können«, entgegnete Ethan. »Ihr Vater hat sie ausgefragt, aber sie hatte keine Antworten.«

»Wohin würde er sie wohl bringen?«, fragte Shaw. »Wenn nicht zu den MacKinnies ...«

»Ich weiß wohin«, meldete Sammy sich zu Wort.

»Wohin?«, fragten Shaw und Ethan gleichzeitig und drehten sich zu dem Jungen.

»Ich wette, er ist auf dem Weg zum Stall in Beauly. Wenn er es war, der Euch erpresst hat, dann kennt er die Gewölbe unter den Stallungen. Das wäre das perfekte Versteck.«

»Führe uns an, Sammy. Ethan, richte Marcas aus, wohin wir unterwegs sind und besorge weitere Männer.«

Dougal MacKinnie würde heute sterben. Das schwor er sich.

Tara wachte durch zwei brüllende Stimmen auf. Sie riss die Augen auf, um zu sehen, ob sie erkennen konnte, wo sie sich befand. Scheinbar war sie in einer winzigen Kammer irgendwo in einem Keller, mit einer Pritsche, einem Krug Wasser und einem Kübel als die einzigen Einrichtungsgegenstände. Die Besitzer der

Stimmen waren nirgends zu sehen – sie mussten sich im Nebenraum befinden.

Tara blieb still liegen und achtete darauf, kein Geräusch zu verursachen, das ihre Häscher darauf aufmerksam machen könnte, dass sie aufgewacht war. Wenn sie lauschte, konnte sie vielleicht einige Antworten auf ihre Fragen finden.

Dougal und seine Männer waren so schnell aus dem Wald erschienen, dass die Wachen der Mathesons überrumpelt worden waren. Während die Krieger angriffen, war Dougal direkt auf sie zugestürmt, hatte sie aufs Pferd gehoben und sie mit dem Gesicht nach unten über seinen Sattel geworfen. Mit den Beinen zu schlagen, in der Hoffnung, ihn vom Pferd zu stoßen, war nicht die klügste Entscheidung gewesen. Er hatte ihr mit irgendeinem Gegenstand auf den Kopf geschlagen, und damit hörte ihre Erinnerung auf. Gleichzeitig war es der Beginn ihrer Kopfschmerzen.

Vorsichtig betastete sie die empfindliche Stelle an ihrem Kopf und lauschte dem Streit, der außerhalb von ihrem Verließ tobte.

»Es ist an der Zeit, dass du mir zuhörst, Dougal! Ich bin dein Laird und Vater, und du wirst genau das tun, was ich dir sage. Geh zu den Mathesons und richte ihnen aus, sie müssen die Burg, all ihre Besitztümer und ihren Titel aufgeben, oder sie werden Tara nie wiedersehen. Das vergangene Jahr haben sie damit verbracht, Black Isle zu ruinieren und all das neue Blut hierher gelockt. All diese Ramsays und Grants – sie gehören nicht zu diesem Landstrich oder zu seiner Abstammung.«

Der Sprecher konnte nur Dougals Vater, Fearchar, sein. Der Mann war von Sinnen.

Er fuhr fort. »Die Söldner, die ich angeheuert habe, harren draußen aus und warten auf meine Anweisungen. Wenn ich mehr Männer brauche, werde ich sie finden. Es erheitert mich, dass sie mit Shaws Geld entlohnt werden. Jahrelang hat der Mann den Untergang seines eigenen Clans finanziert, indem er uns bezahlt hat. Ich fordere, dass sie bis Sonnenuntergang verschwunden sind, und wenn das nicht geschieht, nehmen wir die Burg mit Gewalt ein.«

»Papa, du musst ihnen mehr als einen Tag Zeit gewähren, um fortzuziehen. Du sprichst von weniger als einem Tag. Das kann nicht passieren. Und nie werden wir sie in so kurzer Zeit einnehmen. Eine solche Schlacht kann Tage dauern.«

»Sag ihnen, ihre Frist läuft bis zum Sonnenaufgang am nächsten Tag. Bis dahin sollen sie sich in Sicherheit wähnen. Das heißt aber nicht, dass wir so lange warten müssen. Ich habe versucht, entgegenkommend zu sein, aber wir haben unsere große Chance verpasst. Wir hätten die Initiative ergreifen sollen, als dieser Narr ihren Brunnen vergiftet hatte und der Clan so geschwächt war. Und dieser erneute Vergiftungsversuch ist kläglich gescheitert. Genug von all dem. Ich bin des Wartens müde. Wir haben die Männer, die wir benötigen, und sie werden jeden unserer Befehle ausführen. Sag ihnen, sie sollen verschwinden, oder das Mädchen muss sterben und dann werden sie sich uns im Kampf stellen müssen.«

»Niemand hat die Ursache für den Tod der Mathesons während des Fluchs gekannt. Wären wir gleich zu Beginn hineingegangen, hätten wir auch aus dem Brunnen getrunken und wären gestorben. Es war richtig, abzuwarten.«

Fearchar grummelte etwas, das sie nicht hören konnte, aber sie verstand »Ramsay Hexe« und »Bruder ist verrückt geworden.« Wieder hob er die Stimme. »Das muss aufhören. Du wirst tun, was ich dir sage, oder ich werde dich einsperren, Bürschchen.«

»Also gut, Pa. Wir werden es so machen, wie du sagst. Ich werde die Nachricht schicken. Du bist verrückt, wenn du glaubst, dass sie einwilligen werden, aber ich werde tun, was du sagst.«

»Ich möchte die ganze Insel kontrollieren. Du wirst Eddirdale haben und ich unser Land. Mit den Rücklagen der Mathesons werden wir in der Lage sein, mehr Männer anzuheuern und dann können wir uns den MacHeths und den Rosses zuwenden. Die Miltons werden sich uns anschließen. Die Mathesons können fortlaufen und sich bei ihren kostbaren Grants und Ramsays verstecken, wenn es ihnen nicht gefällt. Sie werden sich vor einem Gegenschlag hüten, wenn er bedeutet, dass ich das Mädchen im Nebenraum töten lasse.«

»Es wäre ein Jammer, sie zu schnell zu töten. Vielleicht erzähle ich ihnen einfach, dass sie tot ist und verstecke sie eine Weile, denn sie ist so eine Hübsche.«

KAPITEL DREIUNDZWANZIG

SHAW HATTE ZU kämpfen, um seine Wut über Taras Entführung im Zaum zu halten. Er hatte keine Ahnung, was Dougal als Gegenleistung für ihr Leben verlangen würde, aber Shaw würde das Ganze beenden. All seine Schuldgefühle, die ihn wegen Lucretias Tod geplagt hatten, waren verflogen – er trug nicht mehr Verantwortung dafür als Lucretia selbst. All dies – die Geheimniskrämerei, die Erpressung und die Lügen – würde gleichzeitig mit Dougal MacKinnies Leben ein Ende finden.

Er würde Dougal MacKinnie mit bloßen Händen umbringen.

Shaw und Sammy waren auf halbem Weg zwischen Beauly und Eddirdale Castle, als sie eine Gruppe erspähten, die in ihre Richtung unterwegs war. Es näherten sich drei Reiter, die langsamer wurden und ihnen zuwinkten. Also hielt er an, um herauszufinden, was sie wollten. Sie trugen die Plaids der MacKinnies.

»Eine Nachricht von Dougal«, verkündete der Mann an der Spitze. »Ihr Mathesons sollt Eure Burg verlassen und Euren Besitz abtreten, sonst wird er das Cameron Mädchen umbringen. Alle müssen morgen bei Sonnenaufgang verschwunden sein.«

Das würde nie geschehen, doch das sagte Shaw nicht. »Ihr müsst diese Nachricht an den Laird des Matheson Clans überbringen. Wir haben uns um andere Dinge zu kümmern.«

Der Mann brummte etwas, doch dann winkte er den anderen beiden zu und ritt in Richtung Eddirdale Castle an ihnen vorbei.

Shaw nickte Sammy zu. »Du reitest voran. Die Tatsache, dass sie aus der Richtung von Beauly kommen, sagt mir, dass wir auf dem richtigen Weg sind.«

»Aye, Mylord.«

Trotz seines Zornes und seiner Sorge um Tara freute Shaw sich auf diesen kleinen Part der bevorstehenden Konfrontation. Dougals Gesicht zu beobachten, wenn er selbst offenbarte, die Wahrheit zu kennen und zu verkünden, dass Dougals Pläne scheitern würden. Er hatte es auf ihre Burg abgesehen, aber die Mathesons würden sie niemals aufgeben, so wie er auch Tara niemals im Stich lassen würde.

Eine Weile später holte Ethan sie ein. Er war in Windeseile zum Eddirdale Castle geritten und hatte dort eine Gruppe von Cameron Kriegern vorgefunden, die bereits ihre Waffen überprüften und sich bereit machten. Dann hatte er von Sammys Vermutung erzählt, und Aedan Cameron hatte beigepflichtet, dass es eine gute Stelle sei, um mit der Suche zu beginnen. Er hatte seinen Männern befohlen, sich Shaws Gruppe anzuschließen. Mit ihren frischeren Pferden hatten sie nicht lange gebraucht, sie einzuholen.

»Wir werden Sammy folgen«, verkündeter Ethan, und die Cameron Wachen schlossen sich ihnen an.

Sammy gab ein skeptisches kleines Lachen von sich, als sie die Meilen nach Beauly in einem zügigen Galopp zurücklegten. »Ich kann nicht glauben, dass es sich bei dieser ganzen Sache um die Übernahme von Eddirdale Castle dreht.«

»Warum kannst du es nicht glauben? Die Kontrolle über mehr Land zu gewinnen, spornt die meisten Männer bis hin zu unseren Königen an. Sie kämpfen um die Herrschaft über die Schotten. Jeder will der Mächtigste sein«, bemerkte Ethan, ohne Shaw oder Sammy anzuschauen, und er legte dabei nicht mehr Emotionen an den Tag, als würde er sich über die Farbe seines Lieblingspferdes auslassen.

Shaw schnaubte. Könige und ihre Politik kümmerten ihn nicht zu sehr. Ihre Schachzüge hatten kaum Auswirkungen auf seinen Clan. Viel dringlicher war der Wahnsinn des MacKinnie Clans. »Und so ist es auch mit Dougal MacKinnie. Ich werde ihn am Arsch kriegen und der Sache ein schnelles Ende bereiten.«

»Ich will ja nicht sagen, dass ich im Moment nicht an Euch und Eure Wut glaube, Mylord, aber haltet Ihr es für eine gute Idee, einen Plan zu schmieden, ehe wir nach Beauly reiten?«

»Warum? Was hast du im Sinn?« Der Junge war ihm manchmal unheimlich. Er hatte eine andere Sichtweise.

»Im Laufe der Jahre hat er eine ganze Menge Geld von Euch bekommen. Mir ist nicht aufgefallen, dass er es für sich selbst ausgegeben hätte – für feine Kleidung oder ein neues Schwert oder so etwas. Was meint Ihr, warum er es haben wollte? Und wie könnte er es verwendet haben?«

Shaw hatte seine eigenen Ideen dazu, aber er wollte mehr von Sammy hören. »Deine Gedanken zuerst, Junge.«

»Er hat es getan, um mehr Männer anzuheuern, genau wie sie es gemacht hatten, als Ihr hineingeritten seid, um Gisela zu retten. Ich weiß, dass einige dieser Männer noch hier sind. Es könnten noch mehr hinzugekommen sein. Früher haben die MacKinnies nicht so viele Söldner angeheuert, dass sie jetzt nicht mehr genug Geld hätten, um weitere dazu zu nehmen.«

»Aye, das stimmt. Und in diesem Punkt werde ich nicht mit dir disputieren. Diese Söldner sind aber nicht so loyal wie unsere Clanangehörigen. Falls er Söldner hat, können wir sie besiegen.«

»Aber wir sind nur noch eine Handvoll. Vielleicht brauchen auch wir zusätzliche Hilfe. Wie viele Krieger der Camerons sind mit dir gekommen?«, fragte er Ethan.

»Weniger als ein Dutzend. Für so ein junges Alter stellst du kluge Überlegungen an.«

Der Junge hatte nicht ganz unrecht, musste Shaw zugeben. Ganz gleich, wie gut er mit dem Schwert kämpfen konnte, wäre es für ihre kleine Truppe riskant, es mit einer sehr viel größeren aufzunehmen.

»Ich sage es noch einmal. Anstatt nach Beauly

zu eilen, sollten wir vielleicht zunächst einmal sehen, was wir über die Stärke der MacKinnies in Erfahrung bringen können.«

So klug Sammy auch war, wurde Shaw vor allem anderen von seiner Angst um Tara zur Eile getrieben. Als Allerstes und Wichtigstes musste er sie retten. Aber es würde ihr nicht helfen, wenn er selbst getötet würde. »Sammy, lass uns in aller Ruhe zu den Stallungen reiten und die Umgebung auskundschaften. Wenn es dort Wachen gibt, gehe ich davon aus, dass du mit deinen Vermutungen über Dougals Verbleib recht hast und wir müssen unsere Kräfte sammeln, ehe wir etwas unternehmen.« Er deutete in die entgegengesetzte Richtung. »Ethan, nimm deine Männer und kundschafte die restliche Stadt aus. Ich will wissen, wie viele Söldner du entdecken kannst. Und wie viele MacKinnie Plaids.«

Ethan nickte und machte sich auf den Weg, wobei er dem Wachmann ein Zeichen gab, ihm zu folgen.

Gemächlich ritten Shaw und Sammy in der hereinbrechenden Dämmerung nach Beauly hinein, als ob sie kein Interesse an all den zusätzlichen bewaffneten Männern hätten, die in den Straßen postiert waren. Sammy wurde langsamer, als sie sich den Ställen näherten, und flüsterte: »Dort ist der Stall. Ich denke, ich kann von der Rückseite in den Keller gelangen.«

»Reite weiter, Sammy. Ich sehe Männer, die uns beobachten. Es sind Wachmänner der MacKinnies, wenn meine Ahnung mich nicht täuscht.«

Shaw tat sein Bestes, um all die potenziellen Wachen zu zählen, ohne den Anschein zu erwecken, als würde er sie in Augenschein nehmen.

Er zählte etwa zehn MacKinnie Plaids, doch hier hielten sich mehr Männer auf, die wachsam und zielstrebig wirkten, und es ging ihnen nicht darum, in einem Gasthaus ein Mädchen zu finden und ihr im Heu die Röcke zu heben. Sie standen wachsam an den Ecken und in schattigen Winkeln. Und er bemerkte einen Lichtblitz auf einem Dach, der von Stahl reflektiert wurde. Shaw gab Sammy ein Zeichen, den Weg durch die Stadt und bis zum Ende der Straße fortzusetzen, damit sie sich unterhalten konnten, ohne belauscht zu werden. Sie passierten das letzte Gebäude und bogen um eine Ecke, als ihm etwas ins Auge fiel.

Ein blaues Plaid in der Ferne, das an der Spitze einer Kolonne von Männern auf Beauly zuritt.

Seine Laune hob sich. Es waren mindestens zwanzig Männer. Shaw gab Sammy ein Zeichen, ihm zu folgen, und dann kehrte er auf die Hauptstraße zurück, um den Tross anzuhalten, ehe sie in die Stadt einritten. Logan Ramsay ritt an der Spitze der Gruppe, und er wurde von seinem Sohn Gavin, Gavins Frau Merewen und seinem Neffen Gregor begleitet.

»Mylord, Ihr kommt zur rechten Zeit«, begrüßte Shaw ihn mit einem Willkommenslächeln.

»Guten Abend, Shaw. Warum bist du hier in Beauly und nicht in Eddirdale?«

»Wenn Ihr mit mir zu einem Ort kommt, an dem wir sprechen können, ohne das Risiko, belauscht zu werden, werde ich Euch alles erklären.« Shaw dirigierte die Gruppe auf eine Lichtung, zu einer Stelle, an der sie sich weit entfernt von lauschenden Ohren befanden. Er hatte den Verdacht, von mehr als einem MacKinnie Söldner bemerkt worden zu sein. Die Krieger der Ramsays umkreisten sie, auf der Hut vor unwillkommenen Gästen.

Logan, Gavin und Gregor stiegen ab, und Gavin half Merewen, bevor sie sich Sammy und Shaw auf der Lichtung anschlossen.

Shaw erklärte die Situation. »Tara Cameron ist entführt worden. Die MacKinnies verlangen, dass wir Eddirdale Castle und Black Isle verlassen und unsere Besitztümer an die MacKinnies übergeben.«

»Eure Burg für Tara?« Logans Blick wurde schmal und er ballte die Hand zur Faust, bis die Knöchel hervortraten. »Und meine Tochter und meine Nichte?«

»Sie sind in der Burg vorerst in Sicherheit. Nur Tara ist entführt worden.«

Logan kratzte sich am Kinn. »Ich war in Edinburgh, als ich hörte, dass jemand auf Black Isle Söldner anheuerte, also hielt ich es für klug, nach Hause zurückzukehren. Dann erfuhren wir von den Camerons, dass es wieder Ärger gab, aber keine Einzelheiten. Ich musste die Sache mit meinen eigenen Augen sehen. Worum geht es dieses Mal?«

»Das ist eine Sache zwischen Dougal MacKinnie und mir. Ich wurde wegen eines tragischen Vorfalls erpresst, der einige Jahre zurückliegt, und ich habe gerade herausgefunden, dass Dougal der Schuldige ist. Die ganze Zeit über hat er mich für den Tod eines Mädchens verantwortlich gemacht. Doch es war gar kein Unfall, sondern Mord durch seine eigene Hand. Ich will ihn unbedingt erledigen, und zwar mit meinen Fäusten, nicht mit meinem Schwert, wenn Ihr das verstehen könnt.«

»Och, das tue ich, Matheson«, antwortete Logan mit einem Grinsen. »Die blauen Flecken und Abschürfungen an deinen Fäusten werden dich an den Schmerz erinnern, den du ihm zugefügt hast, aber wenn du gegen mehr als einen kämpfen musst, nimm dein Schwert. Nimm diesen Rat von einem alten Mann an.« Schmunzelnd klopfte er Shaw auf die Schulter. »Wer ist der Bursche, der dich begleitet?«

Shaw stellte Sammy vor. »Er glaubt, es gäbe hier unter den Stallungen der Stadt einen geheimen Keller, und es ist nicht ausgeschlossen, dass Tara dort festgehalten wird. Er weiß, wie er sich hineinschleichen kann, um den Keller auszuspionieren.«

»Wir würden euch gerne dabei helfen. Ich denke, wir könnten ein geeignetes Ablenkungsmanöver in Szene setzen, um die Aufmerksamkeit der Wachen vom Stall und von euch beiden abzulenken.« Logan blickte zu seinem Sohn und Neffen. »Hört sich das nach Spaß an, Jungs?«

Gavin lachte leise. »Ja, es wäre mir ein Vergnügen. Sucht uns ein oder zwei Bäume, und dann fangen wir mit dem Unterhaltungsprogramm an. Wir werden ein paar von ihnen an den Beinen erwischen, um ihnen den Schwung zu nehmen.«

Sammys Augen weiteten sich. »Ihr seid die Ramsay Bogenschützen? Ich habe schon von euch gehört.«

Eine zweite Frau gesellte sich zu ihnen – es war Logans Frau Gwyneth, wie Shaw erkannte, als sie nahe genug herankam. »Logan, lass uns weiterreiten.«

Er brach in ein breites Lächeln aus und sagte: »Unserem Mädchen geht es gut und Jennet auch, aber wir müssen Tara retten. Hast du keine Lust, uns Gesellschaft zu leisten?«

Shaw nickte ihr zu. »Mylady. Willkommen auf Black Isle.«

Lächelnd antwortete sie: »Such mir einen Ast zum Draufsitzen, Gatte, und ich werde Tara befreien.«

Shaw musste die Frau einfach bewundern, die als beste Bogenschützin in ganz Schottland bekannt war. Sie trug ihre Strumpfhose mit Stolz und das war eine Sache, über die jede andere Frau entsetzt gewesen wäre. Stattdessen passte sie in ihrem feinen handgenähten Gewand zu allen anderen Bogenschützen des Clans.

Sie wirbelte herum und blickte zu den Bäumen in der Umgebung hinauf. »Wohin sollen wir zielen, Logan?«, fuhr sie fort. »Ich habe diese Strumpfhose nicht wegen des Aussehens angezogen.«

Logan lachte und streichelte sie von hinten, wobei er ihr einen Klaps auf ihre Kehrseite gab. Sammy machte große Augen. »Du trägst sie nur für mich, Gwynie, weil du darin so gut aussiehst, wenn du ein Ziel anvisierst. Ich werde einen Baum für dich finden, sobald ich eine weitere Frage gestellt habe.«

»Gut, dann warte ich hier drüben.«

»Ist irgendwelche Verstärkung hierher unterwegs?«

»Aye«, antwortete Shaw. »Mein Bruder hat ein Dutzend Cameron Wachen bei sich, die jetzt die Umgebung kontrollieren, und bald kommen auch die Matheson Wachen, wenn sie nicht schon hier sind. Ich kann nicht auf alle warten. Lasst uns loslegen. Ich möchte Tara nicht länger in Gefahr wissen. Nicht alle MacKinnie Männer tragen die MacKinnie Farben. Seid wachsam.«

»Auf in den Kampf«, spornte Logan seine Leute an.

Shaw atmete erleichtert auf, bestieg sein Pferd und meinte zu Sammy: »Lass uns Tara suchen, Junge. Führe uns an.«

KAPITEL VIERUNDZWANZIG

TARA LIESS DIE beiden Männer vor ihrem Gefängnis miteinander schimpfen und fluchen, und döste sogar ein wenig bei dem Hintergrundgeräusch ihrer Stimmen ein. Wie es ihr oft widerfuhr, wenn sie sich in diesem halb schlafenden und halb wachen Zustand befand, kam ihr plötzlich ein Gedanke, der so strahlend war wie ein Stern in einem dunkeln Raum.

Sie wusste jetzt, wer die vier Leute waren, die sie umbringen wollten. Eschina, der korrupte Sheriff und nun diese beiden – Fearchar und Dougal MacKinnie. Sie würden keinen Erfolg haben. Shaw und ihr Vater mussten bereits auf der Suche nach ihr sein. Sie würden sie lange vor Ablauf der Frist der MacKinnies finden.

Von einem plötzlichen Drang getrieben, zurückzuschlagen, setzte sie sich auf. Sie dachte an ihre Cousinen und ihr eigenes Los. Brigid und Gisela waren beide von Männern entführt worden, die verrückt geworden waren, und Jennet wäre beinahe als Hexe ertränkt worden.

Und die MacKinnies waren jedes Mal dabei gewesen. Sie hatten gegen die Mathesons, gegen *ihre Familie,* sowohl die leibliche wie die adoptierte, intrigiert.

Diese Mistkerle.

Ihre Cousinen hatten sich zur Wehr gesetzt und gewonnen. Sie würde das Gleiche tun. Sie würde sich nicht kampflos umbringen lassen. Tara gab einen kleinen Seufzer von sich – sie würde *überhaupt* nicht umgebracht werden, wenn sie in der Sache etwas zu sagen hätte.

Sie stand auf, zog ihren Schuh aus und fing an, an die Tür zu hämmern. Sie wartete ab, um zu sehen, ob irgendjemand herbeikommen würde. Schneller als erwartet, hörte sie eilige Schritte vor ihrem Gefängnis und dann lugte Dougal MacKinnie durch das kleine Fenster in der verschlossenen Tür. »Hör auf, solch einen Radau zu machen.«

»Das werde ich, sobald du mich gehen lässt.«

»Du wirst dort nicht herauskommen, also kannst du dir die Mühe sparen und jetzt aufhören, du rebellisches Weib.«

»Du erwartest von mir, hier still zu sitzen und abzuwarten, bis du mich umbringst? Ich denke ja gar nicht daran.« Sie spuckte durch das Fenster und hätte Dougal beinahe im Gesicht getroffen. Das entlockte ihr ein Lächeln.

Ihn brachte das allerdings nicht zum Lächeln. »Du Hure. Ich werde dir das Maul stopfen.« Er verschwand einen Augenblick und dann kam er mit einem Lappen in der Hand zur Tür der Zelle. Er führte einen Schlüssel in das Schloss ein. Tara wich von der Tür zurück, und machte sich bereit, ihn anzurempeln, sobald er eintrat, und davonzulaufen.

»Dougal! Komm jetzt hier herüber«, blaffte sein Vater vom andern Ende des Ganges.

Dougal starrte durch das Fenster. »Du wirst nirgendwo hingehen. Dafür werde ich Sorge tragen, wenn ich zurückkehre.« Aus reinem Jähzorn warf er den Lappen durch das Fenster und eilte davon.

Er hatte den Schlüssel im Schloss stecken gelassen. Wenn sie ihn nur erreichen konnte.

»Was ist jetzt schon wieder?«, schrie Dougal seinen Vater an. »Ich war beschäftigt.«

»In der Nähe des Gasthauses sind Ramsay Plaids gesehen worden. Sie sind wegen ihr gekommen. Geh hinaus und verschaffe dir einen Überblick über die Situation. Sieh nach, wie viele Mathesons hier sind, und vielleicht auch Grants. Die Söldner werden sie nicht erkennen.«

»Irgendwelche Mathesons, die ich zu sehen bekomme, werden durch meine Schwertspitze den Tod finden.«

»Hör auf, dich aufzublasen und geh hinaus. Ich werde hier warten.«

Tara vernahm Schritte auf der Treppe – Dougal verließ den Keller, vermutete sie und niemand kam den Gang entlang zu ihr. Nachdem sie ein paar atemlose Momente gewartet hatte, um sicherzustellen, dass sie allein war, zog sie ihren Stiefel wieder an und schob ihren Arm durch das Fenster in der Tür, um zu versuchen, ob sie den Schlüssel erreichen konnte. Sie probierte es mit einem Arm und dann dem anderen. Sie versuchte es, indem sie ihr Gewand straff zog, die Finger streckte und sich auf die abenteuerlichste Weise verdrehte, doch sie konnte den Schlüssel nicht zu fassen bekommen.

Plötzlich rauschte ihr die Angst durch die Adern.

Was, wenn es Shaw wäre, den Dougal Matheson mit seiner Schwertspitze erwischte? Was, wenn die Söldner all ihre Freunde und Familie erkannten und sie in der Überzahl waren? Was, wenn man sie hier zum Sterben zurückließe und sie nie gefunden würde?

Als sie schrie, prallte der Ton an den Wänden um sie herum ab und hallte in ihren Ohren wider.

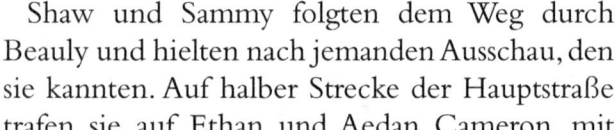

Shaw und Sammy folgten dem Weg durch Beauly und hielten nach jemanden Ausschau, den sie kannten. Auf halber Strecke der Hauptstraße trafen sie auf Ethan und Aedan Cameron, mit dem Trupp von Kriegern hinter ihnen, als diese aus der anderen Richtung herangeritten kamen.

»Ach, wird das nicht ein unterhaltsamer Abend werden?«, schmunzelte Logan. »Es ist wie immer ein Vergnügen, dich zu sehen, Cameron. Irgendein Hinweis darauf, wo deine Tochter festgehalten wird? Meine Bogenschützen werden in Position gehen, sobald wir sie ausfindig gemacht haben.«

Aedan schüttelte den Kopf. »Ich begebe mich dorthin, wohin Shaw mich schickt. Er kennt diese Stadt besser als ich, also übernimmt er die Führung.«

»Und das von einem Laird, der nur sehr wenigen

vertraut?«, fragte Logan. »Soll ich annehmen, dass es wahr ist, was meine Tochter mir erzählt? Dieser Mann macht deiner Ältesten den Hof?«

Aedan warf Shaw einen strengen Blick zu, ehe er zu einer Antwort ansetzte: »Ja, und ich setze mein Vertrauen in ihn.«

»Es ist uns eine Ehre, Euch zu unterstützen, Ramsay«, meinte Ethan. »Unserer Vermutung nach könnte sie in den Stallungen sein. Hast du weitere Informationen, Shaw, nachdem du dich umgesehen hast?«

»Sie ist hier irgendwo, dessen bin ich mir anhand der Anzahl von MacKinnies Männern in der Stadt sicher. Wir befinden uns nicht so nahe am Gebiet der MacKinnies, als dass sie nur zum Zeitvertreib hierher kommen würden. Unseres Wissens befindet sich unter den Stallungen ein Kellergewölbe, das Dougal schon einmal benutzt hat. Somit ist es also wahrscheinlich, dass er sich dort verkrochen hat. Und wo er ist, wird auch Tara sein – er will sie bestimmt nicht aus den Augen lassen. Sammy hat gemeint, er könnte hineingelangen, um zu sehen, ob sie dort ist. Wenn einige von euch die MacKinnies ablenken könnten, würde es für Sammy einfacher sein, den Eingang zu finden.«

»Geht voran. Ich werde eine gute Position für die Bogenschützen ausfindig machen. Ihr pfeift, wenn Sammy bereit ist, in Aktion zu treten.«

Aedan hob die Hände. »Wir müssen anders an diese Sache herangehen, denke ich.«

»Nur zu«, ermunterte ihn Logan. »Ich bin ein Bewunderer deiner ausgefuchsten List. Noch immer ist die Vortäuschung deines Todes eine der besten. Höre auf ihn, Shaw.«

»Die MacKinnies und wahrscheinlich auch die Söldner haben uns inzwischen bemerkt, es sei denn, sie sind vollkommen dämlich. Ich würde vorschlagen, wir locken sie auf die andere Seite der Stadt, und zwar unauffällig. Logan, wenn deine Bogenschützen in den Bäumen sitzen und nur schwer auszumachen sind, werden ihre Schwertkämpfer nicht wissen, wo sie zuschlagen sollen. Sie haben keine Bogenschützen, und selbst wenn sie einen von euch entdecken, seid ihr für sie unangreifbar. Stichele sie auf deine bestmögliche Weise an, um sie weit fort zu locken.«

»Das ist eine wundervolle Idee«, gab Logan lächelnd zurück. »Shaw? Das wird besser funktionieren, glaube ich.«

»Das finde ich auch. Sammy und ich werden uns auf den Weg zu den Stallungen machen. Shaw richtete das Wort an Aedan. »Wir halten uns versteckt, bis ihr die Wachen weggelockt habt und wir freie Bahn haben.«

»Wenn ihr Logans laute Stimme hört, dann schlagt los«, riet Aedan. »Viel Glück und findet meine Tochter.«

Logan und Aedan gaben ihren Truppen Anweisungen, und dann führte Logan die Bogenschützen fort.

Es war so weit. Shaw nickte Sammy zu, und sie schlichen sich davon, wobei sie möglichst im Schatten blieben, bis sie auf eine offene Straße stießen. Ein Wachmann war zwischen ihnen und der Rückwand der Stallungen postiert.

Logans Stimme hallte zu ihnen. »Gwynie, du gehst zu diesem Baum, Gregor dort drüben, und Gavin und Merewen können sich zu jener Seite des Weges begeben.«

Der Wachmann an der Rückseite der Stallungen verlagerte das Gewicht von einem Bein auf das andere, doch er rührte sich nicht. Shaw juckte es in den Fingern, den Mann einfach zu umzubringen, aber er wusste, dass drinnen oder hinter den Ecken noch weitere Wachen lauern konnten. Ein Versuch, das Gebäude einzunehmen, ehe die Wachen fort waren, wäre Selbstmord.

Als Nächstes drang Aedans Stimme zu ihnen durch. »Es sieht so aus, als würdet ihr gleich beschossen werden. Hat der Mann, der euch angeheuert hat, euch vor der Möglichkeit gewarnt, dass ihr von einem Pfeil mitten in die Magengrube getroffen werden könntet?«

Der Wachmann, den sie beobachtet hatten, rückte bis zum Ende des Gebäudes vor und schlenderte dann beinahe bis zur Vorderseite, als sei er nur neugierig auf den Lärm, der auf der Straße ausgebrochen war. Von ihrer Position aus war die Szene schwer einsehbar, aber Shaw konnte einige von MacKinnies Männern ausmachen, die aus ihren Schatten und Verstecken hervortraten, um Aedan einzukreisen.

»Ich glaube, sie haben Angst vor dir, Cameron«, rief Logan. »Siehst du, wie sie auf Abstand gehen?«

Weitere Söldner traten auf die Straße, und alle waren sie in Richtung Aedan Cameron vom Stall unterwegs. Shaw wandte sich an Sammy. »Logan hat sie mit seiner Bemerkung definitiv aufgestachelt.« Er grinste Sammy zu und zwinkerte. »Wo willst du denn eindringen?«

»Ungefähr eine Pferdelänge an der hinteren Wand entlang gibt es eine große Rutsche, die ich neulich gefunden habe, als du fort warst, und ich habe beschlossen, sie weiter auszukundschaften. Ich glaube, ich kann mich leise hineinstehlen. Sie führt direkt in den Keller.«

Von der Straße aus drang eine andere Stimme zu ihnen, die vermutlich von einem der Söldner stammte. »Uns wurde gesagt, es ginge nur um Schwertkampf. Und Bogenschützen sehe ich ohnehin nicht.«

»Nun ja, wenn man euch nichts gesagt hat, wäre es nicht fair von uns, auf euch zu schießen«, meinte Logan gedehnt. Er rief lauter, sodass alle seine Bogenschützen es hören konnten. »Diesen Männern wurde nichts über Bogenschützen gesagt. Schleudert stattdessen eure Dolche, Leute!«

»Ist das nicht deine Frau, die ich da erkenne?«, stichelte Aedan. »Die mit dem legendären Ruf?«

»Ja, sie hat einmal einem Mann in seine Hoden geschossen. Hat ihn an einen Baum genagelt.«

Shaw hörte Aedan und Logan lachen, doch dann schrie jemand, und Shaw vernahm das Geräusch rennender Füße, worauf das Klirren von Schwertern folgte. Kampfgeräusche wurden laut – Stahl traf auf Stahl und auf das Zischen der Ramsay Pfeile, die ihr Ziel trafen, folgten Schmerzensschreie.

»Sammy, geh voran und beeile dich. Ich weiß nicht, wie viel Zeit wir haben.«

Sie überquerten den offenen Platz in schnellen Lauf und drückten sich an die Stallwand. Es war ein großes Gebäude, und die Geräusche mehrerer Pferde, die sich hin und her bewegten und im Einklang wieherten, drangen durch die Wand. Shaw vermutete, dass im Inneren eine Treppe zu den Kellergewölben führte, doch sie mussten heimlicher vorankommen und einen Zugang finden, den Dougal vielleicht nicht beobachtete.

»Ich habe die Stelle gefunden«, raunte Sammy. »Ich kann hier reinschlüpfen.«

Die Kampfgeräusche kamen näher – vielleicht zogen sich die MacKinnie Männer zurück, anstatt den Camerons und Ramsays nachzusetzen – und Shaw wusste, dass ihnen nicht viel Zeit blieb. »Beeil dich schon, Sammy.«

Sammy quetschte sich mit den Füßen voran in die Öffnung, aber bevor er sich fallen lassen konnte, durchbrach ein Schrei die Nacht.

Taras Schrei. Er ließ Shaw das Blut in den Adern gefrieren.

»Los, Sammy. Jetzt!«

Sammy ließ sich fallen und ein leiser Aufprall zeigte an, dass er gelandet war ... irgendwo. Einige lange Momente herrschte Stille im Inneren – kein Alarm, keine weiteren Schreie – und dann kam ein leises Schlurfen den engen Gang herauf. Der Junge konnte nicht in die Rutsche geschlüpft sein.

»Shaw!«, rief Sammy leise. »Sie ist hier, und sie ist unversehrt. Ich kann sie rausholen, aber wir müssen die Treppe benutzen. Dougal hat den Keller vor kurzem verlassen, aber sein Vater ist noch hier, es kann also schwierig werden.«

»Halte auf die Treppe zu, und ich komme von der anderen Seite und mache von außen den Weg frei.«

»Aye, Mylord. Bald sehen wir uns wieder.«

Shaw erhob sich und rannte um das Gebäude, wobei er sein Schwert in der Scheide beim Laufen lockerte.

Wenn er gegen zehn MacKinnies kämpfen müsste, um Tara wieder in seine Arme zu schließen, würde er das mit Freuden tun.

KAPITEL FÜNFUNDZWANZIG

TARA WAR SO glücklich, Sammy vor ihrer Tür zu sehen, dass sie vor Freude fast laut gejubelt hätte, aber noch bevor sie einen Laut von sich gab, schlug sie sich die Hand vor den Mund. Fearchar hatte sie bei ihrem ersten Schrei angefaucht, sie solle still sein, also wusste sie, dass er noch in der Nähe war. Ein zweiter Schrei würde ihn sicher zu ihrer Zelle locken.

Wenn der alte Bock noch hier war. Vielleicht waren alle von dem draußen herrschenden Kampfgetümmel fortgelockt worden.

Sie berichtete Sammy, dass Dougal hinausgegangen war, und er hatte genickt. »Ich bin gleich wieder da, Mylady. Ich muss Shaw informieren, dass Ihr hier seid.« Dann war er wieder verschwunden.

Das Klirren des Schlüssels im Schloss war das erste Anzeichen für seine Rückkehr. Das knarzende Geräusch von Metall auf Metall schien trotz der Kampfgeräusch, die von draußen zu hören waren, unnatürlich laut. »Vorsichtig, Sammy. Was ist das für ein Lärm? Hast du Shaw und die Wachen mitgebracht?«

Sammy rüttelte und drehte den Schlüssel in dem gründlich verrosteten Schloss. »Aye, Mylady. Macht Euch keine Sorgen. Die Camerons und Mathesons und sogar Ramsay Bogenschützen sind hier. Euer Vater wendet wieder einen seiner Tricks an. Sie beschäftigen die MacKinnies auf der anderen Seite der Stadt für eine Weile, damit wir Euch herausholen können.« Endlich gab der Widerstand im Schloss nach, und der Schlüssel drehte sich. »Ich habe ihn!«

Eine weitere Drehung, und als aufgeschlossen war, ging sogleich die Tür auf. Leise schlichen Tara und Sammy den Gang zur Treppe entlang. Tara hielt nach Fearchar Ausschau, doch er schien verschwunden zu sein. Dann stahlen sie sich die Stufen der Treppe hinauf und hielten genau in dem Moment inne, als ihre Augen das Stockwerk über ihnen erblickten. Sie befanden sich direkt gegenüber der Stalltür, die nun offen stand. Es dauerte einen Augenblick, bis sich ihre Augen von der nächtlichen Dunkelheit des von einer Laterne beleuchteten Kellers umgewöhnt hatten, aber schließlich konnte sie auf der Straße kämpfende Gestalten ausmachen, die umherrannten und sich duckten. Mitten auf der Straße blieb ein Mann stehen und stieß ein lautes Lachen aus, als würde er sich über den Kampf freuen. Sie glaubte, gerade noch sein Ramsay Plaid erkennen zu können.

»Bereit Mylady?«, fragte Sammy.

»Warte. Ich erkenne Dougal direkt auf der gegenüberliegenden Straßenseite von uns. Wir wollen nicht riskieren, dass er uns erwischt.« Dougal schien sich zu einem neuen Versteck zu bewegen und duckte sich, als die Pfeile über seinen Kopf hinwegflogen, ohne sich mit einem der Kämpfer einzulassen.

»Sie sollten auf der anderen Seite der Stadt sein. Warum sind sie hier?«

»Vielleicht sind nicht alle der Verlockung gefolgt, oder Dougal hat sie zurückgerufen. Wo ist Shaw?«

»Er wartet auf mich, um uns zur Tür hinauszubringen.«

Shaws Stimme drang zu ihr. »Dougal, du mieser Schuft. Komm her und kämpfe gegen mich!«

Er trat in ihr Sichtfeld und holte Dougal genau in dem Moment ein, als der andere sein Schwert zog. »Na schön, Matheson. Ich werde dich jetzt gleich umbringen. Dann wird es leichter sein, euer Land zu nehmen.«

Sammy stieß einen kleinen Schrei aus, als ihre Schwerter aufeinandertrafen.

»Still, Sammy!«, flüsterte Tara.

Doch ihre Warnung kam zu spät. Von unten erscholl ein Schrei und als sie herumwirbelte, hätte sie beinahe das Gleichgewicht auf der Treppe verloren. Mit gezücktem Schwert stürmte Fearchar MacKinnie die Stufen herauf.

»Lauf Sammy!«

Shaw umrundete gerade die Vorderseite der Stallungen, als das Chaos näher rückte. Taras Vater hatte die Söldner nicht lange auf der anderen Seite der Stadt halten können. Möglicherweise hatte Dougal sie hierher geführt, da er die Kämpfer in der Nähe der Stelle wissen wollte, an der Tara festgehalten wurde. Pfeile pfiffen über seinen Kopf hinweg und trafen die Männer auf den Dächern, während die Truppen der Camerons und Mathesons in den Straßen kämpften.

Ein ihm unbekannter Söldner, verstellte ihm den Weg, und Shaw bewegte sein Schwert, ohne den Schlag auch nur planen zu müssen. Der Narr schrie auf und stürzte, wobei das Schwert nutzlos zu Boden fiel. Shaw ersparte sich die Mühe, ihn zu töten.

Er musste sich um die nächste Ecke des Stalls kämpfen, und ein Widersacher nach dem anderen fiel oder floh vor ihm. Er erspähte Ethan auf der einen Seite, wo er sich tapfer schlug, und Taras Vater auf der anderen Seite, der wie ein Dämon kämpfte. Als sein nächster Gegner von ihm wegtorkelte, riskierte Shaw einen schnellen Blick um die Ecke des Gebäudes zur Stalltür, hinter der Sammy und Tara darauf warten würden, dass er ihnen den Weg frei machte. An der Tür war niemand. Doch direkt gegenüber stand Dougal und war im Begriff in diese Richtung zu kommen.

Zuerst musste er sich also um Dougal kümmern. Das war ihm recht. Er trat heraus und erregte die Aufmerksamkeit des Mannes weit von der Stelle entfernt, an der Tara sich versteckt halten musste.

»Dougal, du verfluchter Mistkerl. Komm her und kämpfe gegen mich!« Bevor Dougal sich ganz umdrehte, erkannte Shaw zu seinem Erstaunen die Narben auf dessen Wange, wo Lucretia ihn gekratzt hatte. Selbst in ihrem Todeskampf, hatte sie ihn mit seiner Schuld gezeichnet. Er hatte immer geglaubt, die Kratzer würden von dem Lauf durch das Gebüsch herrühren, das er durchdrungen hatte, um zu ihr zu gelangen. Jetzt wusste er es besser.

Dougal packte sein Schwert, zog es aus der Scheide und blickte ihm mit einem schiefen Grinsen ins Gesicht. »Gut, Matheson. Ich werde dich auf der Stelle töten. Dann wird es leichter sein, euer Land zu nehmen.«

Shaw schwang sein Schwert in schwerelosen Kreisen und versuchte, seine Wut auf seinen ehemaligen Freund im Zaum zu halten. Ehe Dougal seinen letzten Atemzug tat, wollte Shaw Antworten von ihm. »All diese Jahre bist du es gewesen. Du hast ihr ein Messer in den Bauch gerammt und deine Hunde losgeschickt, um mein Pferd abzulenken. Aber warum? Lucretia war unschuldig. Sie war keine Bedrohung für dich oder die Deinen. Und mich an meine Schuld glauben zu lassen, damit du mich um mein Geld bringen konntest? Waren wir keine Freunde? Du bist ein kranker Mann.«

Dougal pirschte sich näher an ihn heran und lachte. »Freunde? Nie waren wir wahre Freunde. Immer war es ein großer Wettkampf. Und du weißt nicht genau, ob ich ihr ein Messer in den Bauch gestoßen habe. Sie könnte ohne Zutun gestorben sein. Bestimmt ist sie auf einem abgebrochenen Ast gelandet.«

»Ich kann aber die Narben an der Stelle erkennen, an der Lucretia dich gekratzt hat, als sie versuchte, sich gegen dich zur Wehr zu setzen, als du sie umgebracht hast. Ich weiß, woher sie stammen. Kein Dornenbusch oder Ast würde so tiefe Kerben verursachen.«

Dougal hob die Hand, um über die Narben zu reiben. »Wie zum Teufel konntest du das wissen?« Der Ausdruck seiner Augen wurde härter und eine Entschlossenheit legte sich auf sein Gesicht. Und Shaw wusste, dass dies ein Kampf auf Leben und Tod werden würde.

Dougal schwang sein Schwert schnell und mit aller Macht, doch Shaw wehrte den Schlag automatisch ab.

»Wie hast du das erraten?«, wiederholte Dougal. »Ich hatte Angst, du hättest gesehen, wie ich ihr den Dolch in den Bauch gestoßen habe, aber du bist durchgedreht, sobald du das Blut gesehen hast.« Er grinste boshaft, und diesen Ausdruck hatte Shaw noch nie bei ihm gesehen.

»Es spielt keine Rolle, woher ich das weiß. Du wirst die gerechte Strafe für deine Verbrechen bekommen.«

Dougal trat zwei Schritte zurück und verharrte kurz, ehe er antwortete. »Warum? Weil ihr euch für etwas Besseres haltet als alle anderen von uns auf Black Isle? Ihr ruiniert die Insel, verunreinigt die Blutlinien, indem ihr unser Blut, mit dem der Ramsays und der Grants vermischt. Es ist an der Zeit, dass ihr verschwindet, damit wir unsere Heimat rein halten können. Du hattest es mit Lucretia versucht, aber du hast die Botschaft nicht verstanden, oder? Warum könnt ihr, deine Brüder und du nicht Mädchen der Miltons oder

MacHeths finden? Haltet die anderen von der Insel fern.«

Abermals setzte Dougal zum Angriff an, und es waren tödliche Schläge, die Shaw parierte und erwiderte. Sie fochten vor und zurück, machten Ausfallschritte und Paraden, doch keiner gewann die Oberhand. Dann traf Dougal Shaws Schulter im Vorbeistreifen. Er spürte die Wunde nicht einmal.

Dougal hielt einen Moment inne, um seinen Erfolg zu bewundern. »Blut. So eine schöne Farbe. Ich werde den ganzen Boden mit deinem Blut bedecken, Matheson.«

Wieder holte Dougal aus, und diesmal vielleicht in der Hoffnung, Shaw würde sich jetzt langsamer bewegen. Shaw wich ihm jedoch aus.

»Du bist nicht stark genug, um mich zu töten, Dougal. Zu faul.«

»Verhätschelter Mann.« Dougal spuckte ihm auf die Füße. »Dein Vater hat dich nie so behandelt wie meiner mich. Hast du Narben auf deinem Rücken, so wie ich? Wie mein Bruder?« Die Litanei über seine Verletzungen setzte sich fort, als ihre Schwerter aufeinander prallten, und wieder waren sie gleich stark, während keiner zurückwich.

»Warum begehrt ihr unser Land? Kümmert euch um euer eigenes und lasst uns in Frieden.« Nun ging sein Atem schneller und das Sprechen fiel ihm schwerer. Die Muskeln seiner Arme brannten von den ständigen Schlägen und dem Gewicht des Schwertes. Keine Ausbildung bereitete einen Mann wirklich darauf vor, um sein Leben zu kämpfen, und Dougal erwies sich als stärkerer Kämpfer, als erwartet.

»Schon längst hätten wir euer Land einnehmen sollen.«

Als Dougal daraufhin lachte, wurde er langsamer, und Shaw nutzte seinen Fehler aus. Er schlug mit einer Heftigkeit nach seinem alten Freund, die ihn verblüffte, und Dougal fiel durch die Wucht auf die Knie, doch er rappelte sich wieder hoch. Shaw rückte wieder dicht an ihn heran. Mit jedem Schlag, jedem Wort aus Dougals Mund, wuchs seine Wut. Mörder, Erpresser, grausamer Narr.

Dougal höhnte. »Donald hat versagt. Das werde ich nicht. Deine Burg … wird … mir gehören.«

Dougal wurde schwächer und sein Atem war keuchend, während seine Worte gepresst klangen.

Seine Bewegungen wurden langsamer und das bot die Chance, auf die er gewartet hatte, um endlich alles zu durchdenken, was sich ereignet hatte. »Dein Fehler war es, mir das Mädchen zu rauben, das ich liebe.«

Dougal lachte meckernd und drehte den Kopf zu den Stallungen. »Jetzt ist sie mein Mädchen, Shaw!«

Shaw versenkte sein Schwert direkt in Dougals Bauch. »Du und dein Clan seid erledigt.«

Als Dougal auf die Knie sank, weiteten sich seine Augen und seine Waffe polterte zu Boden. Shaw riss seine Klinge nach oben und aus dem Körper heraus, worauf Dougal in den Schmutz kippte. Dann wischte Shaw sich den Schweiß vom Gesicht und sah sich nach anderen Gegnern suchend um, doch die restlichen MacKinnie Männer hatten die Waffen zu Boden gelegt und sich ergeben.

Er drehte sich gerade rechtzeitig zum Stall, um die Tür aufspringen zu sehen. Tara und Sammy stürmten heraus und rannten mit behelfsmäßigen Waffen in den Händen los. Sammy trug eine Schaufel, während Tara die Hälfte eines abgebrochenen Werkzeugs in der Hand hielt. Sie hatten sich eindeutig gegen jemanden zur Wehr gesetzt.

Fearchar rannte hinter Tara her und hatte es mit dem Schwert, das er über dem Kopf schwang, ganz eindeutig auf die Frau abgesehen, die Shaw liebte.

Er wollte sie umbringen.

Shaw stellte sich Fearchar in den Weg, wobei er das Schwert ruhig und kraftvoll vor sich hielt. Er nahm Taras Blick wahr und ruckte mit dem Kopf scharf nach links. Er musste sie aus dem Weg haben. Sie packte Sammy am Arm und zog ihn zur Seite. Fearchar sah Shaw, aber der alte Mann konnte nicht so schnell ausweichen wie Tara oder Sammy und sein Schwung trug ihn direkt geradeaus.

Drei Pfeile senkten sich in den Leib des Mannes, ehe Shaw den ersten Laufschritt auf ihn zu getan hatte. Einer der Pfeile hatte ihn in den Nacken getroffen, einer in die Schulter und einer in sein Bein. Er schien kaum Kenntnis davon zu nehmen, sondern wurde erst langsamer, als der dritte Pfeil seinen Gang behinderte.

Shaw hob sein Schwert und bereitete sich

auf den Aufprall vor. Dann war plötzlich Aedan Cameron da, der Fearchar einen Knüppel zwischen die Beine warf und ihn ins Stolpern brachte. Fearchar taumelte und Aedan trat ruhig auf ihn zu, packte ihn an der Schulter und rammte sein Schwert tief in den Bauch seines Opfers.

»Das ist für meine Tochter«, sagte Aedan, dessen normalerweise herzliche Stimme leise und kalt klang. Tara stürzte auf Shaw zu. Er ließ sein Schwert fallen und öffnete die Arme, um sie fest an sich zu drücken und ihr die Stirn zu küssen. Die Tränen strömten ihr aus den Augen.

»Bist du unversehrt? Hat er dich nicht verletzt?«, fragte Shaw, der sich aus der Mitte des versammelten Clans löste und sich von den Blicken aller entfernte.

»Mir geht es gut. Danke, dass du mich gerettet hast. Ich wusste, dass du mich holen kommen würdest.« Sie schniefte, und dann hob sie das Gesicht, um ihn zu küssen, doch hinter ihrem Rücken räusperte sich ein Mann. Als sie herumwirbelte und die verdrießliche Miene ihres Vaters mit einem Blick erfasst hatte, warf sie sich im Gegenzug ihrem Vater entgegen.

»Ach, Papa!«

Shaw lächelte beim Wiedersehen der beiden und schüttelte endlich die Angst und die Belastung ab, die er jahrelang wegen der alten Geheimnisse und Schuldgefühle mit sich herumgetragen hatte. Ja, jetzt war er frei. Er war frei von Schuldgefühlen und wurde nun nicht mehr mit Erpressung behelligt. Er war frei, ein tapferes Cameron Mädchen zu lieben.

»Laird Cameron, Ihr sagtet zu mir, ich solle wiederkehren, sobald ich meine Angelegenheiten in Ordnung gebracht hätte, und dann würden wir über meine Liebe zu Eurer Tochter sprechen. Nun, da ich den Beweis für meine Ehre erbracht habe, werdet Ihr mir Taras Hand zur Ehe geben?«

Wieder drehte sich Tara um und lächelte. »Aye, das wird er. Und ich werde deinen Heiratsantrag mit Freuden annehmen.«

Lächelnd nickte Aedan. »Wer bin ich schon, meiner Tochter und dem Mann, der für ihr Leben alles riskiert, zu widersprechen?«

Endlich waren sie verlobt.

KAPITEL SECHSUNDZWANZIG

TARA RITT NACH Eddirdale Castle zurück
und saß dabei vor Shaw auf seinem Pferd. Sie
liebte es, wie er sie in seinem Arm hielt und sie
liebkoste oder auf den Kopf küsste, wobei auch
die kleinste Berührung sie zum Lächeln brachte.

»Es ist vorbei. Endlich«, meinte er. Sie konnte
die Erleichterung in seiner Stimme heraushören.

»Fearchar steckte hinter all dem, Shaw. Er ist
der Drahtzieher von allem außer dem Fluch. Er
steckt hinter dem Prozess wegen Hexerei, und
auch der Verlobung von Donald und Gisela,
denke ich. Einfach allem.«

»Ja. Und auch hinter Lucretias Tod. Denken wir
jetzt nicht daran. Wir zwei sollten den Abend im
Familienkreis genießen. Ein anderes Mal werden
wir unsere Geschichten austauschen.«

»Das würde mich wirklich sehr freuen. Ich bin
so froh, wieder bei dir zu sein.« Sie versuchte gar
nicht erst, den Seufzer zurückzuhalten, der ihr
über die Lippen kam.

»Wir haben auch viele Unterstützer bei uns.«

»Wie   schlimm   steht   es   um   deine

Schulterverletzung? Ich dachte, ich hätte Blut gesehen.«

»Es war nur ein Kratzer. Er wird von allein heilen, Mädchen. Mach dir keine Sorgen darüber.« Er küsste sie auf die Schulter und wackelte mit einer Augenbraue, was sie bemerkte, als sie ihm einen Blick zuwarf.

Sie lauschte den gutmütigen Zurufen und genoss die Kameradschaft während des Ritts. Onkel Logan und Tante Gwyneth führten den Weg an; und Tara wusste, wie sehr sie sich darauf freuten, Brigid wiederzusehen. Und sie freuten sich fast so sehr darauf wie auf ihre beiden neuen Enkelkinder Kara und Tiernay. Gavin, Merewen, Gregor und der Rest der Ramsay Gruppe pfiffen und jubelten hinter Tara und Shaw, wobei die Angeberei der beiden Cousins, wer nun der bessere Bogenschütze sei, mit dem Wind weiter getragen wurde.

Als die Bucht in Sicht kam und der Mond sich auf dem Wasser spiegelte, wurde es still in der Gruppe, als hätte der Anblick etwas Heiliges an sich.

»Das Land und das Meer hier auf Black Isle sind wunderschön.« Tara konnte ihren Blick nicht von dem glitzernden Fjord abwenden.

»Heißt das, du ziehst in Betracht, hier mit mir zu leben? Wir können deine Heimat besuchen, wann immer du willst, aber ich würde zumindest eine Zeit lang gern auf Eddirdale Castle bleiben und meinen Brüdern beim Wiederaufbau des Clans helfen.«

»Das wird dir auch gut gelingen, insbesondere

da die MacKinnies nicht mehr stören. Ich habe diese Gegend genauso liebgewonnen wie meine Cousinen und würde mich freuen, mein Zuhause hier zu finden. Aber eine Bitte habe ich.«

»Aye?«

»Ich würde gerne in Lochluin Abbey heiraten.« Als sie über die Schulter zu ihm aufblickte, wackelte er mit den Augenbrauen, was ihr stets ein Lächeln entlockte.

»Ich freue mich so auf ein Leben mit dir, Tara Cameron.« Dann wandelte sich sein Blick und wurde etwas nachdenklicher. »Ich werde dich heiraten, wo immer du willst, und dafür gibt es keinen besseren Ort als die Abbey. Vielleicht haben wir dann endlich Gelegenheit, die Sterne vom Hügel aus zu betrachten.«

Bei ihrer Ankunft auf Eddirdale Castle, musste sie sich die Ohren zuhalten, so laut war der Jubel, der von den Steinwällen widerhallte. Aber sie konnte nicht anders, als über die überschwänglichen Rufe ihrer Cousinen zu lachen. Brigid und Jennet stürmten aus dem Hauptturm in den Innenhof, und die Sorge auf ihren Gesichtern löste sich in Begeisterung auf, während die Freudenschreie unaufgefordert aus ihnen hervorbrachen.

Shaw war ihr beim Absteigen behilflich und ihre Cousinen umarmten sie, sobald ihre Füße den Boden berührten.

Onkel Logans Stimme drang durch das Tor zu ihnen. »Brigid, dein Vater ist hier drüben!«

Brigid lachte und trat einen Schritt von Tara zurück. »Wir sind so froh, dass es dir gut geht, aber wir haben auch ein Geschenk für dich.«

Tara warf ihrer Cousine einen fragenden Blick zu, und Jennet flüsterte ihr ins Ohr:»Ein Häuschen, das wir für Shaw und dich hergerichtet haben. Wir führen dich hinauf, und dann können wir dich durch den Hintereingang hinausschleusen, während in der Halle weitergefeiert wird. Du weißt, dass sie noch bis in die Nacht weitermachen werden. Ethan wird das Gleiche für Shaw tun.«

Sie blickte zu Shaw auf. Er grinste wie ein kleiner Junge, also musste sie davon ausgehen, dass er Jennets Worte belauscht hatte. Sie war mehr als bereit, das Vorhaben ihrer Cousinen in die Tat umzusetzen, wenn es bedeutete, dass Shaw und sie eine Zeit lang allein sein konnten.

Brigid drückte Tara ein letztes Mal die Hand, ehe sie sich beeilte, ihre Mutter und ihren Vater zu umarmen und sie ins Haus zu führen. Ihre Cousinen würden sie im richtigen Moment finden, davon war sie überzeugt.

Tara drehte sich zum Hauptturm und stellte fest, dass ihre Mutter, der die Tränen über die Wangen liefen, direkt neben ihr stand. Sie wischte sie fort und umarmte Tara so fest, wie noch nie zuvor. »Geht es dir gut, Tara?«

»Ja, Mama. Mir ist nichts zugestoßen, obwohl ich schmutzig und erschöpft bin.« Sie gab ihrer Mutter einen Kuss und meinte: »Mach dir keine Sorgen. Mir geht es gut. Und Papa ist ja auch hier.«

Wie gerufen stürmte ihr Vater auf sie zu. Er fasste sie fest an den Schultern und zog sie an sich. Nach der erdrückenden Umarmung auf dem Schlachtfeld in Beauly war sie verblüfft, dass er noch einer weiteren bedurfte.

»Wir sind alle wohlauf, Jennie. Shaw und der Clan deiner Schwester haben und geholfen, den Tag zu retten.«

Jennet ließ sich ein letztes Mal umarmen und dann drehte sie sich von Tara weg, um laut genug für alle zu verkünden: »Tara braucht nach ihrer Tortur ein Bad. Wir werden uns darum kümmern, während ihr alle in die Halle geht und eine Erfrischung zu euch nehmt.«

Ihre Mutter lächelte und flüsterte Tara etwas ins Ohr, ehe Jennet sie zu weit weggeführt hatte. »Ich kann erahnen, was deine Cousinen geplant haben. Du hast meine volle Unterstützung, mein Schatz.«

Tara winkte Shaw zu, als seine Brüder ihn umkreisten und dann folgte sie ihren übertrieben rechthaberischen Cousinen die Treppe hinauf. Jennet erteilte jedem Anweisungen, an denen sie vorrüberkamen und schickte sie in alle möglichen Richtungen. Brigid erwartete sie an der Tür und zog sie in die Halle und dann die Treppe hinauf, ehe sie den Gang entlang bis zur Rückseite der Burg gingen und dann wieder die Treppe hinunter in die dunkle Nacht. Draußen vor der Tür ergriff Jennet eine Fackel und leuchtete ihnen den Weg.

Tara verlor kein Wort, so aufgeregt und sprachlos war sie, als sie den anderen nun auf einen Spazierpfad in die Gallow Hill Woods folgte. Sie erreichten eine Lichtung in deren Mitte ein kleines Häuschen stand. Jennet und

Brigid wirbelten gleichzeitig herum und Jennet fragte: »Ethan und ich haben uns einverstanden erklärt, euch unser Häuschen für heute Nacht zu überlassen.«

Tara starrte das Häuschen an und dann schaute sie zu Jennet zurück. »Du und Ethan? Ihr habt zuvor schon die Nacht hier verbracht? In einer Beziehung?« Das hätte sie niemals vermutet.

Jennet und Brigid kicherten beide, und zusammen überquerten sie die Lichtung zu dem bezaubernden Häuschen. Es war nicht groß, aber es wirkte sogar von außen sehr gepflegt, obwohl wahrscheinlich kein Mensch vermuten würde, dass es von jemandem benutzt wurde. Das Häuschen lag abseits der anderen und war von einem dichten Kiefernwald umgeben, der sie vor neugierigen Blicken schützte, während das mit Stroh gedeckte Dach sich in das Bild des Waldes einfügte. Dahinter befand sich darüber hinaus ein Brunnen.

»Ethan hat diesen Brunnen höchstpersönlich gegraben. Nach dem Fluch hatte er sich nicht auf einen anderen Brunnen verlassen wollen.« Jennet sperrte die Tür auf, und die Frauen traten ein. »Für heute Nacht gehört es euch. Hier ist der Schlüssel.«

Tara war baff und augenblicklich verliebte sie sich in den Raum vor ihr. Linkerhand stand ein breites Bett, das mit großen Kissen und Fellen übersät war. Die Feuerstelle befand sich an der hinteren Wand, und daneben stand eine Kommode mit ein paar ordentlich angeordneten Kelchen. Auf dem Herd war ein Topf zu sehen, der offensichtlich schon vorbereitet war, über das Feuer gehängt zu werden.

Der Tisch war für zwei Personen gedeckt, ein Teller mit Obst und köstlich duftenden Fleischpasteten wartete nur darauf, verspeist zu werden. Auf der anderen Seite der Feuerstelle gab es einen Korb mit Fellen. Rechts befand sich eine Trennwand, und dahinter war eine Wanne aufgestellt, die mit dampfendem Wasser gefüllt war.

Jennet ging in der Stube umher und zündete Kerzen an. »Ethan hat dieses Haus hergerichtet, damit wir unser eigenes Reich haben. Manchmal ist er es leid, mit dem ganzen Clan zusammen zu sein. Für diese Nacht seid ihr hier willkommen.«

»Woher wusstest du, dass du das tun musst?«

»Ethan hat seine eigene Magie. Es war seine Idee, und Brigid und ich haben alles vorbereitet, während er und dein Vater losgeritten sind, um Shaw zur Hilfe zu kommen. Ihm wollte nicht aus dem Kopf, wie schwer Shaws Leben wegen Dougal gewesen war. Ethan wird Shaw herbringen, also steig in die Wanne und entspanne dich. Auf der Kommode findest du Lavendelseife und ein sauberes Nachthemd.«

Brigid und Jennet traten neben sie und beugten sich zu ihr, um sie abwechselnd auf die Wange zu küssen.

»Vielen Dank an euch beide.«

»Wir schließen die Tür hinter uns ab und geben Shaw den Schlüssel. Er wird noch früh genug hier sein. Wir haben ein Bad in seiner Kammer vorbereitet, damit du ein wenig Zeit für dich hast.«

Die beiden gingen zur Tür, doch Jennet blieb stehen und drehte sich noch einmal um. »Oh, ich habe gehört, dass Shaw bei deinem Vater um deine Hand angehalten hat. Seid ihr offiziell verlobt?«

»Aye. Auf unserem Ritt hierher haben wir darüber gesprochen. Wir werden hier wohnen, aber wir werden in Lochluin Abbey heiraten.«

Jennet grinste und blickte zu Brigid hinüber, die ihr kurz zunickte. »Glückwunsch. Das ist wundervoll. Hättest du etwas dagegen, wenn Ethan und ich mit euch zusammen heiraten? Auch wir würden gern in Lochluin heiraten. Wir könnten eine Doppelhochzeit feiern.«

»Ich kann mir nicht vorstellen, dass es etwas geben könnte, was mir mehr gefallen würde«, entgegnete Tara, und die drei kreischten vor Freude und umarmten sich aufs Neue.

Am Feuer sitzend bürstete Tara sich das Haar, und fühlte sich nervös und aufgeregt zugleich über das, was nun kommen würde. Die Wärme des Feuers auf ihrer nackten Haut küsste die letzten Reste ihrer Erschöpfung und der Anspannung ihrer Tortur weg. Sie wusste genau, was geschehen würde. Ihre Mutter hatte Sorge dafür getragen, dass sie Bescheid wusste, wie es war, wenn ein Mann und eine Frau zusammenkamen, und sie hatte ihr erklärt, dass das erste Mal manchmal unangenehm und wegen des Jungfernhäutchens eines Mädchens manchmal auch ein bisschen schmerzhaft sein konnte.

Gegen ein wenig Schmerz oder Blut hatte sie nichts einzuwenden – schließlich war sie eine Heilerin –, aber sie dachte auch an den Rest der aufklärenden Worte ihrer Mutter. »Manche glauben, dass nur Männer das Recht haben, dieses Spiel zu genießen, aber in Wahrheit haben Frauen die Fähigkeit, es sogar mehrmals zu genießen. Und es ist die Aufgabe des Ehemannes, dir zu helfen, dein Vergnügen zu finden. Der Herr hat es für beide vergnüglich eingerichtet, wenn du also heiratest, sei ehrlich darüber, was dir Freude macht, und sei hartnäckig, wenn du es verlangst.«

Als ihre Mutter diese erklärenden Worte an sie richtete, hatte sie nicht viel verstanden, doch vor einigen Monden hatten ihre Cousinen und sie eines Abends, als die Männer unterwegs waren, ein intimes Treffen abgehalten. Mit zwei Krügen Wein waren sie in Brigids Kammer gegangen und alle vier – Brigid, Jennet, Gisela und Tara – hatten gelacht, bis ihnen die Tränen gekommen waren.

Brigid hatte die Unterhaltung begonnen, indem sie flüsterte: »Einmal bin ich dreimal gekommen und Marcas hat wie ein stolzer Pfau ausgesehen.«

Gisela hatte gequiekt und Jennet gelacht, während Tara sie nur angeschaut hatte und sich fragte, worum es hier eigentlich ging. Jennet hatte Mitleid mit ihr bekommen und erklärt: »Beim ersten Mal könntest du ein bisschen bluten und Schmerzen haben, und manche Frauen kommen am ersten Tag nicht zum Höhepunkt, aber wenn du es irgendwann tust, wirst du es verstehen.«

»Die Frauen erzählen uns alles, wenn sie schwanger sind«, flüsterte Brigid.

Das konnte Tara bestätigen, aber sie konnte nicht anders, als sich zu fragen, wie diese Nacht verlaufen würde. Sie erhob sich von ihrem Schemel bei der Feuerstelle und schritt hinüber zu der Kommode, um ihr Nachthemd anzuziehen, das Jennet für sie bereitgelegt hatte.

Dann vernahm sie ein leises Klopfen an der Tür. »Mädchen? Ich bin es.«

Er war so leise, dass sie sich nicht sicher war, ob er tatsächlich da war. »Shaw?« Sie öffnete die Tür und spähte hinaus. Erleichtert sah sie ihn dort allein stehen, in seinem Plaid und Stiefeln, ohne Tunika, das Haar noch nass von seinem Bad. Auch seinen Bart hatte er rasiert. Dann machte sie die Tür weit auf, trat zurück und meinte: »Das ist das schönste Häuschen aller Zeiten.«

Er tat einen Schritt hinein, schloss die Tür und schloss sie in die Arme. »Das Häuschen ist mir vollkommen einerlei. Nur du zählst für mich. Seine Lippen sanken auf die ihren und eroberten sie in einer leidenschaftlichen Attacke. Sie liebte es.

Sie schmiegte sich an ihn und schmeckte die Minzblätter, die er gerade gekaut haben musste, wobei sie das Gefühl seiner prallen Oberarme in ihren Händen genoss. Dann neckte sie ihn mit ihrer Zunge, und er knurrte, während er den Mund über ihrem anders hielt, und mit seiner Zunge tiefer in ihren Mund eindrang. Warum war es so wunderbar, diesen Mann zu küssen?

Er beendete den Kuss und knabberte ein wenig an ihrem Ohr, womit er ihr einen Schauer über den Rücken jagte. Sie hielt sich an ihm fest, als wolle sie ihn nie wieder loslassen. Er trug sie quer durch den Raum und setzte sie auf einem Sessel vor dem Kamin ab.

»Wir haben die ganze Nacht Zeit, uns zu vergnügen, meine Süße.« Er zwinkerte ihr zu und sagte: »Ich sollte wohl mein Haar am Feuer trocknen, damit du dich nicht erkältest.« Er zog seine Stiefel aus, ehe er an den Tisch trat und fragte: »Möchtest du einen Becher Wein?«

»Aye, wenn du so lieb bist.« Sie schaute zu ihm auf, und er vollführte diese Mimik, die ihren Bauch stets in Aufruhr versetzte. Er wackelte mit den Augenbrauen und grinste, während sein Blick ihr mehr sagte, als alle Worte es könnten.

»Ich liebe dich«, flüsterte sie.

»Tara, ich liebe dich schon länger, als ich mir selbst eingestehen wollte.« Er reichte ihr einen Becher, nahm Platz und schüttelte den Kopf. »Ich habe so lange geglaubt, man würde mich als Mörder brandmarken und mir niemals erlauben, dich zu heiraten. Und ich hätte es deinem Vater nicht verübelt, wenn er mich fortgeschickt hätte. Also zu sagen, ich sei über all das, was passiert ist, erleichtert, wäre eine Untertreibung. Immer wieder gehe ich alles in meinem Kopf durch und frage mich, ob ich mir einiges davon bloß eingebildet habe.«

Sie beugte sich vor und streichelte ihm über die Wange. »Mach dir keine Sorgen. Mein Vater ist sehr zufrieden mit meiner Wahl. Er wird seine Meinung nicht ändern.«

Shaw stellte seinen Becher ab und nahm ihre Hand, wobei er mit dem Daumen über ihre Knöchel streichelte, ehe er zu einer Antwort ansetzte. »Du sollst wissen, dass ich dich gerne die ganze Nacht in meinen Armen halten würde, vollkommen bekleidet, wenn das dein Wunsch ist. Ich möchte dich nicht drängen. Ich bin bereit zu warten, bis wir verheiratet sind.«

Sie beugte sich zu ihm und flüsterte: »Aber ich nicht. Du hast dich mir versprochen, und ich mich dir. Der Herr kennt die Wahrheit in unseren Herzen. Betrachten wir uns als durch unser Eheversprechen als verheiratet. Meine Eltern haben das auch getan, und jetzt sind wir an der Reihe. Lange habe ich darauf gewartet.«

Mit einem lauten Lachen entgegnete er: »Dann ist mir dein Wunsch Befehl. Wir werden tun, was immer du möchtest. Teile mir mit, wenn du bereit bist.« Er nahm einen weiteren Schluck Wein, rückte näher ans Feuer und beugte sich in der Taille vor, um seine langen Locken zu trocknen.

»Ich bin über deine Rasur überrascht. Ich mochte deinen Bart.« Sie war neugierig, was ihn dazu bewogen hatte, ihn abzurasieren.

»Marcas hat mir dazu geraten. Er sagte, ein Bart sei zu rau für die zarte Haut eines Mädchens. Er sagte, deine Eltern würden anhand der Rötung deiner Haut Bescheid wissen, wenn ich es nicht täte.«

»Dann bin ich froh, dass du es getan hast. Ich liebe deine Haarfarbe. Es sieht wirklich rot aus, wenn die Flammen es beleuchten.« Würden sie einen rothaarigen Jungen oder ein rothaariges Mädchen bekommen? Sie liebte die kastanienbraunen Abstufungen in seinem Haar und hoffte, ihre Kinder würden nach ihm kommen.

»Ich bin bereit, sobald dein Haar getrocknet ist, aber eine Bitte habe ich.« Wegen ihrer üppigen Rundungen war Tara schon immer schüchtern gewesen, aber sie konnte einfach nicht anders.

»Ich werde sie erfüllen, wenn ich dazu imstande bin. Das verspreche ich.«

»Ich würde gerne die Kerze löschen, ehe wir ins Bett gehen. Und ich würde gerne zuerst unter die Decke kriechen.«

Sie befürchtete ein Lachen oder eine Stichelei. Er entgegnete jedoch: »Wie wäre es, wenn ich den Kopf in Richtung des Kamins drehe und du tust, was du für richtig hältst? Ich fächele und trockne mich noch ein bisschen und du sagst mir Bescheid, wenn du so weit bist.«

»Dieser Vorschlag gefällt mir.« Sie wartete, bis er sich von ihr weggedreht hatte, dann warf sie ihr Nachthemd über die Stuhllehne und stieg ins Bett, wobei sie die Decke bis zum Hals hochzog. »Ich bin so weit.«

Er drehte sich um, und sie bemerkte seinen Blick, der auf ihrem Nachthemd hängenblieb, worauf er sie mit erstaunt hochgezogener Augenbraue anschaute.

»Wirklich? Damit habe ich nicht gerechnet.« Er löschte die beiden Kerzen und kam dann zur Bettkante, wo er stehen blieb. Mit einer Hand strich er über die Falten seines Plaids. »Du hast die Wahl, Mädchen. An oder aus.«

Seine Stimme war heiser, als sein Blick wieder den ihren fand. Der schwache Feuerschein des Kamins ließ ihn wie einen gebräunten Adonis wirken, und er hielt seine breiten Schultern ein wenig gebeugt, wenn er sich bewegte. Schon seit langem, seit dem Schwertkampf auf dem Fest hatte sie sich gewünscht, ihn ganz nackt zu sehen. Jetzt war ihre Gelegenheit dazu gekommen, wenn sie genügend Mut aufbrachte, sie zu ergreifen.

Sie leckte sich über die Lippen und flüsterte: »Aus, wenn du willst.«

»Wenn du dir noch einmal so die Lippen leckst, kann ich dir nicht versprechen, was das für Folgen hat.« Nachdem er sein Plaid auf den Boden hatte fallen lassen, blieb er noch einen Moment stehen, als wüsste er, dass sie diese Zeit brauchte, um ihn zu betrachten. Sie hatte schon so viele nackte Körper gesehen, aber keinen, der so gut gebaut war wie Shaws. Sie war jedoch an alte Männer und verwundete Krieger gewöhnt. Nicht so dieser stolze, kräftige Mann vor ihr. Und seine Begierde war offensichtlich.

Die Hände auf den Hüften flüsterte er: »Leck dir noch einmal die Lippen, Mädchen.«

Seine Augen glitzerten im Feuerschein und sie hatte den verrückten Gedanken, dass es vielleicht Spaß machen könnte, ihn ein bisschen zu necken. Dieses Mal gehorchte sie allerdings. Seine Männlichkeit wuchs vor ihren Augen – sie wurde länger und gerade.

Dann hielt sie die Bettdecke hoch. »Bitte komm zu mir.«

»Es ist mir ein Vergnügen.« Beinahe wäre er ins Bett gesprungen und schaffte es kaum, unter die Decke zu schlüpfen.

Sie setzte sich ein bisschen auf und drehte sich zu ihm, wobei jedoch die Bettdecke herunterrutschte und ihre Brüste enthüllte. Tara setzte zu einer Bewegung an, sie wieder zu bedecken, doch er hielt ihre Hände fest. »Mädchen, nein. Bitte. Jeder Teil von dir ist wunderschön. Bitte bedecke deine Schönheit nicht vor mir.«

Er umfasste ihr Gesicht und küsste sie zärtlich, ehe er sich zurückzog, um sie in seine Arme zu nehmen, damit sie wieder zur Ruhe kommen konnten. Dann küsste er sie über sie gebeugt, und dieser feurige Kuss ließ sie wissen, wie sehr er das Duell mit ihr genoss. Er knabberte ein wenig an ihrer Unterlippe, woraufhin sie die Lippen öffnete und ihre Zungen sich in einem Tanz verbanden, der in ihrem Inneren Funken aufstieben ließ, was eine Hitze entfachte, die sich in ihr bis zu ihren weiblichen Teilen entfaltete, wo sie ein Kribbeln und Verlangen auslöste, wie sie es noch nie zuvor erlebt hatte.

Diese Begierde war anders. Stärker. Diese Art von Bedürfnis brachte sie dazu, seine Arme zu umklammern und seine Muskeln zu drücken. Ohne darüber nachzudenken, spreizte sie die Beine.

Shaw ließ seine Hand zu ihrer Brust wandern, die er zärtlich umfasste. Sie genoss seine Wärme und als er mit dem Daumen die

Spitze ihrer Brustwarze berührte, quiekte sie vor Überraschung und Vergnügen. Ihr Rücken wölbte sich von selbst und drängte sich ihm entgegen, bis sie seine Muskeln an ihrem Bauch und seine Erektion am Ansatz ihrer Oberschenkel spürte.

»Ich muss dich schmecken, Mädchen. Wenn es dir nicht gefällt, sagst du es einfach.«

Mit dem Mund zog er eine Spur von Küssen über ihren Hals bis zu ihrer Brust, wobei er sich mit der Zungenspitze zu ihrer Brustwarze vortastete.

»Mehr, Shaw.«

Er hob den Kopf weit genug, um ein Lächeln zustande zu bringen, doch dann nahm er ihre Brust in den Mund und saugte daran, bis sie aufschrie. Sein rauer Atmen spiegelte ihren eigenen wider, und plötzlich verstand sie, was es bedeutete, jemanden zu begehren und ihn so sehr zu brauchen, dass nichts dieses Verlangen aufhalten konnte. Diese Lust und diese körperliche Form der Liebe war neu für sie.

Sie gefielen ihr.

Nun spürte sie seine Hand, wie sie über ihren Bauch zu der Spalte zwischen ihren Beinen wanderte, und sie dort neckte, bis sie seinen Finger fast in ihr spürte. Zu ihrer Beschämung spreizte sie ihre Beine für ihn und drängte sich seiner Hand entgegen. »Bitte, Shaw. Bring es zu Ende. Ich möchte, dass die Qual vergeht, damit wir weiterkommen können.«

Sein Finger glitt in sie hinein und wieder heraus, dann zwei Finger, ehe er sie wieder küsste er und ihren Mund dabei verheerte. Ähnlich wie ihr eigener Atem war der seine heiser und rasselnd. Sie wollte ihn in sich spüren, und das mit solch einem starken Verlangen, dass sie sich nicht dagegen wehren konnte. »Jetzt, Shaw.«

»Bist du sicher, dass du das möchtest, Tara? Wenn ich dich zu der Meinen mache, gibt es kein Zurück mehr. Dann gehörst du für immer zu mir.« Er strich ihr das Haar aus der Stirn und küsste sie dort und auf die Wange. »Ich werde dich immer lieben, ganz gleich, wofür du dich jetzt entscheidest.«

»Ja. Jetzt, bitte.«

Er senkte sich zwischen ihre Beinen und schob sich vorwärts, bis er an ihrem Eingang war. Dann bewegte er sich noch ein wenig weiter, bis er ein Stück weit in sie eingedrungen war. »Aye, Mädchen?«

»Aye.«

Nun drang Shaw tiefer und es war ein langes, gleichmäßiges Sinken, wobei sie ihr Gesicht an seiner Schulter vergrub. Es tat nicht wirklich weh. Sein Schaft jedoch, und sein Eindringen fühlten sich seltsam und wunderbar in ihr an. Er hielt inne und küsste ihre Wange und ihre Schulter. »Ah, Mädchen. Das ist das Paradies. Ich werde mich nicht bewegen, bis du es mir sagst.«

Er hatte sein Gewicht auf die Ellbogen gestützt und sie zwang sich, Luft zu schöpfen, während ihr Körper sich – entspannt und etwas gekrümmt, wie ihre Mutter es ihr vor langer Zeit beigebracht hatte – an ihn anpasste. Und blitzschnell verlangte es sie danach, dass er sich wieder bewegte. Jetzt sofort. Sie hob die Hüften, reckte sich ihm entgegen, und er lächelte.

»Du bist so wunderschön, Tara Cameron.«

Shaw fing an, sich zu bewegen, und zusammen fanden sie ihren Rhythmus, während ein pulsierendes Bedürfnis sie anspornte.

Tara wollte es schneller und fester. Sie wand sich unter ihm, forderte mehr und brauchte einfach alles von ihm. Dann spreizte sie die Schenkel noch weiter, bis er tief in ihr vergraben war. Ihr Inneres schrie nach Erfüllung, wenn sie auch nicht wusste, wie sie das erreichen sollte. Er streckte die Hand zwischen sie beide und berührte sie genau an der richtigen Stelle, was sie über den Abgrund taumeln ließ, und mit seinem Namen auf ihren Lippen kam sie zum Höhepunkt. Sie hielt seinen Hintern umklammert und versuchte, ihn genau dort zu halten, wo sie ihn haben wollte. Aber er wurde nicht einmal langsamer, und ihre Lust auch nicht. Ein letzter, fester Stoß und er brachte den Akt mit einem Aufschrei zu Ende, wobei er tiefer in sie eindrang, als sie es für möglich gehalten hatte.

Tara verspürte den plötzlichen Impuls, eigentlich peinlich berührt und schüchtern zu sein zu sollen, doch stattdessen lächelte sie. Shaw hatte jeden Augenblick davon zu etwas Wunderbarem werden lassen.

»Tara Cameron, nun gehörst du für immer zu mir und ich zu dir.« Er rollte sich auf die Seite und nahm sie mit sich, wobei er sie zärtlich an sich schmiegte.

Noch nie war sie so zufrieden gewesen.

KAPITEL SIEBENUNDZWANZIG

SHAW WARTETE EINE kurze Weile, nachdem Tara mit Jennet fortgegangen war, um sicherzustellen, dass sie nicht zusammen gesehen wurden. Ganz eindeutig war er seinem Bruder für sein Geschenk etwas schuldig. Die Nacht war noch viel besonderer gewesen, als er sich je hätte vorstellen können.

Sowohl im Inneren als auch äußerlich war Tara Cameron wunderschön, und sie zu heiraten würde insbesondere nach all dem, was auf ihm gelastet hatte, sämtliche Träume übersteigen. Sein Vater hatte ihm einmal gesagt, er würde es wissen, wenn er das richtige Mädchen gefunden hatte.

Wie recht er doch damit behalten hatte.

Zuerst schlug er den Weg zu den Stallungen ein, um dort auf Sammy zu treffen. »Junge, wo ist Ethan?«

Sammy warf eine Gabel voll altes Stroh in die Schubkarre und antwortete: »Er sucht nach dir. Dir und Mylady Tara. MacHeth ist auf dem Weg hierher und erwartet einen vollständigen Bericht über alles, was sich ereignet hat. Du sollst zu ihnen in die Kabinettstube kommen.«

»Ich danke dir. Ich mache mich gleich auf den Weg.« Er fürchtete sich vor dieser Begegnung. Vor Jahren hatte dieser Mann Lucretia verloren und nun war es seine Tochter – durch ihre eigene Gier.

Timm kam in den Stall gesaust. »Shaw, MacHeth ist fast vor unseren Toren. Was soll ich tun?«

»Eskortiere ihn herein. Er sollte mit allem gebotenen Respekt behandelt werden.«

Er überquerte den Hof und hielt auf den Hauptturm zu, wobei er seine Gedanken mit all seiner Willenskraft von der letzten Nacht ablenkte, um sich darauf zu konzentrieren, was er zu MacHeth sagen sollte. Ethan hielt ihn auf halbem Wege auf.

Du hast gehört, dass MacHeth hierher unterwegs ist?«

»Aye, und Timm sagt, er sei bereits hier. Wirst du ihn in die Kabinettstube führen? Es ist besser, wenn du das übernimmst und nicht ich.« Shaw schob ihm den Schlüssel des Häuschens zu. »Ich bin dir etwas schuldig.«

»Aye, ich mache mich jetzt auf den Weg zum Tor.« Ethan hielt für einen Augenblick inne und fragte dann. »Warst du im Häuschen so glücklich wie ich, als ich mit Jennet dort gewesen bin?«

»Sogar noch glücklicher, möchte ich wetten«, flüsterte er zur Antwort. Er war nicht imstande, sein breites Grinsen zurückzuhalten. Ethan schlug ihm auf die Schulter und ging seiner Wege.

Sobald Shaw den Hauptturm betrat, traf er auf Marcas, der ihn mit den Worten empfing: »Gut, du bist genau rechtzeitig. Brigid ist nach oben gegangen, um Tara zu holen. Wie ich gehört habe, weiß sie ein bisschen mehr über die Geschehnisse.«

»Ja, das hat sie mir gesagt. Wir haben bis heute Morgen gewartet, um kundzutun, was wir gestern erfahren haben.«

Er musste nicht lange warten, bis Ethan die Besucher, MacHeth und einen seiner Söhne, durch die Tür hereinführte. Von Brigid gefolgt kam Tara die Treppe herunter. Tara suchte den Platz an seiner Seite, wo sie stehen blieb, während Brigid zu Marcas ging, um ihre Gäste zu begrüßen. Nachdem sie ein paar Worte gewechselt hatten, entschuldigte sich Brigid, um eine Erfrischung in die Kabinettstube bringen zu lassen.

»Gehen wir hinauf«, schlug Marcas vor. »Wir haben viel zu besprechen.«

Shaw legte Tara eine Hand auf den Rücken und wies ihr den Weg zur Treppe, doch MacHeths Sohn blieb stur auf seinem Platz stehen.

»Frauen gehören nicht in die Kabinettstube eines Lairds«, behauptete er.

Tara hob ihr Kinn an. »Wisst Ihr, was Fearchar MacKinnie die ganze Zeit geplant hatte? Ich habe das ganze Gespräch zwischen Dougal und ihm mitgehört, als sie mich gefangen hielten.«

»Friedlich.« Marcas legte Tara eine Hand auf die Schulter und verkündete: »Mädchen sind in meiner Kabinettstube willkommen, Solomh. Ich bitte dich, meine Art nicht in Frage zu stellen, wie ich meinen Clan führe.«

Der ältere MacHeth blickte seinen Sohn an, worauf dieser entschuldigend nickte. Ohne weiteren Disput ging die Gruppe die Treppe hinauf. An der Tür der Kabinettstube gab Marcas Tara ein Zeichen, vor ihm einzutreten.

Shaw hatte keine Ahnung, wie sich die Sache entwickeln würde, und so hielt er es für das Beste, seinem Bruder die Gesprächsführung zu überlassen. Eine Dienstmagd trug eine Platte mit Käse und Brot herein, während eine andere die Becher mit Wein brachte.

Nachdem alle Platz genommen und von den Speisen probiert hatten, ergriff MacHeth das Wort, ohne auf Marcas´ Aufforderung zu warten.

»Wenn Ihr nichts dagegen habt, muss ich Euch zuerst etwas sagen. Ich muss mich für die Rolle meiner Tochter in dieser ganzen Situation entschuldigen. Es war falsch von Eschina, einen Versuch zu unternehmen, die Lochluin Abbey zu bestehlen.« Er hielt inne und bekreuzigte sich. »Ich hatte keine Ahnung, dass sie bei diesem törichten Plan mit dem Sheriff unter einer Decke steckte. Sie wird für ihre Tat bestraft, und ich bedaure jeden Ärger, der Euch und Eurem Clan dadurch entstanden ist. Derzeit ist sie in ihrer Kammer in unserer Burg hinter Schloss und Riegel. Wäre sie ein Mann, würde sie im Gefängnis sitzen, doch das ist für ein Mädchen kein Ort. Ihr könnt mir glauben, dass ihre Mutter ihr das Leben schwerer machen wird, als ein Sheriff das je tun könnte.« Er deutete mit einer Geste sowohl zu Shaw als auch Marcas. »Heute Morgen kam die Nachricht von den Kämpfen in Beauly und sowohl Dougal als auch Fearchar sollen dabei umgekommen sein. Die Angehörigen des MacKinnie Clans fragen mich, was geschehen ist. Einige haben Ehemänner und Söhne verloren und ich weiß nicht, was ich ihnen antworten soll. Ich komme zu Euch, um die Wahrheit zu erfahren. Wie ich gehört habe, waren es die Mathesons, Camerons und Ramsays. Bitte sagt uns die Wahrheit. Ihr wisst, wie schnell Geschichten verdreht werden.«

»Ich danke Euch für die Entschuldigung im Namen Eurer Tochter«, entgegnete Marcas. »Wir hoffen, sie wird in Zukunft einen besseren Weg beschreiten. Was die Geschehnisse von gestern Abend betrifft, so war es ein Kampf um das Leben von Tara Cameron. Dougal und Fearchar haben sie geraubt und ihr Leben bedroht, um uns von unserem Land zu vertreiben. Tara, die Zeit ist reif, deine Geschichte zu erzählen, wenn du dich dazu in der Lage fühlst.«

MacHeth wirkte überrascht, doch die vier Männer in der Kabinettstube schenkten Tara ihre volle Aufmerksamkeit.

Shaw nahm ihre Hand in seine und ermunterte sie: »Nur zu, Mädchen. Erzähl uns alles, was du weißt.«

Tara räusperte sich und ergriff das Wort: »Dougal hat mich entführt, als wir aus der Feenschlucht nach Hause zurückkehrten. Er hatte ein Dutzend Männer zu Pferd bei sich. Dann sperrte er mich im Keller des Stalles von Beauly ein. Ich glaube, er wusste nicht, dass ich ihr Gespräch belauschen konnte, denn sein Vater und er besprachen ihre weiteren Pläne für mich. Sie wollten von Marcas verlangen, Eddirdale Castle innerhalb kürzester Zeit zu verlassen, oder sie würden mich töten.

Mein Leben im Tausch gegen die Burg. Er war der Ansicht, die Mathesons würden das Blut auf Black Isle verunreinigen, indem sie sich mit Familien von außerhalb der Insel vermischten. Jennet und Brigid sind Ramsays, Gisela hat einen Grant geheiratet, und ich bin ein Cameron. Dougals Vater wollte ganz Black Isle unter seine Kontrolle bringen, doch meiner Ansicht nach war ihm insbesondere daran gelegen, den Mathesons zu schaden.«

»Die Kontrolle über die gesamte Insel?« MacHeths Augen weiteten sich vor Schreck. Der Mann blickte von Tara zu Shaw und dann zu Marcas. »Und was ist mit uns? Beabsichtigte er, als Nächstes unseren Clan anzugreifen?«

Tara nickte und sah mit offensichtlicher Verletzlichkeit in ihrem Blick zu Shaw. Ihre Kraft würde sie durchhalten lassen. Er nickte ihr aufmunternd zu. Bei Gott, er liebte sie sowohl für ihre Verletzlichkeit als auch für ihre Stärke.

Tara holte tief Luft und fuhr fort: »Fearchar hatte Eddirdale Castle einnehmen wollen, als der Fluch ausbrach.« Sie beschrieb den Streit zwischen Dougal und Fearchar, und Shaw war entsetzt, wie kurz davor sie gewesen waren, alles zu verlieren. »Ich konnte nicht mehr so gut hören, was danach kam, aber ich glaube, Fearchar hatte erneut versucht, die Mathesons zu schwächen, indem er das Gerücht in die Welt setzte, dass Jennet eine Hexe sei. Dann vereitelte Donalds Wahnsinn sein Vorhaben, Eddirdale zu erobern, indem er seinen Sohn in den Clan einheiraten ließ.«

Während sie die Geschichte erzählte, stand

MacHeth auf und schritt mit in die Hüften gestemmten Händen umher. Bei seiner zweiten Runde zur Tür und zurück ballten sich seine Hände zu Fäusten und er drehte sich zu der anwesenden Gruppe um. »Der Mann hat den Verstand verloren. Das ist schon seit Jahren meine Ansicht, aber das ... das ist wirklich der Beweis für seinen Wahnsinn. Und wie wollte er das bewerkstelligen, wenn er weder das Geld noch die Männer hatte, um die ganze Insel zu einzunehmen?«

Fragend schaute er zu Marcas und Shaw, doch die beiden hielten sich an Tara.

»Ich bedaure, Euch das sagen zu müssen, aber Dougal hat Lucretia getötet, und zwar aus demselben Grund. Weil nach Ansicht ihres Vaters und ihm, ihr Blut nicht von der Insel stammte. Da Shaw an jenem Tag dabei war, konnte Dougal Shaw all die Jahre lang erpressen, indem er drohte, die Lüge öffentlich zu machen, dass Shaw Lucretia getötet hat. Das hat ihnen das Geld eingebracht, mit dem sie die Söldner anheuerten.«

Nur knapp schaffte Shaw es, den Mund zu halten. Es schockierte ihn noch immer, dass Dougal der Erpresser gewesen war und Lucretia nur deshalb getötet wurde, damit er sie nicht heiraten konnte – einzig und allein aus purem Hass.

MacHeth bedeckte sein Gesicht mit beiden Händen, um sich dann zurückzulehnen und auf seinen Stuhl zu sinken. »Lucretia wurde ermordet? Ist sie nicht vom Pferd gestürzt?«

Taras Gesichtsausdruck wandelte sich und

zeigte ihr Mitgefühl für den verletzten Mann
vor ihr. »Sie ist gestürzt, aber Dougal hat
gestanden, sie erstochen zu haben, während Shaw
fortgeritten war, um Hilfe zu holen. Dougal
hat den Sturz herbeigeführt, indem er dem
Pferd seine Wolfshunde entgegenschickte, als es
sprang. Das Pferd, es war eines von Shaws besten
Tieren gewesen, wurde durch seine Verletzungen
ebenfalls verloren.«

»Und Dougal ließ meinen Bruder in dem
Glauben, er selbst hätte die Schuld am Sturz
Eurer Nichte mit dem Pferd. Das hat ihm seither
die Ruhe geraubt. Der Mann war wirklich
gnadenlos grausam«, meinte Marcas.

Shaw spürte das Zittern von Taras Hand und
bat: »Wenn du uns entschuldigen würdest, Marcas.
Ich glaube, Tara hat für diesen Tag genug gehabt.
Tara, kommst du bitte mit hinaus?«

Sie nickte und ergriff Shaws Hand, damit er sie
zur Tür führen konnte. Sobald sie draußen waren,
sank sie gegen ihn und schluchzte.

Er hielt sie fest. Für den Rest ihres Lebens
würde er sie festhalten.

KAPITEL ACHTUNDZWANZIG

TARA STAND VOR Cameron Castle und ließ den Blick über die Landschaft schweifen. Jennet stand Hand in Hand neben ihr. Ethan und Shaw waren hinter ihnen. Der Tag war herrlich, es war einer der seltenen sonnigen Tage mit genau dem richtigen Maß an Frische in der Luft.

Tara rannen die Tränen über die Wangen, und Jennet blickte sie entsetzt an. »Du kannst an deinem Hochzeitstag nicht weinen!«

»Ich kann mich nicht beherrschen. Schau dir nur an, wie schön das Meer aus Plaids am Fuße des Hügel aussieht. Ich kann mich nicht entscheiden, welche Farben prächtiger sind, die roten Grants oder die blauen Ramsays. Und sieh dir die neuen lila Plaids meines Papas an, die extra für die Hochzeit angefertigt wurden. Sind sie nicht atemberaubend?«

»Was ist mit den Plaids der Drummonds und Menzies?«

Shaw und Ethan sagten unisono: »Oder den Plaids der Mathesons?«

In ihre prächtigsten Hochzeitsgewänder gekleidet, traten Aedan Cameron und Jennets

Vater, Quade Ramsay, zu ihnen. »Was höre ich da über Plaids?«, fragte ihr Vater. »Diejenigen der Camerons sind die Besten, das weißt du doch?«

»Ich liebe das neue Lila, Papa.«

»Ich glaube, du weißt, welche die prachtvollsten sind«, schnaubte Onkel Quade. »Die blauen Plaids. Immer sind es die blauen.« Seine grünen Augen funkelten von seinem natürlichen Humor. Er beugte sich hinab, um Jennet auf die Wange zu küssen. Dann verkündete er: »Aber wahrhaftig, du bist an diesem Tag die Herrlichste, Tochter. Du und deine Cousine. Ihr beide seid schöner als jedes Meer von Plaids.«

»Danke, Onkel Quade.« Über ihre Schulter warf Tara einen Blick zu Shaw. »Ich finde mein Kleid einfach großartig.« Shaws Brust blähte sich ein wenig auf. Tara trug das lila Kleid, das sie in Inverness anprobiert hatte. Sie hatte nichts von Shaws Rückkehr zu dem Ladenbesitzer geahnt und seiner Bitte, das Kleid noch einmal zu ändern, damit es ihr passte. Es hatte ein violettes Mieder mit goldenen Bändern, die sich über die Vorderseite zogen und die Ärmel säumten. Dazu trug sie passende goldene Bänder, die in ihr Haar geflochten waren. Jennet trug ein hellblaues Kleid, dessen Mieder mit den Farben des Ramsay Plaids harmonierte, und silberne Bänder im Haar.

Als sich hinter ihnen eine Tür öffnete, drehte Tara sich um und stieß einen kleinen Freudenschrei aus. »Mama, du bist so schön. Und du auch, Tante Brenna.«

Die Grant Schwestern waren sich immer ähnlicher geworden, wenn Tante Brennas Haar auch mehr graue Strähnen aufwies. Im Schein der Sonne waren sie beide wunderschön. Tara labte sich am Anblick ihrer Familie – Mutter, Vater, Tante und Onkel – und sie fühlte sich über alle Maßen gesegnet. Onkel Quade, der wie immer eine gute Figur machte, sah ihrem Vater sehr ähnlich. Neugierig neigte sie den Kopf. Es war ihr vorher nie aufgefallen, doch nun, wo die beiden nebeneinander standen, war es noch offensichtlicher. Sie warf einen Blick auf ihren Onkel, dann auf ihren Vater.

Jennet beugte sich vor und flüsterte: »Sie sehen sich sehr ähnlich, nicht wahr? Mir ist die Ähnlichkeit zwischen unseren Müttern immer aufgefallen, aber bis heute nicht zwischen unseren Vätern. Vielleicht liegt es am Licht.«

Ein rot gekleideter Reiter auf einem schwarzen Hengst kam auf sie zu. Er führte zwei braune Stuten mit sich. Er überquerte die Wiese und blieb vor ihnen stehen.

»Ich bin wegen meiner beiden reizenden Schwestern gekommen. Seid ihr bereit, Brenna und Jennie?«, fragte Onkel Alex mit einer kleinen Verbeugung aus dem Sattel.

Er würde die Mütter der Bräute zur Hochzeit eskortieren.

Die Stallburschen, darunter auch Sammy, der stolz darauf war, bei der Hochzeit dabei sein zu dürfen, führten die anderen Reittiere heran, und sie waren bereit, sich der Prozession anzuschließen. Onkel Alex bildete mit ihren Müttern die Spitze, gefolgt von ihren Vätern. Dann kämen Shaw und sie. Jennet würde mit Ethan die Nachhut bilden.

Die Mütter und Väter ritten an. Die Stallburschen mit den übrigen Pferden traten heran. Als wären alle vier Tiere gleichzeitig von einer Wespe gestochen worden, warfen die Pferde ihre Köpfe hoch, tanzten zurück, zerrten an den Zügeln und weigerten sich, stillzustehen, damit ihre Reiter aufsitzen konnten.

»Ich kann ihn nicht halten«, jammerte Sammy und wurde von dem Tier weggezerrt.

Shaw trat vor, um ihm zur Hilfe zu kommen. »Wir brauchen bei der Hochzeit keine Wildpferde.« Er griff nach den Zügeln, aber das Pferd warf den Kopf herum und riss sich wiehernd los, ehe dann alle vier um die Rückseite der Burg davonstieben.

»Verflixt, Ethan. Was sollen wir jetzt tun? Wir können schlecht zu Fuß zur Abbey laufen – sie würden einen Suchtrupp losschicken, um uns zu finden. Sieh nur, alle sind schon in die Abbey gegangen.«

»Wir holen so schnell wir können neue Pferde«, versprach Sammy und wollte schon losrennen.

Tara lächelte und legte dem Jungen eine Hand auf den Arm. »Das müsst ihr nicht. Ich vermute, unsere Pferde werden bald hier sein.« Jetzt verstand sie, was Riley an diesem Morgen gemeint hatte. Zinna hat ein Geschenk für dich. Sieh es dir an, bevor du zu deiner Hochzeit reitest.

Sie deutete auf eine nicht weit entfernte Stelle zwischen den Bäumen, wo sie eine Bewegung ausmachen konnte. Sie wusste genau, was aus dem Wald auftauchen würde.

Einen Augenblick später trabten vier weiße Pferde auf sie zu.

Shaw griff nach ihrer Hand, um sie fest zu drücken, und sie tätschelte seinen Arm. »Dies hat sie als Dank für ihre Freiheit tun wollen. Es ist ihr Segen und ihr Geschenk für unseren Tag.«

Shaw versenkte seinen Blick für einen kurzen Moment in ihren, und seine Augen schimmerten vor Tränen. Die weiße Stute vor ihm kam direkt auf ihn zu und liebkoste seine Hand, ehe sie den Kopf neigte, um das viertelmondförmige Zeichen unter ihrem rechten Ohr zu zeigen. Zwischen ihren Augen war heute kein Horn zu sehen.

»Ich hätte es nicht geglaubt, aber es ist wirklich Zinna«, flüsterte Ethan. »Wie kann das sein?«

Riley erschien hinter ihnen aus der Burg. »Stell keine Fragen. Bedanke dich einfach und genieße ihre Anwesenheit. Nach der Zeremonie wird sie fort sein, aber sie sagt, sie sei hier, um euch zum Lächeln zu bringen. Dann wird sie weiterziehen, damit du dich an diesem Tag auf deine neue Frau konzentrieren kannst. Brin und ich sind zurückgeblieben, damit ich dir sagen kann, was Zinna denkt.«

Tara löste sich und umarmte ihre Schwester. Brin kam hinter ihnen hervor und meinte: »Tut uns leid, dass wir zu spät sind. Riley wollte sichergehen, dass du Zinnas Nachricht erhalten hast. Wir reiten vor euch.«

Ethan half Jennet, eines der weißen Pferde zu besteigen, dann schwang er sich in seinen eigenen Sattel und wartete auf Shaw und Tara. Brin und Riley fanden ihre Pferde angebunden und friedlich wartend. Sie ritten voraus, wobei Brin ihnen über die Schulter zurief: »Du siehst wunderschön aus, Schwester.«

Tara nahm abermals Shaws Hand und fragte: »Wünschst du dir ein anderes Pferd?«

Er schloss die Augen, öffnete sie dann langsam und küsste sie fest auf die Lippen.

»Nein, meine Liebe. Ich fühle mich durch ihr Geschenk geehrt. Und ich werde dieses Mal der Seher sein und dir erzählen, was Zinna sagt.«

»Und wie lautet ihre Botschaft?«

»Dass du und ich zusammengehören.«

EPILOG

Später am Abend …

TARA ZUPFTE SHAW an der Hand und zog ihn in Richtung der Abbey. Sie sollten ihre erste Nacht als Ehepaar in einem hübschen Häuschen hinter dem Cameron Castle verbringen, doch für heute Abend hatte sie andere Pläne.

Tara trug die blassgrüne Tunika und die braune Strumpfhose, die ihre Tante Gwyneth ihr geschenkt hatte. Sie legte sich ihr Plaid um die Schultern, um sich zu wärmen, und lief los.

»Ich werde dich bis dorthin jagen!«

Shaw lachte und nahm die Verfolgung auf, während Tara im Zickzack lief und sich ihren Weg bahnte.

»Wir werden uns nicht verirren, Frau!«, rief er ihr nach.

»Ich bin hier aufgewachsen und auf diesem Land umhergelaufen. Ich sorge dafür, dass wir uns nicht verirren.«

Als sie an der Klostermauer ankamen, legte sie einen Finger an die Lippen, um ihn zum Schweigen zu bringen. Sie schlichen sich auf

Zehenspitzen seitlich an der Abbey entlang und erklommen den Hügel dahinter. Shaw nahm ihre Hand in die seine, als sie auf dem flachen Gipfel des Hügels stehen blieben und den Blick nach oben richteten. Es war eine klare Nacht, und der Halbmond warf genügend Licht, um für gute Sicht zu sorgen.

Shaw nahm sein Plaid ab, breitete es auf dem Boden aus und flüsterte: »Zeig es mir. Erleuchte mich, meine Liebste.«

Sie lachte und legte sich auf das Plaid zurück. Ein Blick nach oben ließ sie noch mehr lachen. »Es ist eine atemberaubende Nacht zum Sternegucken.«

Shaw ließ sich neben ihr nieder und nahm ihre Hand, während er die Sterne am Himmel betrachtete. »Heute Nacht sind sie, glaube ich, uns zu Ehren besonders hell. Es ist wahrhaftig ein herrlicher Himmel und ein Gottesgeschenk.«

»Schau«, sagte sie und deutete in den Himmel. »Mein Vater nennt sie den großen und den kleinen Wagen. Siehst du den schalenförmigen Teil und die Lenkstange an diesem Ende? Er hat ein Buch aus Europa kommen lassen, in welchem die Sternenkunde erklärt ist. Das nennt sich Astrologie. Seit Tausenden von Jahren halten die Menschen in den Sternen nach Formen Ausschau. Eine sieht wie ein Bär aus, aber ich kann sie nicht sehen. Brin hat da drüben tatsächlich einen Schützen ausgemacht.«

Zusammen lagen sie auf seinem Plaid und zeigten auf die verschiedenen Formen, die sie erkannten, und dachten sich dazu Geschichten aus, wobei sie über die vielen Möglichkeiten staunten, die der mitternächtliche Himmel zu bieten hatte.

»Noch nie habe ich den Himmel auf diese Weise betrachtet. Ich glaube, Ethan würde das sehr genießen. Wir müssen einen Hügel auf dem Matheson Gebiet finden, den wir nutzen können.

»Hast du noch nie daran gedacht, wenn du an der Küste warst? Ich könnte mir vorstellen, dass es dort so klar ist, wie nirgends sonst.«

»Ich war zu sehr damit beschäftigt, im Wasser nach Fischen zu spähen, meine Süße«, gab Shaw schnaubend zurück.

»Welcher Stern gefällt dir denn am besten? Such dir einen aus und benenne ihn.«

»Da«, sagte er nach einer kurzen Pause und einem Blick in den Himmel. »Das ist der hellste Stern, und ich nenne ihn Tara.«

Er rollte sich zur Seite und legte sich dann auf sie, wobei er sein Gewicht auf die Ellbogen stützte und ihr Gesicht in seine Hände nahm. »Du bist mein strahlendster Stern, Tara Cameron.«

ENDE
www.keiramontclair.net

WEITERE BÜCHER VON KEIRA MONTCLAIR

DIE CLAN GRANT-SERIE

#1-BEFREIT VON EINEM HIGHLANDER-
Alex und Maddie
#2-HEILUNG EINES HIGHLANDER-
HERZENS-
Brenna und Quade
#3-LIEBESBRIEFE AUS LARGS-
Brodie und Celestina
#4-AUFSTIEG IN DIE HIGHLANDS-
Robbie and Caralyn
#5-DAS KNISTERN DER HIGHLANDS
-Logan and Gwyneth
#6 -MEINE VERZWEIFELTER
HIGHLANDERIN-
Micheil und Diana
#7- DER HELLSTE STERN DER
HIGHLANDS-
Jennie und Aedan
#8-HIGHLAND HARMONIE-
Avelina and Drew

DER HIGHLAND CLAN

LOKI aus den Highlands – Buch Eins
TORRIAN aus den Highlands – Buch Zwei
LILY aus den Highlands – Buch Drei
JAKE aus den Highlands– Buch Vier

ASHLYN aus den Highlands– Buch Fünf
MOLLY aus den Highlands– Buch Sechs
JAMIE UND GRACIE aus den Highlands –
Buch Sieben
SORCHA aus den Highlands – Buch Acht
KYLA aus den Highlands – Buch Neun
BETHIA aus den Highlands – Buch Zehn
LOKIS WINTERREISE – Buch Elf
ELIZABETH aus den Highlands

DIE BANDE DER COUSINS
1-Highland Rache
2-Highland Entführung
3-Highland Vergeltung
4-Highland Lügen
5.-Highland Stärke
6.Highland Verehrung
7.-Highland Treue
8.- Highland Kraft

HIGHLAND HEILERINNEN
Der Fluch von Black Isle
Die Hexe von Black Isle
Die Geißel von Black Isle
Die Geister von Black Isle
Das Geschenk von Black Isle

HIGHLANDSCHWERTER
DER VERRAT DER SCHOTTIN
DIE SCHOTTISCHE SPIONIN
DIE JAGD DES SCHOTTEN

DIE PRÜFUNG DES SCHOTTEN
DIE TÄUSCHUNG DES SCHOTTEN
DER ENGEL DER SCHOTTEN

WEITERE BÜCHER
DIE VERBANNUNG DES HIGHLANDERS

TRILOGIE SHAWS UND MACROBS

Buch 1 Highland Fehde
Emma Prince

Buch 2 Highland Verführung
Cecelia Mecca

Buch 3 Highland Geheimnisse
Keira Montclair

ÜBER DIE AUTORIN

Keira Montclair ist das Pseudonym einer Autorin, die mit ihrem Ehemann in South Carolina lebt. Sie schreibt aufregende historische Romane, oft mit Kindern als Nebenfiguren.

Wenn sie nicht schreibt, verbringt sie gern Zeit mit ihren Enkelkindern. Sie hat als Highschool-Mathematiklehrerin, als Krankenschwester und als Büroleiterin gearbeitet. Sie liebt Ballett, Mathematik und Rätsel, lernt gern neue Dinge und hat Spaß am Erschaffen neuer Figuren, in die sich ihre Leser verlieben können.

Sie ist erst mit ihrem Werk zufrieden, wenn ihre Leser Tränen über ihre Geschichten vergießen, aber zum Schluss gibt es immer ein Happy End!

Ihre Bestseller-Reihe ist eine Familiensaga, die das Leben zweier mittelalterlicher schottischer Clans über drei Generationen hinweg verfolgt und mittlerweile über dreißig Bücher umfasst.

Kontaktieren Sie sie über ihre Website: *www. keiramontclair.net*.